2016
中国年度作品
小小说

杨晓敏 主编

中国出版集团
现代出版社

图书在版编目（CIP）数据

2016中国年度作品. 小小说 / 杨晓敏主编. —北京：现代出版社，2017.1

ISBN 978-7-5143-5458-4

Ⅰ. ①2…　Ⅱ. ①杨…　Ⅲ. ①小小说—小说集—中国—当代

Ⅳ. ①I217.1

中国版本图书馆CIP数据核字（2016）第295662号

2016中国年度作品. 小小说

主　　编：杨晓敏
策划编辑：庞俭克
责任编辑：申　晶
出版发行：现代出版社
通讯地址：北京市安定门外安华里504号
邮政编码：100011
电　　话：010-64267325　64245264（传真）
网　　址：www.1980xd.com
电子邮箱：xiandai@vip.sina.com
印　　刷：北京美图印务有限公司

开　　本：710mm×1000mm　1/16　　印　　张：14.25
版　　次：2017年1月第1版　　　　　印　　次：2017年1月第1次印刷
书　　号：ISBN 978-7-5143-5458-4
定　　价：32.80元

目　录

小小说读写与大众文化崛起

杨晓敏

当代小小说已蓬勃发展三十年，对其存在的理由，应该无可置喙了。不仅如此，它还以事实证明，由于参与小小说写作的人成千上万，遍布社会各界，小小说的阅读热潮持续升温，仍有方兴未艾之势，正带动着精短文学（故事叙述、哲理小品等）领时尚阅读之先，并拉长了相关文化产业链条，它所呈现出来的民间性的大众文化意义，使小小说现象成为现当代文学史上自白话文运动以来重要的文学现象之一。

在相当长的时间里，由于众多的原因，文学创作只是属于少数文化精英的事，大众只能处于被动接受的状态。对于造成这种现状的原因，我们是否可以这样认为：一是全民族大多数人的文化素养、审美鉴赏水平未能得以普遍提升，能够从事写作的人概率小，文学的"小众化"使文学产品不能大量生产；二是发表园地的匮乏，制约着更多具有文学天赋的人登上写作舞台。当然还应该有体制方面的因素和游戏规则的导向问题。所以，从文化意义的角度讲，文学写作一直未能完成从"金字塔结构"到"橄榄球形状"的转变。也可以说，我国的文学乃至文化的"中产阶级"未能迅速形成，一个缺乏文学读写训练和缺失中等文化程度教育的庞大群众基础，迟滞了我们从文化大国迈向文化强国的步伐。

历史进入新的社会转型期，这种现状得以不断调节和趋于改观。经济全球化和文化多元化，使人们生活的形式和内容日渐发生变化。我国经济建设的腾飞，带动并刺激着文化事业的极大进步，而文化软实力的增长，又为经济跨越式发展，提供着强势的智力资本的支持。图书、报刊、广播、音像、影视、网络等，给精英化、大众化、通俗化的多种文化形态，营造出互动共荣的多元化格局。加上大众的积极参与，文学读写的空间被瞬间放大，变得愈加斑斓多彩，逐渐成为一种能够流通普及于文化市场、被更大的社会群体所消费实用、参与创造的精神产品。大众文化崛起的意义非同凡响，可以预期，在未来的几十年间，它必定会像改革开放之于中国经济变革一样，引起中华民族人文精神的提速升值。

新时期自然也滋生出新的文学样式，来抒发、表达写作者们的思想情怀、艺术追求和认知生活的能力。小小说应运而生，顺应着历史选择的时尚读写的文化走向。小小说是现实生活中的直接对话，它虽不是"大菜"，但方便可口，色香味俱佳，又有足够的营养。它似乎是无力的，但却是真诚的，因为它是一种近距离的诱惑，能开掘出平淡人生中隐藏的生活秘密来，充实人生的阅历和识见。小小说的读写不仅能为徘徊在文学边缘的人，拓宽了文化参与和消费的渠道，圆了其文学梦的情结，而且自身就携带着具有相当亲和力的文化权益。

当今社会，已形成精英文化、大众文化、通俗文化的多元格局，各自有着自身的特点与作用。引导和重铸着人类灵魂、支撑社会文化建筑高度的精英文化诚然不可缺；迎合一部分人休闲、消遣的通俗文化需要加以引导和提高。而春风化雨、滋润心灵的大众文化，则本身兼有精英文化质地又有通俗文化市场，能够惠泽普通民众，引领社会文明的主流。大众文化具有强大的兼容性，最活跃也最有亲和力。现在的理论界和评论界，喜欢两分法，要么谈精英文化，要么谈通俗文化，或者谈纯文学（严肃文学）和通俗文学，似乎忽略或回避了这么一个庞大的中间地带的契合点，即介于它们之间的大众文化形态。

一种文化，仅靠少数精英的呐喊和觉醒是远远不够的。从某种意义上来说，缺乏大众热心参与和大面积流通消费的文化，不能真正具有"接地气"的力量，只能是一种"小众"或"弱势"的文化。一个文化大国走向文化强国的标志应该是，把原始的文化资源型积累和受众的被动型接受，逐渐转化为大众的主动参与生产和选择性消费，转化为精神产品的活力创造和国际化的文化输出。文化强国首先要文化繁荣，而真正的文化繁荣不是单指"精英文化"即科研式的开掘利用，其实大众文化形态与通俗文化形态亦有自己的经典化标准，文化繁荣从根本上涵盖了精英文化、大众文化和通俗文化的多元文化之融会贯通、相辅相成。

小小说文体简约通脱、雅俗共赏的特征，就决定了它是属于大众文化的范畴。我有一个观点，作为小小说文体，它的文化意义大于它的文学意义。一篇小小说，要求它承载非常高端非常极致的文学技巧，或者要求它蕴含很大的精神能量，是非常难的，也会限制它旺盛的生命力。如果延伸一步，小小说的教育学意义又大于它的文化意义。小小说是众多文学体裁中，一种非常受社会各界读者青睐的文学读写形式。对于提高全民族大众的文化水平、审美鉴赏能力，提升整体国民素质，会在潜移默化的孕育中起到不可估量的作用。我国大专以上文化水平的人，与发达国家比起来，比例要小得多，做好基础的或中等程度的文化普及教育，应该是一个重中之重的大前提。小小说能让普通人长智慧，对传统的文化读写活动无疑是一种有益的补充。仅以《小小说选刊》《百花园》为例，三十年来的发行量已逾亿册，培养和成就了成千上万的写作者，影响了两代读者，所以还可以认为，小小说的社会学意义又大于它的教育学意义。

当然，对于一个作家来说，坚持精英化写作并能够创造阳春白雪式的经典，以此获得诺贝尔文学奖、茅盾文学奖、鲁迅文学奖等也很重要，文学作品不能没有皇皇巨著和传世的示范性标本，作家不能没有这种理想情结和执着追求。从另一个层面来讲，同样应该理解更多的人，去热爱一种质朴平易、言近旨远，并能启蒙文学鉴赏入门的文体，以有限的时间和有效的读写，在浮躁和逼仄的世俗生活中，来张扬自己内心深处永不褪色的青春浪漫情怀，以及对于高质量之诗意生存的神往与钟情；因为精神产品所携带的意识形态因子以及独特的使用价值、美学价值，会从不同的精神层面影响人们的人生观、价值观和行为方式，如果多一些独立思考生活和多维认知事物的方法，健全人格和丰富想象力，本身就是一件非常有意义的事情。

我国有数千年的人类文明史，积淀的文化瑰宝和文学典章不胜枚举。从《四书五经》到孔孟老庄，四大名著，唐诗宋词，《阿Q正传》等。让我们引为骄傲和自豪的同时，也许还会有些许惆怅与遗憾。因为不可否认，我们和发达国家比起来，在社会文明程度上还有一定的差距，起码还是一个发展中国家。究其根源，恐怕除了物质文明所体现的硬性指标外，还因为整体的国民文化素质、大众生存的文明美育水平没有提升到相应的高度。譬如我们有的人群是没有能力去欣赏《红楼梦》、去理解卡夫卡的，从务实的角度讲，总得有一种循序渐进的文化滋润，来弥补这么一个相当漫长的过程。从拥有文化资源到开发文化产品，再到进入大众生活的自觉文化诉求，直至转化为强大的社会生产力，这中间有着复杂而系统的精密工艺，本身就是一道科学的智力资本投入和物质资本投入过程，充满创新意味。

我坚持认为，精英化、大众化、通俗化三种文化形态就好像三原色，共同构成了文学天空的斑斓色彩。当代文坛之所以显得单调和窘迫，很大程度就在于我们文学的主流话语权把基调定在了"精英化"的一根琴弦上，而一根琴弦又如何能奏响气势如虹的交响乐章呢？小小说注重思想内涵的深刻和艺术品质的锻造，小中见大、纸短情长，在写作和阅读上从者甚众，无不加速文学（文化）的中产阶级的形成，不断被更大层面的受众吸纳和消化，春雨润物般地为社会进步提供着最活跃的大众智力资本的支持。

似乎这样的设计更趋于合理，文学的少数精英化带动、拓展大众化，大众化提升、改善底层的通俗化，使文学（文化）成为一个互补互动且科学和谐的链条，只有这样，才能夯实现代文明进程的基础。所以从广义上讲，小小说的社会学意义便超出了它的艺术形态意义。小小说作家除了文学写作的追求外，他们还具有文学启蒙、文化传播和普及教育的作用，这种自觉服务社会的功能理应属于公益事业的范畴。由于种种原因，小小说作家长期处于体制关怀的边缘，但其创作热情却不减，所以我认为，坚持小小说写作并持之以恒的人，是应该得到社会和受众的理解、尊敬的。

当代文坛名家和有识之士多有对小小说情有独钟者，而专写小小说的可谓蔚为壮观，有成就者数以百计。因为中国社会的这一独特的文化现象：立足民间的业余小小说创作队伍，各类报刊的小小说栏目设置，星罗棋布的小小说学会、沙龙和巧立名目的奖项、征文，五花八门的精选图书，小小说经营的产业链等，使小小说所彰显出来的文体意义、文学意义、大众文化意义、教育学意义、产业化意义和社会学意义，已在更大范围内被有识之士褒扬和关注。小小说文体、小小说作家在世界范围内，凸显为一个创新性的字眼。小小说带动的精短大众文化系列读物，以自己平民化的姿态融入时尚阅读的主流。大众参与，为大众写作，大众阅读受益，三十年过去，小小说依然是英俊少年。

张 果 老

冯骥才

好好的一套老东西失去一件，不成套了，这不成套的东西叫作失群。失群原本是令人惋惜又没辙的事，失群东西的价钱本应大打折扣，到了天津卫的古玩行反倒能拿它赚钱。怎么？不信？

今儿天好，索七来到估衣街，逛一逛他最欢喜的宜宝轩古玩店。运气不错，隔着临街的玻璃窗，他一眼就瞧见里边木架立着一排五彩瓷人。索七玩瓷器绝对到家，那一排瓷人在他眼前一过，立时看出是嘉庆官窑五彩八仙人。进门就径直朝这东西奔去，走近一看果然极好，色气正，包浆好，人物有姿有态，神情各异，个头又大，个个近一尺高，最难得的是没一点儿残缺。瓷人最易伤残的是手指，这几个瓷人没一根手指断尖。那股子富丽劲儿、沉静劲儿、滋润劲儿、讲究劲儿，就甭提了，大开门的嘉庆官窑！可是再盯一眼，问题就出来了。八仙人是八位，这怎么是六位？他细看一下，这儿站着的是汉钟离、铁拐李、曹国舅、吕洞宾、何仙姑、蓝采和，还缺着吹笛子的韩湘子和倒骑驴的张果老啊。没等他找老板问，只听一个声音响在耳边："您别看东西失群，价钱也失群了呢。"再瞧，掌柜辛居仁笑嘻嘻地站在他身边。辛掌柜个子矮，嘴唇上边长几根花白的鼠须，仰头对他笑着脸说："这套嘉庆官窑八仙要是整套的，品相这么好，还不得八根条子，一根条子一个人儿，现在您只出半价——"他用手比画个"四"，笑着说："一半价！您就抱走了。这点儿钱您到哪买去？实话告您，您索七爷走运了，人家等着用钱！"

古董是死的，卖古董的能把它说活了。

"这是谁家的东西？"索七问。

"瞧您问的，干我们这行能说东西是谁的吗？不过这家可不一般，天津卫无人不知，只是我不能连名带姓地告诉给您。再说，东西这么好，您管它是谁家的干吗？"

索七爷再仔细看看这六个瓷人，真是没挑儿：瓷人是手工活儿，每个瓷人都捏得好，画得好，烧得好，太难得！可要是整套齐全，花十根条子他也会狠下心来买。现在失了群，差大事了。辛掌柜好赛明白他想的是嘛，对他说："嘉庆成套的东西哪有不失群的？您要摆在家里，别像我这样全都摆出来，您可以单摆一两个。单摆显得珍贵，隔一阵儿再换换，更新鲜。"

索七爷动了心。做买卖的比当大夫的还会察言观色，辛掌柜说："老实跟您说，您要错过了，甭想再碰上。这东西今儿一早才摆出来，就叫您迎头撞上了。东西好，又这么贱，说不定下晌就叫人抱走了。"

于是索七回去取钱，来把款付了。辛掌柜给他包瓷人时说："您索七爷是福运当头的人，往后多留神，说不定碰上失群的那两个，那您就发大财了。"这几句话把索七说得心花怒放，高高兴兴地把这六位神仙抱回家。

打这天起，索七几乎天天逛古玩店。天津卫是商埠，来天津做生意的有钱人多，洋人也多，自然少不了古玩店，从租界马家口到老城内外，大大小小总有几十家。索七每五天就把所有古玩铺子跑一圈。

索七这种人天津卫挺多。祖上有钱，本人无能，吃喝之外，雅好古玩，天天在城中转悠。一个月后，索七又转到估衣街的宜宝轩，这个月已经来三次了，次次落空。这次不一样，他又是隔着玻璃窗一眼看到古玩架站着一个瓷人，同时还看到辛掌柜朝他弯着眼笑嘻嘻地招手呢。

他急忙跨进去，辛掌柜赶忙迎上来，说："我说上天不负有心人嘛。您看，这东西可是自己找您来的。"索七定睛一瞧，没错，嘉庆官窑五彩瓷人，和他那六个是一套的——双手执笛横吹的韩湘子，按捏笛孔的十根手指根根都有姿有态，小脸斜扭，红唇上翘，神情已入笛声之中。这瓷人做得似乎比那六个还好。这就要掏钱买。辛掌柜却说："您先别急，价钱咱还没说呢，上回叫您买到便宜了，这回不行了。"开口就要两根条子。

索七说："怎么这一个顶那三个的价？"辛掌柜说："您别还价，就这价钱，顶多三天准出手。单卖单说，按品相说价钱，您手里那六个虽然都好，可都没法儿和这个比。这套八仙，这个最好！极品！"两人争了半天，最后辛掌柜搭上一个带款的宣德炉要了两根条子，才把这韩湘子给了索七。索七问他这东西是不是还是上次那家的货。辛掌柜说："谁还会分两次拿出来卖？这件韩湘子是庚子闹义和团八国联军屠城后，人家在护城河边地摊上买的，人家可爱这件东西了。等着用钱，才拿出来卖。再告诉您吧，这东西刚上了架，已经有两位想要，我没卖，就等着您来。我不想再叫这套瓷人失群，失了群再想合群只有等下辈子了。"

索七说："还差一个张果老。你还得给我留神。"辛掌柜听了，露出笑容，说："那您可得天天烧高香，古玩行里还没遇见过这种事呢。"

索七把这韩湘子拿回家，和先前那几位神仙排成一排，别提多美，也别提多别扭了。没这韩湘子，只当是几个失群的古董，有了韩湘子，反觉得是一堆残品。索七的一位朋友说，八仙是八卦五行之象，缺一不可。索七就像着了魔似的满城寻找张果老。三天去一趟北城外估衣街的宜宝轩，回回落空。急得他恨不得买条驴自己坐上去。

一天后晌回家，打西北城角走进太平街——他天天回家就走这条道，看见街口一边围着十来个人，兴致勃勃看着什么。他过去往人中间伸脑袋一瞧，有个人手里拿件东西在卖。再瞧，眼睛登时花了；待定住神瞧，竟然就是他想掉了魂儿的那个瓷人张果老！没错，不用细瞧，就是自己那套八仙，那个张果老！这是老天爷派人送到他手上来的吗？再瞧瞧卖东西这人，五十来岁，模样像个小生意人，穿得不错，但脸上透着穷气。索七问道："你是打哪来的？"没料到头一句话就把对方问火了："你是买东西还是买人？你想说我是偷的？"索七赶紧解释，愈解释对方愈冒火，后来干脆从腰里掏出块布，把张果老一裹，夹在胳肢窝里就要走，不肯卖了。索七赶紧拦住他，说好话，赔不是，说自己真心要买这件东西。对方听了，带着气说："你要真要，六根条子！"这是天价，不沾边了，可是索七却不敢说个不字；死磨硬泡往下拉价，他愈拉对方把价咬得愈死，最后干脆说："没工夫跟你饶舌，我扔了砸了也不卖了。"

索七只好认了。回去取钱买了。

围观的人看不明白，明摆着成心刁难人的价钱也买？是买他爹他娘的灵牌吗？拿黄金当黄土了。

张果老抱回家，八仙终于凑齐了，也算各显了"其能"。

一天，索七一位上海的朋友来津，上门做客，看到摆在正中条案上的嘉庆官窑五彩八仙，这友人也好古瓷，懂行懂眼，连声称绝，说道："这东西得值六根条子。你花了多少请回来的？你买到便宜了吧？"

索七用心算一算，前前后后加在一起，竟是十二根。自己怎么会花这么多钱呢？他再把买这八仙前前后后的故事连起来一想，忽然明白到底怎么回事了——他钻进了人家早做好了的圈套！栽跟头的事不能对外人说，嘴上说着："不多不多。"却觉得条案上的八仙人都在咧嘴笑他这个傻瓜。

老街剃家

刘建超

老街把一些手艺活做得精湛的人称为家。你字写得好，写家；你戏唱得好，唱家；你头剃得好，剃家。被称为家的就是最高赞誉了，你手艺好，还德行高。在老街东关开理发店的老陆就是个剃家。

小说故事里写剃头匠的传奇多了，老陆却是个没有传奇故事的人。论长相，普通得没有任何特点，扔在人堆里就找不着。论身世，从小在老街流浪，十几岁跟着个剃头师傅打杂，师傅过世，他就接了理发店，平平淡淡。非要说出点绝活，那就是老陆左右手都会用剃刀，使推子，能给自己理发，那得有多么好的手感啊。

有一年夏天，老街许多人得了角膜炎，老陆也染上了。生意不能停，不能传染了客户，客户找上门来也不能怠慢。老陆就用毛巾捂着双眼，凭着经验和感觉给客户做活，发茬齐整，与平时手艺没有什么两样，惊得客户啧啧称奇。剃家的名声由此传开。

老陆几十年在老街开着理发铺，童叟无欺，随叫随到。有的客户半夜要外出进货，需要打理，会去敲老陆的门。老陆屋里的灯就会亮起，他一丝不苟给客户理发刮脸梳洗干净，不多收一分钱。有时客户过意不去，多放下几块钱，老陆也会记在心里，下次你来理发就不会收钱。

老街的买卖更新换代快，就是理发剃头的行当，没出几年也都换了门面，大大的霓虹灯映衬着美发厅、发型设计中心、美发会所，门口站立着的都是年轻的孩子，发型古里古怪的还染着各种颜色。

老陆的招牌没换。老街人，尤其是上了些年纪的人还是喜欢来老陆店里理发剃头刮脸。老街人还是愿意听理发推子咔哧咔哧的质感声音，还是享受剃刀在脸颊上游龙走蛇的舒坦感觉。

老街人理发爱扎堆，越是人多越来凑热闹，在等候当中抽烟喝茶，便把老街近几天发生的奇人怪事数落一遍，评论一番。

有人说，老陆啊，你也招个小姑娘来给撑撑门面啊，洗个头什么的，你没有见几个老主顾都被有妹子的发廊给拉走了。那双嫩白的小手在头上抓搓着，比你这老爪子可舒坦多了。

老陆只会憨憨地笑，说，我可雇不起。要享受，你们也去。

临近过年，老街热闹起来，大商场小店铺生意也多了。

西大街一家大商场忽然失火了，火光冲天浓烟滚滚，几十号人逃生不及，在火烟中丧生。老街一下子就冷清了，被巨大的伤痛笼罩住了。

街道人处理事故的人找了几家理发店，请去给过世的几十个人修面整容，打理干净了好让死者家里人来认领。给死人理发梳头，没有一家发廊愿意干，这种晦气的事情会影响生意的。

街道人找到了老陆。

老陆闷头吧嗒吧嗒地抽烟，烟雾弥漫着老陆没有表情的脸。

街道的人很着急，说价钱好商量，价钱好商量啊。

几个老客户说，老陆啊，你这招牌立起来几十年，能做成剃家可是不容易啊。想好了，接了这趟活，你的店就开到头喽。老街人都讲究个运气，谁还来你这店里找晦气啊。

老陆看看门店的招牌，说，死者为大啊。咱不能让这些不幸的人，走了也憋憋屈屈的吧。

老陆烟抽足，收拾好工具，说，走吧，做活。

老街人后来说，当时夕阳西下，老陆离去的背影很是悲壮呢。

老陆跟随街道的人，走进了一个大仓库，火灾遇难的人并排躺了一地。

老陆就从眼前的第一个人做起，烧热水，洗脸，洗头，修面，理发，一丝也不马虎。老陆把一个一个的逝者抱在怀中，禁不住泪流满面，实在不忍观之，他索性闭着眼睛，用盲剃的技艺给逝去的生命细细打理。一个女孩，头发烧焦了，纠结在一起，如果梳理就会掉光了。老陆第一次给女孩做起了发型，那发型做得和女孩的仪态非常熨帖，街道的人都禁不住打出敬佩的手势。所有的活计做停当了，老街迎来了第一缕曙光。老陆收拾好工具，推辞了街道人递给的报酬，踉跄着走出仓库。

老陆的事在老街流传着，人们敬佩老陆，可是却没有人愿意来老陆的店里理发刮脸了。

老陆索性关掉了店铺，摘掉了招牌，去丽景门下看看别人下棋，到茶馆里泡壶茶，听听戏。

老陆每次路过发廊，总是禁不住停下脚步，伸长脖子往店里瞅瞅，看着年轻孩子们在店里忙活，他的手就不由自主地活动着，仿佛手中还拿着理发推子。

春节过后，老陆不见了，老街的巷头街尾再也没人见到过老陆。

后来有人说，在新疆某个牧场见到过老陆，老陆正兴高采烈地剪羊毛呢。

老街再无剃家。

中国式英雄

申　平

傍晚，崔爽吃完饭，又开始沿着铁路散步。

夕阳的余晖还留在天际，笔直的铁轨反射幽光。崔爽边走边欣赏铁路两侧的风景。作为一名铁路职工，他对与铁路有关的一切事物都充满热爱。

忽然，崔爽看见两个十来岁的孩子在铁轨上玩耍。他立刻快走几步，大声喊道：喂，小朋友，赶快离开铁轨。那里危险啊！两个孩子听见喊声，抬头看了看他。大概见他穿着铁路制服，就乖乖地跳下铁轨，很快走进铁路对面的树林里。

崔爽继续散步。大约过了十多分钟，一列火车轰隆隆地驶过。崔爽心想，要是两个孩子还在铁轨上玩，就有点悬了。接着，崔爽就回家去看电视了。

第二天，崔爽到单位上班，无意间说起昨晚有小孩在铁路上玩被他赶走的事情，恰巧被铁路机务段的报道员龙一听到了。龙一正愁没完成每月3篇的写稿任务呢，他就问了崔爽一些细节，然后写了个小稿发出去顶缸。

这篇小稿就这样到了省城铁路分局报社编辑黄羊的手里。黄羊马上打电话给龙一，他说，这么好的新闻素材，让你给写瞎了。你就不会进行一些适当加工，把它弄得生动感人一点吗？！你听着，按我的思路马上改，你要这样这样……

过了几天，《铁路人报》上刊登出了龙一的特写，题目是：《儿童铁路玩耍遇险，铁路职工奋勇相救》。文章写道：……两个孩子只顾低头在铁轨上玩，全然不觉一列火车在高速驶来。500米、300米……越来越近了！在这千钧一发之际，正在铁路旁散步的铁路职工崔爽几个箭步冲上去，把两个孩子一手一个夹在腋下，然后翻身滚下路基，火车就贴着他们的身子飞驰而过……

龙一是第一个看到报纸的，他觉得有点心虚，就把单位的几张报纸都藏了起来，也没敢对崔爽说。好在这是铁路内部的报纸，发行量不大，看的人也不是很多，这件事情好像就要这么过去了。

又是黄羊多事！不知道是为了赚稿费还是为了出名，他把那篇稿子又做了一些修改加工，然后署上他自己的名字，发给了地方的省报。省报就是省报，马上跟黄羊联系，并派出著名记者阚峰和他一起奔赴崔爽所在的市，要深入挖掘，大做文章。阚峰对黄羊说：你的新闻敏感性很好，但是你的高度不够。你还不知道吧，崔爽救孩子的地点和欧阳海当年拦惊马的地方离得很近，不用拔高，这就是当代的欧阳海啊！黄羊听了连连咋舌：哎呀呀，我怎么就没想到呢！

长话短说。他们驱车到了崔爽所在市，通过龙一很快找到了崔爽。崔爽听说记者要采访他救人的事情，感到莫名其妙。继而他坚决拒绝，拂袖而去。

偏偏阚峰却不罢休。他说：这种情况我见得多了，我们要树立一个正面典型、学习楷模，往往不是那么容易的。一起做做工作吧。

于是就找机务段的领导跟崔爽谈，帮他树立集体荣誉感，并诱以"官禄德"。最后，崔爽只好接受采访。阚峰不但采访他救人的事情，还采访他从小到大的许多事情。甚至他小时候帮人推车背伙伴过河的事情都问得非常仔细。单位领导也把一些是他不是他做的好事统统安在他的身上。阚峰还给他拍了不少照片，还翻拍了他以前的许多照片，然后走了。

几天以后，省报以整版的篇幅，刊登了长篇通讯《当代欧阳海之歌》，把一个普普通通的铁路职工崔爽，写成了从小就不断做好事、关键时刻挺身而出的英雄。很快，多家报纸、电视台的记者蜂拥而至，长枪短炮对他轮番轰炸，宣传崔爽的报道铺天盖地。崔爽一遍遍地述说着救人的过程、成长的经历，最后竟然连他自己也有点相信，他的确是个真正的英雄了。

崔爽的事迹，立即引起铁路和地方领导的高度重视。果然，各种光环和荣誉滚滚而来。他经常外出参加各种会议，到处去作报告，嘴皮子练得越来越溜，脾气也越来越大了。

这天，崔爽竟为一点小事和恩人龙一大吵大闹，出言不逊。龙一气不过，立刻在单位公布了当年事情的真相，并写信给报社和有关部门，揭露崔爽是个假英雄。

经调查核实，组织上准备对崔爽进行处理。但是他本人不服，到处申诉。他说：当初并不是我自己要当英雄的，而是你们非逼我当的。帮我弄虚作假的人很多，要追究的话就应该一并追究，包括龙一等人。

崔爽觉得自己很委屈。

高 道 天

张晓林

高道天（1900—1959 年），书法以《石门颂》为宗，掺以于右任笔意，大气磅礴。

高道天原是陕西城固人氏，为陕南高姓大族。他 31 岁来到夷门，那时他是一个狂热的诗歌爱好者，成为一个诗人是他那时最大的理想，书法仅仅是饭后的余事。他曾向河南大学教授邵次公讨教写诗秘诀。邵次公告诉他，写诗就像练书法，得临帖。对于作诗来说，读书就是临帖，而读书的多寡，决定了你在诗歌道路上到底能走多远！

邵次公的一番言语让高道天茅塞顿开，从而动了定居夷门的念头。他去铁塔寺里租了一间僧舍，在昏黄的豆油灯下阅读各类诗歌书刊，还成了邵次公"金梁吟社"的常客。这个时候，他浓密的头发开始一根根脱落，短短月余，头顶上已是寸毛不存。

这种好学的态度让邵次公大为动容，尤其是高道天在书画方面又有着极高的天赋和良好的家学渊源，使他认识到这是个可造之才，于是，1933年初春，他写了一封长达十余页的信函，推荐高道天到北京张恨水创办的北华美术学校深造，进修书法和绘画。在北华求艺这段时间里，他结识了诗词大家吴心谷——忍庵先生。吴心谷先后做过袁世凯和徐世昌两任大总统的秘书官，专意给他们讲解古今诗词。吴心谷精通古音韵六书，还与齐白石交往颇深，著有《历代画史汇传补编》。

吴心谷曾为武学大师孙禄堂的《形意拳学》作跋，是孙家的座上客。孙氏太极拳传人孙剑云那时才十余岁，经吴心谷介绍，拜在高道天门下学习书法。若干年后，因为著作归属一事，孙禄堂与吴心谷之间起了一点波澜，在坊间产生了一些误传。孙剑云曾让高道天出面著文澄清了事情的原委。

一年后，高道天在北华学业期满，重新回到了夷门。这个时候，在河南执政的是冯玉祥将军。吴心谷托人出面，把高道天介绍给了冯玉祥。冯玉祥这个时期非常喜爱书法，尤其对魏碑情有独钟，他早听说过高道天的书名，就把他留在了身边，和他一起探讨书法技艺。有很多次，冯玉祥对外人介绍高道天说："这是我的书法老师！"

高道天很快在夷门书法界站稳了脚跟。

1934年，河南省书画展在开封大相国寺开幕。夷门书画界名流诸如许钧、关幼调、关百益、张乐天等悉数参加了这次展览。高道天在这次展览中大获丰收，他的一副行书"赏心欲辩"四尺对联、一幅仿文徵明《积雨连村图》和一幅仕女《文姬归汉图》入展，并赢得夷门书画界好评。

这次展览过后，在相当长的一段时间里，高道天的艺术生涯陷入了迷惘徘徊期，他感到很苦恼。恰在这个时候，吴心谷写信来让他去北京一趟，帮他校勘《历代画史汇传补编》。书稿校毕，正要返回夷门，于右任忽来拜会吴心谷。于右任身材高大魁伟，长髯飘拂，颇有仙风道骨。喝茶闲谈间，得知高道天是陕西同乡，又善书法，且与自己的书法风格相仿佛，感到很是亲近。次日，书法大家王世镗、文伯子来相聚，几人商定同游石门山，谒先贤，访石刻。

石门山是孔子撰写《易经·系辞》处，此地自是卜卦算命者云集。来到山脚下，但见卜卦的幌子一个紧挨一个，幌子下大都是一张年老的脸孔，见几个人走过来，纷纷仰起花白的脑袋，朝他们喊："客官，卜一卦！"几个人避开这些算卦者，往大山深处走。

山半腰有一片柏树林，如墨一般黑，荫翳蔽日。高道天内急，喊声："先走！"钻入柏树林。头顶上"哗啦啦"有一只大鸟飞过，高道天不禁打了一个寒战。走出林子，已看不见于右任几人，高道天忽然感到迷失了方向，看太阳，太阳蛋黄一样挂在中天，东西南北依然无可辨识。他静静神，四周看了看，就见一山坳避风处有一个卖茶水的摊子。

高道天觉得口渴得厉害，到茶水摊前坐下，要碗茶喝着，想问问那几个人的去向。

卖茶人是个老者，一袭灰色长衫，衣袂落落，竟遮掩住了双脚，很高的个子，鬈发斑白，留着长及腰间的胡须，额头突兀，眼睛却深深地凹陷进去，内蕴精光。他将茶碗递给高道天，突然说话了，声音喑哑。他说："客官是翰墨场上人物！"高道天吃惊地去看灰衣老者，问："你怎么知道的？"老者不答，诡异地笑了。又说："最近遇到难迈的坎了！"高道天愈加吃惊，不由喊道："奇了！"便将茶碗放下，问老者这道坎有多长？老者告诉他："短者三五年，长者就不可预测了！"高道天再次注视着相貌奇古的卖茶人，心想，遇到高人了，何不讨个破解之法？

于是，高道天摸出两枚铜圆，放在茶桌上，小声问道："可有破解之法？"

老者迟疑，眼角的余光扫一下桌上的那两枚铜圆。高道天会意，又掏出两枚铜圆放在桌上。灰衣老者咳嗽一声，喑哑着说："你得小心一个高个子留长髯的人，他会像蛇精一样吸干你艺术的脑髓！"说着，灰衣老者不由得伸了一下腿，双脚从衣摆下露了出来。高道天霎时感到毛骨悚然，头发梢根根竖起，他紧紧盯住了老者的双脚。茶桌下的那双脚上，穿着一双粉红色的绣花鞋！

高道天落荒而逃。

1939 年，高道天在开封大相国寺搞了一次个人书法展。于右任为他题写了展标，并发来了贺信。贺信中说他的书法已得《石门颂》真髓！

谁也不与鸡同眠

非　鱼

娘说，那时还没有我。炕上躺着的是大姐，奶奶背着的是哥。

在这个故事里，父亲一直是缺失的。用娘的话说，那几年他只顾跑。跑什么呢？不知道。父亲后来说，他在西安待过半年，和一次运动有关。一个地道的农民，除了十几岁的时候被抓壮丁给国民党军队运过一次粮食，除了他三哥当过保安队大队长，什么运动能运动到他头上呢？这一直是个谜。

还是说娘。父亲不在家的时候，娘私自做了一个重要的决定：下一座院子。

她头一次没和父亲商量，没有听奶奶的话，像一头倔牛，铁了心要下一座自己的院子。

我一直认为那些千疮百孔的窑洞都是自然长出来的，像笨笨牛的窝一样，到处都是，随便住。

娘说，不是。都是有家的，咱家住的那眼窑，是借来的。

我脑补了一个画面。奶奶和姑，娘，父亲，还有哥和大姐，这么多人，住在一眼借来的窑洞里，还有鸡和猪。哥和大姐肯定是要睡在炕上的，那么姑会不会和老母鸡同眠呢？

细节娘从来不说。她总是从吵架开始说起。

窑借了十几年，当娘已经忘了这是借来的窑洞，还要还的时候，娥婶提醒了她。

娥婶先是在她的窑门口哭，说猪拱翻了案板，碟子碗都打碎了，下顿吃饭一家人得趴锅里吃了。娘是去安慰她的，说谁家猪都拱过案板和灶火，再来小炉匠了锔一下还能用。

娥婶一把鼻涕捧在娘的袄襟上：锔碗不要钱啊，我笑一个小炉匠就给白锔啊。

娘这时应该带着那串鼻涕及时离开的，但她就是热心，还劝娥婶：哭也没用啊，赶紧想个法子。

娥婶一双大手拍在地上，仰着脸号啕大哭：就你会说，一眼窑借了十几年，要还了我还用猪一群人一群搁一块挤啊，早晚挤死一疙瘩。

娘这回听明白了，也想起来了，这眼窑是我那死去的爷爷从他堂兄手里借的，老一辈认亲，没人说还，可小一辈记着呢。

娘扭身回窑抱着哥哭，一边哭一边骂父亲，奶奶和姑跟着哭。

娘说，那天一家人都没吃饭，连平时老是喊饿的姑也没吃。娥婶的窑里倒是传来奎叔打娥婶的声音，笤帚疙瘩打得娥婶吱哇乱叫。

第二天，娘对奶奶说：咱下座院。

奶奶抱着哥，她的眼睛几乎都透不进一点光，她说：老天爷，你让娥子气疯了。下院，空嘴白牙说说就能下了，他爹又不在家。

娘说：我说下就下。你别管。

奶奶又开始哭：我不管，把你能耐的，我要死了就不管了。我咋还不死哩，阎王小鬼咋还不来收我啊……

那个早晨，娘走出猪粪和鸡屎味道混合的窑洞时，她已经坚定了下一座属于自己的院子的决心。

在豫西的某个地方，存在着一种叫地坑院的民居，有人叫地下四合院。平地上挖一个长方形的深坑，深坑的四周挖几眼窑洞，就是一座院子了。娘要下的，就是这样的一座地坑院，而且要三丈深转圈六眼窑的大院子。

地是现成的，村子里没有坑的地方，都能挖。娘看中的，是一棵老柿子树旁边的那块地。

箍窑的人请来，罗盘对对方位，铁锨镢头筐，工具一摆，娘开始了她造一座大院子的宏伟计划。

娘像一只钻洞的老鼠，手挖肩挑，天天撅着屁股和箍窑人一起，在地上慢慢刨着坑，越刨越大，越刨越深，几个月后，终于刨成了一个三丈深四丈宽六丈长的大坑。娘说，仰脸坐在那个平展展的坑里，别提有多美气。

坑挖成了，接着就是箍窑。娘非得要转圈六眼窑，还要大窑。奶奶说：老天爷，你挣死鬼托生的哇。有个坑窝住没雨处就行了，挖那么多窑等我死了往里埋啊。

娘不搭理奶奶，她有她的计划。一眼是她和父亲的，一眼是哥的，一眼是奶奶和姑的，还有一眼喂猪。

奶奶用一个破手巾把眼角抹得通红，她说：我哩憨子啊，咋算都还多两眼。

娘也许知道，她后来还会生了我二姐还有我。一群娃娃，都要睡在大窑里，睡在大炕上，谁也不能跟猪和鸡挤在一起。

奶奶后来说娘那会是又疯了。

我不知道奶奶为什么说又，但她就是这么说的。

箍窑用的时间远比下院子用的时间多，那是技术活，一不小心，挖塌了，就前功尽弃了。窑腿得稳，窑面得平，渗坑要深，窑里还得用麦秸泥抹得光光堂堂。箍窑人说：下苲了，箍这么多窑，这院子是真下苲了。

进院的斜坡就在老柿树下，一级一级台阶转一个圈，就下到院里。

娘一手抱着大姐，一手拉着哥，姑拽着奶奶的拐棍，老少一家人排排场场进了院。奶奶看不见，问姑院啥样，窑啥样，姑只顾咧着嘴笑，给奶奶说不清，奶奶都急哭了。

娘对哥说：去，挨窑去尿一泡。

鞋　掌

邓洪卫

走廊上响起"嚓嚓嚓"的声音，值夜班的人都精神起来。不用问，老彭来了。

嚓嚓嚓，是老彭特有的声音。这声音来自水泥地面。是老彭的皮鞋摩擦地面的声音。

老彭的皮鞋跟上，钉了掌，铁掌。

老彭个头不高，脸膛红亮，嗓门粗大，衣着朴素。老彭是我们的老领导。

那时刚建厂不久，为保证生产安全，老彭经常夜间查岗，弄得我们心惊肉跳，睡不踏实。后来，我们都不怕了。因为，老彭一来，就会发出信号，那就是鞋掌落地的声音。

"嚓嚓嚓"，仿佛在说，我来啦。

老彭喜欢穿钉了铁鞋掌的皮鞋。早些时候，皮鞋还算是奢侈品，为了尽量减轻摩擦对鞋底造成的损坏，一般人买了皮鞋总会在脚后跟和前脚心分别钉一块半月形的铁皮，这铁皮就是鞋掌。穿着钉了鞋掌的皮鞋，走在路上嚓嚓有声。这嚓嚓声，似乎在向所有人宣告：看看，我穿了双皮鞋！

可是，我们上班那会儿，皮鞋已算不得什么，谁还去钉鞋掌啊？那声音，难听死了。但似乎老彭的每一双鞋子都钉了铁鞋掌。白天，铁鞋掌的优势并不突出，到了夜间，万籁俱寂，鞋掌与地面摩擦的声音尖锐刺耳，能把人的心刺出荆棘来。因此，老彭来查岗时，往往人未到，铁鞋掌刮擦地面发出的"嚓嚓"声早已把我们惊醒了。哎呀，查岗了！我们赶紧装模作样，正襟危坐。

一般情况下，老彭不过是到各岗位例行公事地晃一圈，并不会真查到几个违纪睡觉的。私下里，我们经常讨论老彭的鞋掌，他这究竟是特意为我们钉的呢，还是为了保护鞋底？

我们都因这鞋掌，略略对他心怀感激。

老彭的老婆也是我们厂的，在食堂工作，做饭，洗菜，样样都来。她矮胖，皮肤挺白的，喜欢化妆，嘴唇总是涂得红红的，脸擦得白白的，头发烫得卷卷的，身上总是喷香喷香的，耳朵上常年挂着两个金光闪闪的大耳环，还特别喜欢穿大红大绿的衣服。名字也很好听，姓什么忘了，名字叫翠翠。

翠翠喜欢把食堂的东西往家里带。厂区离家属区不远，过了条马路就到。有一回，翠翠把食堂里的油倒进热水瓶里拎回家，拎到厂门口，瓶塞掉了下来，油顺着瓶嘴，哗哗地流出来。看门的老张头儿看到了，喊，翠翠，热水洒了嘿！

翠翠赶忙把瓶塞塞上，红着脸离开了厂门。

你想想，油都带，还有什么不带的。食堂里，有些剩饭剩菜，翠翠都会想办法带回家。剩饭弄点儿油炒炒，剩菜热一热。两口子吃得有滋有味。兴致来了，老彭还喝两盅。喝完酒，老彭红光满面，穿上钉上掌的皮鞋，嚓嚓嚓，查岗来了。

所以，老彭家从来不买菜。老彭总是那么红光满面。

后来，老彭不再红光满面，反而发黄。因为老彭生病了。胃病。疼得厉害。

查了一下，只是普通的胃炎。医生开了药，吃几天，缓解了。过几天，又疼得不行。就这么忽疼忽好，老彭的脸色越来越差。

老彭的死是个意外。按理，他不该死。哪有胃炎死掉的，何况，那时的他才刚过五十，正是年富力强的时候，身体其他方面也没问题。但是，突然有一天，就听说老彭死了。咋的？七窍流血，中毒而亡。太恐怖了吧，难道是他杀或是自杀？都不是。

据说，老彭深为胃病困扰，到中医院看病。医生开了方子，让他到药房抓药。他揣着方子，在中医院的药房转了转，却径直到外面的一个小药店抓药。

他嫌医院的药贵。中药很便宜的，能贵多少？老彭偏偏要省这个钱。

偏偏小药店的药不全，只差一味。老彭又到另一个药店配药，这药店的工作人员说，那味药也没有，不过有替代的，与那味药效果一样，有异曲同工之效。老彭就相信了。买了，服下。服药不久，就有人指出老彭气色有异常，嘴唇紫黑。老彭本人却未太在意，只说是药三分毒，治病嘛，就是以毒攻毒。

如此攻克了一段时间，一日，老彭在家洗澡，洗完从卫生间出来时，突然栽倒在地。家人急慌慌将其送至医院。抢救数日，转危为安，移至普通病房静养。

谁知又是一日，凌晨时分，几至天明，老彭感到胸闷不适，难受异常。当时，老彭之子小彭正服侍一旁，喊值班医生。谁知值班医生睡得正酣，连喊几次都没来。直至凌晨六时，在小彭忍无可忍的砸门声中，才睡眼惺忪地打开门。迟了！老彭已通身血紫，七窍流血，撒手人寰。

有一天，我在报纸上看一篇健康类的文章，说常吃剩饭剩菜，容易得胃病。就想，老彭是不是经常吃老婆带回来的剩饭剩菜才得的胃病呢？

有一年，我的鞋坏了。我到小区门口的鞋摊上修鞋。我问修鞋的老头儿，现在还有人钉鞋掌吗？老头儿的眼睛透过老花镜的上面，向我翻了一眼，说：

什么年头了，还钉那劳什子，现在来修鞋的都没几个了！

保姆安苗和朱教授夫妇

陈　毓

如果不是老伴得了膝关节滑膜炎，朱教授家里一定不用保姆，安苗就不会来到朱教授家。

朱教授一辈子的家务固定在为夫人择菜以及洗茶杯这两件事情上，所以我们不能说朱教授不做家务。

但是，夫人忽然腿疼。去医院，医生说，慢性滑膜炎。嘱咐少站立，少行动，保守疗法，重要的是养。贴膏药，喝氨糖，静养。

这下，夫人没法去厨房了，一日三餐没人做了。朱教授一辈子食不厌精脍不厌细，用朱教授儿女的话说，爸这人讲究得跟孔子似的。每顿饭菜要严格掌控数量，绝不能多做。剩饭菜朱教授是反感的，过多的饭菜摆在面前朱教授看着不欢喜。太少也不行，因为要保障摄入营养种类齐全，朱教授的话是，一个全面的菜最好，和菜。他希望有一个在舌尖上滋味明确，营养又相当全面的菜，看着悦目，食有滋味，在一个盘子里实现色香味气俱佳，以及营养的全面。这当然困难，你做一个试试，我学习。朱教授夫人偶尔和朱教授抬杠，这样说。说归说，下一顿她还是该煮煮，该炖炖，该炒炒。他辛苦，每天都是费脑子的事情，看着朱教授伏案的背影，朱教授夫人把门在朱教授身后轻轻关上，愉快地去厨房忙开了。

朱教授呢，他写书，写得顺利了，高兴，来陪夫人说几句话，把葱啊蒜啊姜啊土豆啊笋子啊，拿到客厅里去剥干净弄利索。朱教授的夫人最初是反对朱教授这样做的，说清清爽爽的客厅，被你弄出厨房的味道，要打理就在厨房。但是51年过去了，朱教授也没改过来。到了现在，教授夫人早放弃纠正的心思了，因为一辈子眼看快过完了，算了。

所以你看，训练了几十年，朱教授剥的葱姜蒜是那么的清鲜动人。推广到山药芋头，朱教授更不放心夫人去清理，你性子急，弄不好，剐皮又狠还沾染了泥。方法不对，朱教授说。

好吧，生活就是这样，男女是凹和凸，是阴和阳。一个行的地方，是放任另一个不行的。他们生来就是要互补的嘛。你看我，又不写一个字。我做菜，做饭，我饲养你朱教授。教授夫人乐意呢。

这样的日子他们一过，眼看就过了一辈子。

朱教授继续写他的书，朱教授的夫人还做她的饭，饲养朱教授。本来可以这样，为什么不可以一直这样呢？不是说，朱教授的夫人得了滑膜炎吗，就是关节和关节之间磨损出了障碍，这是时间给人的灰，你都那么老了，不，我们都这么老了，磨损是肯定的。自从夫人腿出了问题，就格外敏感，对老啊衰啊损啊这些词格外不耳顺。朱教授赶紧改变说法，紧急修改，把单数变成复数。

朱教授和夫人当然有儿有女，但他们既不想跟儿子住，也不想跟女儿住，好说歹说，接过去不到一周，就不欢心，朱教授是觉得清静被打破，生活的秩序全乱，哪有他们单独住自在，夫人看着朱教授不欢心，恨不能赶紧搬回他们的宅子住。这样就一定得请保姆，朱教授夫妇都不想要保姆，尤其教授夫人激烈反对，那不等于承认自己老了，不行了吗？儿女们哄着朱教授的夫人开心，你赶紧好，你一好，进得厨房，上得厅堂，我们马上把保姆送走，现在找一个合适的保姆多难啊，你们根本不知道，难得这保姆伶俐还能干，知足吧，感谢好命吧。女儿搂着朱教授夫人的脖子，您老看我忙不忙，心疼一下我，不要捣乱了行不行，将就将就，您一好，马上送保姆走。

我这就老了。朱教授的夫人长叹一声，让保姆先留下。

保姆叫安苗。二十三岁，比朱教授他们的孙女朱可以小三岁。

安苗没考上大学，朱教授就说，考大学也不是多了不得的。朱教授夫人就说，朱可以去英国读研，最初可是你的主意。

朱教授问安苗，谈恋爱了没有？朱教授的夫人马上接嘴，什么，阿苗多大啊，比我们的朱可以小三岁，就谈恋爱了，你说过朱可以三十岁找不到合适的不结婚你也不会反对。

朱教授给安苗讲解《道德经》，安苗问《道德经》是不是朱教授写的？喜得朱教授夫人看笑话。朱教授就把一本简体的、横排的《道德经》取给安苗读，说你读几遍，认不得字也不要紧，我给你讲，保证你听懂，这本书读懂了，别的书不读，也不要紧。

看见朱教授把葱姜蒜收拾得那么整齐，阿苗很感动，觉得朱教授既可敬又可爱。这么大的教授，这么有学问的人，咋还能干这个呀。她看见朱教授坐在客厅里，像打理一个战场那样有条理地收拾那些葱姜蒜，觉得自己像是在欣赏一幅画。安苗由衷地夸赞朱教授，想要找到最高级别夸赞朱教授的词，但苦于找不到，于是她说来说去，还是，朱爷爷，你太牛了，你牛人，牛教授，你很牛掰。

就听见嘭嘭嘭地敲击床头柜子的声音，自从朱教授夫人行动不便，朱教授就和夫人约定，夫人需要他做什么，不用呼叫，直接敲几下桌子，椅子，或者墙壁，他能听见，听见了，他就会立即赶去。

现在，朱教授的夫人敲击床头边的小柜子，被葱姜蒜占着手的朱教授赶紧嘱咐安苗过去询问，朱教授的夫人要安苗读书，朗读《道德经》。

安苗朗读，却总被不认得的字卡住。

客厅的朱教授就大声地予以提醒，纠正。使得那诵读声虽然磕绊依然能持续下去。

我的吴大姐啊

白小易

她是在我的指引下，由股票市场进入期货市场的。而且一来就比我做得好。

她退休之后仍然在家操作。每有斩获，就会喜气洋洋给我打电话。故意先问我的战况，然后炫耀战绩。我总是自叹不如。这就是吴姐，我十多年的同事。我们之间没有任何爱恨情仇，只是很熟。她来电话，我老婆都不介意。

但是在她真正做了一件"惊天"大事以后，却没主动告诉我。她留给期货公司的电话是办公室号码，所以他们打通我桌上的电话。他们很迫切地想见吴姐，那口气像要拜神似的。我告诉他我也是他们公司的客户，跟吴姐一样都是小打小闹的散户。可那经理一下子把音量提到了房顶——"小打小闹？她都赚了两百多万了！"我一面惊愕一面不信。但人家似乎很当真，不敢跟我多耽误工夫，催命般地跟我要了吴姐的手机和宅电。

估摸他们通话结束，我按捺不住也打了吴姐家的号。

吴姐的声音跟平时完全不一样，而且似乎也不愿意多说话。可怕的是，这个一天到晚趾高气扬的女人，居然低调了！

"没什么，真的，没什么，我就买了点大豆……"

我天天盯着行情，当然知道这些天大豆一直在涨。"你买了？太棒了！买了多少？"

"没多少……真的……"吴姐在谦虚地笑！

"他们给你打电话干吗？"看来的确是真的。说实话，我心里酸酸的。

"他们催我平仓。呵呵，他们害怕呗。"

我真诚了一把，"要是我啊，肯定马上就卖！"

"呵呵，要不你咋赚不到钱呢……"

我听出来了，她那"谦虚"的笑声里其实是前所未有的自负啊。我还能说啥啊。

接下来的几天，大豆合约几乎每天都以涨停报收。我坐在电脑前，时时替吴姐估算着财富的增长。现在是我每天主动给吴姐打电话了。我一定得知道她到底卖了没有，不然会比死了都难受。令人无比敬佩的是，吴姐不但没卖，而且每天都把盈余立刻开出新的多头仓位。这就叫驴打滚式的爆发性增长啊。我已经感觉不出我到底是什么感觉了。

这样的情势每天还在延续。我固然形容不了自己的心情，但对现实的认识还是冷静的。我知道大豆不可能永远这么涨。它总有一天会突然掉头向下。所以不管如何遭到她的奚落，我还是要劝她及时了结。她不听我的，我发现我反而感到宽慰。我在痛斥自己心理不健康的同时，也在分析和比较吴姐怎么就能做到如此神奇……她也不是神奇，只是一根筋。我做不到是因为我的思维太发达……呸，这不也是吃不着葡萄说葡萄酸吗？！

我克制了几天，没给她打电话。终于有一天，在我的估算中，她的财富已经超过了五千万。我无奈又跟她通话了。

"我的吴大姐啊，你什么时候修炼成了神啊。"

"期货公司的总经理刚才对我用了'跪求'二字——求我卖呢。"

"大姐，你不能谁的话也不听啊。快平了吧！"

"我要是听他们的，赚几百万的时候就卖了。那我现在不得悔死。"

"几百万还不够？那可是真金白银啊。你现在几千万，可都是账面利润啊，说没就没啊！"

"你乌鸦嘴不会说点儿好听的！瞧你那点见识，我告诉你，我马上就超过一个亿啦！没想到吧？"

我心里的震撼和酸楚自然已到了无以复加的程度……我只好什么也不说了。

几天之后，可以说，完全在我意料之中的事情发生了。大豆跌停板！而且是每天开盘就巨单跌停。吴大姐的纸上富贵正在疾速缩水，而且毫无补救的机会——她根本就卖不掉！

最后的结果，非常具有戏剧性——等到吴大姐终于平仓的时候，她的账面资金又回到了五万多元——老天爷，谁受得了这样的轮回呀！

这当然不是吴大姐告诉我的。现在谁也找不到她了，无论是打电话还是她本人。这是一家财经网站透露的消息。我在替吴大姐扼腕痛惜的同时，也松了一口气。

我是一只狐

刘国芳

那片荒地经常有狐出没，小谢就看到过一只狐。小谢是个漂亮的女孩，住在离荒地不远的一个村子里，那个村的人包括小谢经常会到荒地里砍柴、放牛，秋天的时候捡苦槠，打毛栗。他们在这里看到狐，都会拼命去追。小谢村里的人都认为，狐就是狐狸精，会变成女人，迷男人。这天，小谢没追到狐，狐倏地就不见了。这以后，小谢再没在荒地里见到过狐。再后，荒地里要盖房子了。动工那天，村里人包括小谢都出来看，小谢还问："做什么呀？"

一个人说："听说这里要盖一家大酒店。"

又一个人说："五星级的。"

小谢不信，这里离城那么远，会盖五星级大酒店？但这是真的，过后，那片荒地里盖的房子，便像吹气泡一样，很快就盖好了。随后，那几幢房子一天比一天好看。小谢没见过那么好看的房子，小谢觉得可以用金碧辉煌来形容，当然，也可以用富丽堂皇来形容。大酒店做好了，就热闹了，每天都有很多车来，一辆又一辆，川流不息。小谢也认识一些车，知道那些车有奔驰、有宝马，还有奥迪，甚至还有法拉利。小谢村里的人，也认得那些车，他们看见那些车，总说："这城里人怎么那么有钱呀？"

小谢说："太有钱了。"

小谢说过，有人看着她说："小谢你这么漂亮，以后也嫁个有钱的老公。"

小谢脸一红，走开了。

有时候，小谢会往大酒店方向去，跟前车来车往，一些车开到小谢跟前时，会慢下来，然后问着小谢说："前面是红楼大酒店吗？"

小谢知道他们明知故问，但小谢还是会用手指一指大酒店，笑着回答人家说："是。"

有些人更直接，他们看着小谢说："这女孩真漂亮。"

小谢又笑。

大酒店周围，还有荒地，小谢村里的人包括小谢仍会到荒地里砍柴、放牛，去捡苦槠，打毛栗。一些住在大酒店的人，闲了没事，也会到荒地里转。一天，一个人还在荒地里看到一只狐。这是个看起来有点文质彬彬的书生，书生看见狐，立即去追，但哪里追得到，那狐倏地一下就不见了。小谢这天也在荒地，她在书生找狐时出现在那人跟前。那人很惊喜，那人说："你是狐吗？"

小谢说："你说呢？"

那人说："你就是狐，是狐变的。"

小谢笑了，她是个喜欢笑的女孩。

那人在小谢笑着时又说："你真好看。"

小谢说："是吗？"

那人说："真的好看，我没见过像你这么好看的女孩。"

小谢说："大酒店里的女孩不是更好看吗？"

那人说："她们没有你好看。"

小谢说："你哄我。"

那人说："我不哄你，不信，我带你去看。"

小谢真去了，她一直想进去看一看，但不敢，现在有一个看着文质彬彬的书生带她进去，她敢去了。小谢跟着书生走进了大酒店，还进了书生的房间。但在房里，书生不文质彬彬了，书生一把抱着小谢，还说："你怎么这么好看呀？"

又说："你是狐吧？"

小谢拼命挣脱，但没用，书生不放小谢，只说："你一定是狐。"

书生随后把小谢按在床上，小谢仍挣扎，跟书生说："不要，不要。"

也没用，小谢挣不脱书生。

小谢在那人起身后呜呜地哭起来，书生被小谢哭烦了，扔给小谢一大沓钱，然后说："我以为你是狐，原来不是。"

小谢拿着钱，不哭了，抹了一把眼泪，小谢走了。

但小谢走了，又来了，天天来。有客人住进来，小谢也像大酒店那些女孩一样，去敲人家的门，门开了，小谢会说："先生需要服务吗？"

一天，小谢敲开门时，看到书生了。书生见了小谢，一点也不意外，书生说："你是一只狐了。"

小谢说："不错，我是一只狐。"

回　　灌

蔡　楠

春上，村长陪着乡长来到陈九炳的苇田里。那时候，陈九炳正猫腰撅腚给半腿高的苇子锄杂草、去杂苇。绿油油的芦苇在春风中抖擞着，歌唱着。几只呱呱鸟扯着嗓子叫着，在陈九炳的脚下跳来跳去。

村长说，九炳，乡长来看你了——

陈九炳直起腰来，用手背抹抹汗，哎呀，乡长啊，有村长看俺就能感到政府的温暖了，你咋还亲自来了呢？

一只呱呱鸟蹦到了乡长的脚面上，乡长呵呵一笑，老陈，都说你是难剃的头，我不来，这头剃不了啊！

陈九炳把锄头往地上一戳，乡长说哪里话？俺们小老百姓不剃头，头发长了随便拿个刀子刮吧刮吧就成了，哪敢劳乡长的贵手呢？

乡长轰走了蹦到脚面上的呱呱鸟，老陈，这里要建一个白洋淀休闲旅游综合体的事你知道吧？

知道！村长都跟俺说好几遍了。

这可是个大项目，市里省里招商引资的大项目呢！

多大？

多大？这三千亩苇田荷塘都要挖掉，水抽干了，建酒店、禅院、会所，还有高尔夫球场呢！那时候，会吸引成千上万的人来这里旅游休闲，给国家能创几个亿的税收呢，你说大不大？

大，确实大！陈九炳说，可俺这五亩半苇田碍着大项目啥事了？这屁股大的地方还能建高尔夫球场？

村长扳倒了戳着的锄头，九炳，不是跟你说过了吗？你这屁股大的地方是不能建高尔夫球场，可这屁股正在球场中心，你说碍事不碍事？

陈九炳把扳倒的锄头又戳了起来，俺自己的地碍谁什么事了？爷爷种苇编席打箔，爹爹种苇储粮打囤。苇田是他们的命呢！再后来就到了俺。都说如今芦苇没啥用场了，不是，俺有。俺也有大项目，俺闺女在北京和外贸定了个合同，收咱这苇子，做芦苇画出口呢！

乡长扑哧一声，笑得差点把痰喷出来，就你这点芦苇，出口？外国人不稀罕！

乡长你怎么笑话俺？你应该支持俺才对嘛！俺这点苇子是少，可俺要收购了这三千亩的苇子就不少了吧？外国人就稀罕了吧？

会有人把苇子卖给你？乡长问着陈九炳，却把脸转向了村长。

会的！去年冬天俺就跟种苇子户都说好了。陈九炳身子对着村长，却把脸转向了乡长。

那是老皇历了，你过来我再开导开导你。村长拉着陈九炳，蹚过几片茂密的芦苇，向苇田边上走。扑棱棱，"嘎嘎吉，嘎嘎吉——"几只鸬丁被蹚了起来。村长一伸手，没逮住，我说九炳，你小子这苇田里还有鸬丁？

陈九炳说，甭说鸬丁了，就是白鹭黄鹤都来过呢！俺这里苇子茂密，鸟儿都愿意来！

那你给我弄几只鸬丁炖炖，再抓几只白鹭黄鹤养养怎样？

不行啊，村长，陈九炳说，鸟是苇子的魂儿，鸟不来了，苇子没魂了，不就蔫死了吗？

村长拉着陈九炳蹲下，用左手掏出一支烟递过去，又用右手掏出一沓纸递过去，我就是和你说着玩的，我当国家最低领导人的，还没这点保护动物意识？喏，你说人家会卖给你苇子？你看看，他们早把苇田卖给开发商了，钱都揣兜里了！就你傻吧，傻得连个呱呱鸟都不如！

陈九炳一张一张翻着合同。翻一张，说一声，俺去，翻一张，说一声，俺去，怎么能这样呢？他大爷那个屁股的——说着说着，就要撕合同，村长一把夺过来，你撕了合同，能把人心撕回来？你也忙签吧，一亩地五万多，五亩半地小三十万了，你卖苇子哪里去卖这么多钱？

不，不止这么多！乡长不知什么时候也凑过来了，我刚给开发商打了电话，说你是最后一家，如果你今天签了，再给你追加几万，让你再去新马泰旅游一圈！

那俺要是不签呢？陈九炳把烟夹在了耳朵上，想想，又取下，扔在了地上。

那就是钉子户，破坏市里招商引资大环境，公安介入，抓起你来，最后钱也捞不着，地也落不下！最后鸡飞蛋打——

一只呱呱鸟又追了过来，又爬上了乡长的脚面。乡长一抬脚，皮鞋用力踩了下去！

陈九炳扒开乡长的皮鞋，捧起了那只呱呱鸟，埋怨着，傻鸟啊，你以为那是俺的皮鞋吗？

鸟傻，你可别傻，村长把一张空白合同递过来，你儿子在市里做公务员，还开了个小饭店，本身公务员就不能经商，饭店他又没交税，市里正想查他呢！你签了，就什么事都一了百了了！签吧——

陈九炳愣了半天，哆嗦着在合同上歪歪扭扭签上了自己的名字，用鸟血按上了一个肥肥的指印！

村长乡长开发商都没有食言，第二天就安排陈九炳出国旅游去了。

一周后，陈九炳回到了白洋淀。他没回家，一下船就直奔了苇田。

他没有看见那歌唱的芦苇，也没有看见跟着他跳来跳去的呱呱鸟，还有那一不留神就从腋下飞过的鸼丁，他看见的是十几台挖掘机正牛魔王一样哞哞地吼叫着。在陈九炳的眼里，那不是挖掘机，那是外星人派来的怪物。那怪物，先是慢慢伸长脖子，惊悚地伸到天空中去，接着慢慢地探下身来，尖利的爪子探到葱郁的芦苇丛中，猛地一拱，苇叶苇根就被拔了起来。然后伸向远处，哗的一松，苇叶苇根连同泥土被甩到了五米开外的堤埝上。堤埝长得望不到头，原来一望无际的水域，已经沧海变桑田了……

陈九炳就觉得自己的心被拔了起来，拔到了半空，忽悠着，忽悠着，还没等平静一下，就被甩了出去，碎成了一地绿白黄掺杂的泥泥水水……

不，不要——他喊着，扑到了那一地的泥泥水水前。晚了，他回来晚了。他的五亩半苇田，还有白洋淀，早就被这些怪物开膛破肚了。

陈九炳一夜未睡。第二天，他找到村长，让村长陪着他找到乡长。乡长正在开会，他把一个鼓鼓的塑料袋子扔在了乡长的办公桌上，大声嚷着，乡长，这苇田俺不卖了，俺儿子的事也不管了，你们爱咋地咋地吧！

说完，一扭头走了。

人们就好久没有见到过陈九炳。过了些时日，挖掘机走了。又过了些时日，挖掘机又来了。它们扒开了高高的堤埝，抹平了凸起的苇田和荷塘，外面急切的淀水铆足了劲，重又回灌了进来。哗啦哗啦的气势过了三天，大淀又恢复如初，波平如镜了。

但淀区的人们却没见陈九炳回来。

秋天，乡长来村里布置建设美丽乡村事宜，来村长家喝酒。喝到酣处，乡长激动起来，你问这淀水回灌的事谁弄成的？陈九炳！这老小子，真有些胆魄，他先是跑到市里反映，市里没表态，又到省里，还没个结果。你说他去了哪里？让他女儿领着直接去了环保部，去了"焦点访谈"。得，真相曝光，这么大的项目，既没环评，又没洪评，项目就叫停了。停得好啊，要不我们脑瓜一热，就都被开发商忽悠啦——

是啊，停得好！祖宗留下来的这汪儿水经不起这么折腾呢！村长端杯凑过去，碰了一下乡长的杯。

九炳呢？怎还不见影？乡长问。

他弄出这么大的动静，吓得躲到旱地亲戚家去了！村长说了实话。

快，快给他打电话，乡长挥舞着胳膊嚷起来，你就说，他莘田里的呱呱鸟和鸪丁又飞回来了——

路　　途

袁炳发

第一次用眼泪欺骗女人，是在我15岁那年春天。

我爸爸、妈妈都是当地有名的赌徒。尤其是爸爸。爸爸年轻时，是称霸一方的赌王。妈妈曾用一生的代价做赌注，把自己押在赌桌上，来和爸爸一争高低。结果，妈妈输了。我年轻美丽的妈妈，只好嫁给我这个长相不济而又跛脚的爸爸。

有时，跛脚的爸爸就挺自豪地对我说，你妈妈是我从赌桌上赢回来的，这才叫本事。

这时，妈妈就忧郁着一张美丽的脸，像对我又像自言自语地说，人生最关键的那几步，叫我自己走错了，这叫命！

我出生在以赌为业的家庭，又能受到什么样的熏陶和教育呢?！只能是子承父业，青出于蓝而胜于蓝了。

7岁开始坐在父亲的膝盖上看纸牌，9岁成为妈妈麻将桌上的助手，12岁独立和大人赌钱，13岁就有了小赌王之称。

俗话说：山外有山、人外有人。15岁那年的春天，我和一个外来的男人对赌。经过5天5夜昏天黑地九九八十一回合的较量，我终于惨败在这个大我十几岁的男人手下。

我承认这个男人是高手，赌技胜我和爸爸一筹。

爸爸和妈妈多年的积蓄，让我在几天之间就输个精光。在家里，我不敢看爸爸和妈妈那发蓝的眼神，就从家里走出来。

15岁那年的春天，一个稚气未脱的少年，便开始出现在一座陌生城市的街头、车站、码头。

我乞讨的目标是30岁至40岁的女人。见到这样年龄的女人，我就以一个流泪男孩的稚嫩和虔诚，对女人说，大姨，我的钱没了，回不去家了，能给我一点回家的路费吗？

许是女人天生见不得眼泪，见我这样说，就都很慷慨地掏钱，来资助我这个归家路上的少年。

我在这座城市奔波流浪一年后，用捡来的一个满是油垢的兜子，装着钱返回故乡。

回家后，我把这钱交给爸爸妈妈。

爸爸妈妈望着这钱，兴奋地问我，哪来的这多的钱？

我说，赌来的。

爸爸听后，猛地拍一下我的肩说，好小子，有本事！

这时，我的眼里充满了泪水。

24岁那年，我再次用眼泪欺骗了一个女孩。

女孩叫玲子，是我家的邻居。

24岁，开始思谋婚姻大事。然而，邻里的女孩哪个敢跳进我这个赌王世家的火坑？

我想到眼泪对于女人的效果，便开始主动追求玲子。

我跪在了玲子面前，眼泪流了一大串说，玲子，你要不嫁我，明天我就去自杀。

果然，玲子受到眼泪的感动，扶起我说，嫁给你可以，但你必须戒赌！

我说，可以，只要你嫁给我。

然后，玲子拿出纸和笔，叫我和她签了"结婚后再赌就离婚"的条约。

一年后，我和玲子结婚。

又一年后，玲子生一男孩，挺漂亮，像玲子。

我和玲子过着"男耕田、女织布"的那种平静的生活。

一天，以前的赌友狗子来告诉我，10年前赢得我离家出走的那个男人又来了。听后，一种雪耻复仇的念头涌上心。

我瞒着玲子，随狗子进了赌场。

又是几天几夜的较量，我终于赢了这个男人。当我拖着疲惫的身子走回家，把赢来的钱交给玲子时，玲子把钱扔了。

玲子疯一般冲上来，气愤地甩给我两个嘴巴，然后骂我一句，你不是人！

再然后，玲子坚定不移地执行了我们当初的条约：离婚。

离婚后的我，心里虚空无边。

于是，在27岁生日那天清晨，我再次离家出走，再次回到我15岁那年春天流浪过的那个城市。

我抵达这个城市的那天傍晚，在过火车站附近天桥时，我被一个算命老人拦住。老人说，先生印堂显暗，一定烦事缠绕在身。

我就叫老人给我算一命。老人抚摸着我的手掌，突然对我说，小伙子，你欺骗过很多善良的女人。

我大惊点头。接着我把用眼泪欺骗女人的事情，对老人说了一遍，还告诉老人，我的人生路途总是有些弯路，求他指点迷津。

老人听后，笑了笑说，你的命不用算了。记住我的一句话：见善如不及，见不善如探汤。你按照这话去做，前程似锦，逢凶无咎，否则会遇过涉灭顶之灾。

老人把话的原文意思也解释给了我。

后来，老人的这句话，时时警醒着我，犹如一服良药伴随左右。

多年以后，我的事业成功，玲子告诉我，她当时就在卦摊附近的角落里盯着我，那个算命老人是她花钱雇用的托儿。

白 天 睡 觉

周　波

逛着逛着，我就逛到了村口。那是个渔村。

渔村很近，就隔着几条马路。刚才还踩着热闹的街市，转眼间就望见了成排林立的船桅杆。是白天，渔码头一长溜地清晰，有鱼腥味浓烈地飘过来。海水轻微地推来推去，密密麻麻的渔船稳稳地挤在一起，像有链子拴着。我瞧着四周，空无一人。心里纳闷：人呢？

我常来这里，前几天，这小渔港还是人声鼎沸，热闹非凡。要出海嘛，船员们得备足生产和生活用品，忙碌得很。出海是远途，整个渔村的青壮年呼啦啦地全出动，起码要在海上待上一个月，甚至更长。

瞧那渔船蓄势待发的阵势，该是出海的日子。可是，人呢？人都去哪儿了？

确实有点反常，走在巷子里居然也很安静。有几只鸡在弄堂口转来转去，毫不慌张地啄着食。狗叫声也时不时传来，有近有远。感觉，它们都像是被关出门似的。

难得遇见一个村民，我问：怎么这么静？他朝我一脸的坏笑：都还没醒呢，在睡觉。睡觉？我愣了愣，怎么可能？连我这只懒虫也早早地出门了，何况现在已近中午。在我有限的记忆里，岛上的人都是早出晚归，这似乎已成默契的一种生活习惯。

我看见了渔村办公室，那里面倒是有几个人影在晃动。一个像村长一样的人悠闲地在屋内"吧嗒吧嗒"抽着烟。一问，果然是村长。我问：村长，大晌午的，这村子里好安静！村长不紧不慢地说：睡大觉呢。我说：大白天还睡懒觉？村长笑笑，说：今天要出海。我从口袋里掏出一盒烟，给村长点上，然后说：是啊，出海的日子该是最忙的，怎么还在睡觉，再不起床下午走不了了。村长哈哈一笑，说：你城里人懂个毛线，要出海了，得抓紧呢。我很好奇，问：抓紧什么？村长显得不耐烦了，说：抓紧落实公粮。估计是瞧我依然一脸茫然的样子，村长吸了口烟，补充着说：村里有约定，出海当天，不能打扰夫妻。我突然听懂了，顿时笑起来。我对村长说，本来还想着去走几家，看来时间不妥。村长幽默地朝我眨了眨眼。

这时候有个小伙子跑进来，急着对村长说：别村的船都开了，得赶紧广播通知。只见村长先是一愣，然后撇下我，马上拿起手机。我不知道村长说了些啥，反正过后就看见一个女的急急忙忙从门外小跑进来。村长手一挥，说：快去！把这些鬼儿子都给我从被窝里拎出来。

我待在村长办公室，一点也没想走的意思，就觉得这个中午过得挺有意思。不久，一个渔民推门进来了，他用手重重地擂了一拳给村长：催个鸟啊！喇叭喊得贼响，裤裆下面受惊吓了。村长笑着说：之前干啥去了，时间到了才想起。渔民还在咕哝：催个鸟啊！差点失灵，你会害我断子绝孙的。村长说：你小子自己干的坏事多着呢，我会不知道？还怪我，怪喇叭。在我走出村长办公室的时候，看见又有几个渔民走了进去。我知道他们都是去调侃村长的。我只能笑笑，毕竟，他们就要离家了。

巷子里的人突然多了，脚步声也变得匆忙起来，刚才的鸡鸡狗狗这会儿也不知去哪了。我抖了抖精神，在巷子里拦住几位渔民兄弟，问：兄弟，刚起床？他们开心地说：是啊！随后我在码头上又拦住几位，问：兄弟，刚起床？有几个渔民像瞧西洋镜似的瞧了瞧我的脸，说：关你什么事？我沿着长长的渔港一路走，看见几位站在船头上的渔民，又问：兄弟，刚起床？好家伙，他们像是知道我话中有话，居然狂笑着从船头劈头扔过来几个橘子，差点砸中我的头。我逮住几个前来送行的女人，问：刚起床？女人们一听顿时羞红了脸，那会儿，她们一定把我当成了村子里的疯子，边骂边跑远了。这时候，轮到我开心了，我真的好久没这么开心了。

村长过来拍拍我的肩，说：还在啊？一看是村长，我赶紧从口袋里摸出刚才那包烟，分了一支给他。我认真地对村长说：睡觉真好！我从未感觉过睡觉原来有这么好。村长突然沉下脸来说：好个屁，别看现在热闹，晚上更热闹。我问：晚上怎么热闹了？村长猛吸一口烟，说：算了，我得忙晚上广场舞了，村里广场的灯泡碎了好几个，现在不去办好，明天我得被那些婆娘们折腾死。

翌日，我睡了个懒觉，这可能是我睡得最过瘾的一个懒觉。我的婆娘过来说：太阳晒到屁股上了，该吃中饭了。我嘿嘿一阵傻笑后，猛然间一把将她搂进怀里，说：再睡会。她压根就没想过我会来这一手，死活脱不开身，急得直喊：干吗？你这个疯子，放开我！我眯着眼睛，一脸坏笑地对她说：过会等喇叭响了，我就要出海了！

鹊　桥　会

江　岸

黄泥湾离竹园镇三公里，竹园镇离殷城县城三十公里。现在修了村村通公路，公路围绕大山绕来绕去的，好像一根飘舞的细长绸带，萦回在大山雄健的体魄上。

秀英看见县城的长途汽车开往镇里的时候，她正攀爬在山腰那截盘山公路上，如果她深陷在山坳里，她的视线就不会如此开阔。汽车仿佛一只慢吞吞的小爬虫，在对面山坡上缓慢地爬行。秀英知道，这是她自个儿的视觉误差造成的，每一个长年在山区开车的司机，都能将汽车开得风驰电掣尘土飞扬。如果站在公路旁边，就会感觉汽车不是在跑，而是长了翅膀一样在飞，眨眼间就飞到了面前，带过来一阵呛人的尘土和浓烈的柴油余烬的气息。秀英不敢怠慢，抬手掠了掠鬓边散乱的发丝，不由自主地加快了步伐。

其实，秀英赶车从来都是从容的，每回她都是守候在车站气定神闲地等车。她知道，城里来的长途汽车，周五下午一般都是满载而归的，也不知道从哪里一下子冒出来那么多闲人。她雷打不动地周五下午进城，一是看望在县城读高中的儿子，二是看望在县城建筑工地上干活的儿子他爹，顺便给他们爷儿俩带些吃的用的，帮他们洗洗衣服。夜晚，一家三口聚在工地旁边的小饭馆用餐，是秀英百过不厌的节日，看着儿子他爹一口一口就着油炸花生米下酒，看着儿子大口大口扒着西红柿炒鸡蛋菜汁泡过的米饭，秀英的甜蜜就随着小饭馆袅袅的炊烟一起升腾到半空中去了。

这趟汽车在镇车站卸下回镇的旅客，又装上进城的旅客，会立即返程的。虽然每天除了这趟固定的长途汽车，镇里还有七八辆昌河面包车来回穿梭着招揽生意，甚至还有三几辆桑塔纳轿车卧趴在街边随时恭候进城的客人，但是收费明显高出许多，秀英从没问津过。秀英不想错过这趟车，想跑得快一些，山路却黏滞地缠绕着她的双脚，使她只能做出一个奔跑的姿势。

几年了，秀英终于第一次没有搭上进城的长途汽车。望着汽车离去的背影，她失望地叹了一口气。一辆昌河车开过来，司机从车窗里探出脑袋，大声喊，大姐进城吗？快上车，人满了就走。秀英慌乱地摇了摇头。

秀英快快地回了家。失明的婆婆听到院门被推开的声音，听到有人走进院子的脚步声，竖起耳朵，警觉地问了一声，谁？

秀英连忙打起精神，说，娘，是我。

你怎么回来了？婆婆的双手在空中摸索着，往秀英这边挪过来。

晚了一步，车开走了。秀英说。

怪我啊，都怪我！婆婆自责地说。

秀英走过去，抓住婆婆的手，把她扶到凳子上坐好。秀英说，没啥，下星期再去。

秀英原本在城里工地上做饭，一家三口在县城一起生活，自从左眼失明的婆婆右眼也看不见了，她才辞工回乡，伺候婆婆，这样就开始了和儿子他爹的牛郎织女一样的生活。每个周五的晚上，儿子可以离校，和父母团聚，这个晚上也是他们夫妻俩鹊桥会的美好时光。这天中午，秀英像往常一样，按时和婆婆吃过饭，把婆婆要用的东西归置好，并一一交代清楚，这个时候如果直接出门，是不会误车的。可是，在秀英和婆婆道过再见之后——

秀英，牙签放在哪里了？婆婆问。

秀英找来了牙签筒，放在离婆婆三寸远的餐桌桌沿上。娘，我搁您手边了。秀英说。婆婆摸索着，牙签筒却被她碰翻了，滚到了地上。牙签天女散花般撒了一地。秀英蹲下来，捡牙签。婆婆催她，你走吧，我慢慢捡。没事儿，我马上就捡好了。秀英说。秀英捡完了牙签，有的牙签沾上了泥土。这样脏的牙签，婆婆怎么用呢？她打来一盆清水，把牙签洗净了，甩干水，重新装好。就这样，她误了车。

人老了，没用了。婆婆还在自怨自艾着。秀英想跟婆婆笑一下，安慰安慰她，却没有笑出声来，只伸手按了按婆婆的肩膀。

傍晚时分，邻居家座机响了，找秀英的。邻居喊一声，秀英匆匆跑过去，接过一听，是儿子他爹。

你没有上车吗？他风风火火地问。

我误车了。秀英的声音小得像蚊子哼哼。

哎呀，这下我可放心了。他的声音炮仗一样急促而响亮，你知道吗，老婆？今儿个下午那趟汽车出事了，伤亡了不少人，整个县城都吵翻天了。我从工地出来，听街上的人都在嚷嚷。你怎么就误车了呢？

秀英大叫一声，天啦，真的啊？然后就飞快地讲述了中午她捡牙签、洗牙签的经过。

看来，是咱娘救了你，你没有白孝敬咱娘，停顿一下，他又说，说穿了，还是你自个儿救了自个儿。老婆，我这会儿更加想你了。

要不，我明儿个再去？秀英试探着问。

别别别，他慌忙阻止，我上午本来想打电话给你，让你别来了，又怕你多心。昨天夜晚，有个工友恶作剧，把牙签插在我的毛巾上，我搓澡把下面搓破了，挂了个口子，当时流了血，现在还疼着呢。看来，都是天意啊！

秀英惊讶地张大了嘴巴。她觉得一根根洁白的牙签仿佛一群洁白的蝴蝶，在眼前飞来飞去。

善　心

安石榴

小区院里有几只流浪猫。到底几只是不确定的。因为你五分钟之前在草坪里见到一只灰黑相间的狸猫，五分钟之后，在楼头便利店的外置货架上又看到一模一样的一只蜷在那儿假寐，不知道是刚才的那只飘移过来了，还是它的同胞兄弟。这都是可能的。但是，涛子一家三口搬走之后，邻居们很快就搞清楚了，一共五只。尽管它们的关系有点暧昧，也挺复杂，院里人现在也没有真正看透，不过，数量是明晰的。

涛子一家搬走时正值初冬，不会是他——第三次中风的半残人，估计是他老婆或者儿子，把一扇窗户打开，在纱窗上剪出一个小方口——方口的最上一边没有剪，就像一个小方门帘。五只流浪猫竟然明白那是专门给它们预留的绿色通道，当天就迁进新居了。

猫们进进出出。有时候，只有一个小脸儿躲在纱窗后面，端庄威仪，就是一只小脸老虎嘛！有时候，"呼隆呼隆"从窗台上滚下来两只，打得难解难分。另外一只猫蹲坐在窗自行车旁淡然地看了一眼身边激战正酣的一对儿，又冷静地转移了视线。屋里毫不相干的那只却突然冲了出来，直接坠到窗下加入了战斗。而窗对面换热站墙根一辆落着积雪的电动三轮车下面，一只猫爬了出来，拖着长尾巴慢腾腾横过便道，一副吃饱喝足的慵懒样子，却瞬间起动，一溜烟儿完成跑、跳、抓爬、钻的动作，回屋里去了。邻居就是通过这样的观察，知道这是个五口之家的。

涛子一家三口搬走之后已经一年多了吧，无论大雪咆天，还是春雨绵绵，这个房子的主人一直都是五只猫。涛子被送走之后再没回来过，老婆儿子也不见了踪影。这五只猫，从外观上能看出它们一两处决然不同的地方，和少许显性的因果关系。其中三只大猫，一只纯白色，至少给它洗个热水澡之后一定是只雪白的美猫。一只灰黑均匀相间的大狸猫。一只大块黄白色杂糅的。两只半大猫。看起来身长和三只大猫没有差别，但显然没有三只大猫强壮，而且似乎面嫩，像是缺点儿见识——没有证据，就是一种感觉罢了。两只中有一只仿佛是大狸猫翻拍过来的，一只却是白黄黑三色，但主体是白色的，黑和黄两色小块而不规则甚至又重叠地穿插其中。让人揣测，也许有一只猫离开了，或者，曾经有个强有力的入侵者，做了点什么，又抽身而去了。

但是，邻居们并未在这些无聊的事情上下工夫。有人主动承袭了涛子老婆没搬走时的做法，在窗台上搁一只小吃碟，里面总有食物。猫们的日子过得挺好的。

腊月二十三过小年，一位平素和涛子相交极深的老邻居去一个叫"颐年园"的地方看望涛子。那一天飘着纷纷扬扬的雪花，不光是小孩，不少大人也出来放鞭炮了，地动山摇了一天，空气里弥漫的快乐都是火药味道的。老邻居从"颐年园"回家，低头看着一地的雪红雪白，竟然一路没有抬头。及至家门口，一抬头猛然看见昔日涛子家的窗台上摆着好几只小吃碟，里面的嚼果比照往日更是丰盛。老邻居目瞪口呆，眼泪差点掉下来了。他站在那儿看了半天，自言自语：好心人真多呀！好心人真多呀！我倒要问你们一句，该管的你们管没管呢？

捡来的家

侯发山

老高并不老，只有三十出头，他不修边幅，冷不丁一看，像是四五十岁的人，因此人们都叫他老高。老高是从农村来的。他是个孤儿，三十多才娶了个寡妇，寡妇去的时候还带着一个十岁的女儿。老高老实，除了种庄稼，不会挣钱，结婚不到两年，老婆就带上女儿远走高飞了。老高一气之下来到城里，在郊区那儿租了一间房子，背起蛇皮袋，捡起了破烂。后来有了积蓄，便鸟枪换炮，弄了辆人力车收购废品。

老高实在，不会缺斤少两，价格也公平，这样一来，特别是那些老头老太太，都会把家里的破烂留给老高，或者说专门等着他去收购。有了固定的客户，老高每年也能赚个三四万，不比普通上班族少。

这样捣鼓了几年，老高在郊区买了一套二手房，顶层，老房子，家里有现成的家具，他简单打扫一下就住了进去。

有一天，老高捡到一个三个月大的弃婴，男孩。当时围观了不少人，议论纷纷的。老高从人们的言谈中得知，这个婴儿是兔唇。亲生父母都不要，谁还要？听着婴儿嘶哑的哭声，老高二话没说，就把这个婴儿抱走了。

这下子，够老高忙活了，一会儿给儿子换尿片，一会儿给儿子喂奶粉……过了半个月吧，老高就在人力车上用旧棉被弄了个窝，藏上儿子，走街串巷地收购废品。

张大嫂是和平小区的保洁工，丈夫出车祸走了，儿子在外上学，现在也是孤身一人。也许是同病相怜，她关心老高多一些，说是关心，无非是把丈夫之前的衣服送给了老高，有时拉呱几句闲话而已。就这样，老高已经感激不尽了。她问老高，说你不知道这孩子有缺陷？老高说，好歹是一条命啊。张大嫂叹口气，说你这是图啥哩？老高吭哧半天，才蹦出一句，说，家里边有了哭闹声，有了屎尿味，才像个家的样子。

和平小区门口有个垃圾箱，老高赶到的时候，总能在垃圾箱外边捡到一些小孩子衣服、玩具，还有学步车。刚开始，老高以为是小区的居民丢弃的。时间长了，老高才明白是张大嫂故意给他的，有的衣服还没拆封，新崭崭的，看样子是张大嫂买的。老高要给钱，张大嫂不要，说这是破烂，又不是我的东西，你给啥子钱？老高想不起反驳的话，只是嘿嘿呵呵地傻笑。看到老高这个样子，张大嫂转过身，抿着嘴乐了。

别看老高没文化，却给这个孩子起了个很有文化的名字——高兴。

高兴两三岁时，老高就把他丢在家里，让他自己玩去。高兴知道爸爸是个捡破烂的，家里的好多东西是爸爸捡来的，电视机，冰箱，玩具手枪，身上穿的衣服，好多啦。有一次，儿子问老高："爸爸，垃圾箱里什么东西都有啊？"老高点了点头："可不是哩，你也是我从垃圾堆里捡来的。"

这天傍晚，老高打开屋门，不像往常那样，儿子一边叫着一边扑到自己身上，他挨个屋子看了看，才发现儿子没在家。

被人绑架的可能性不大，肯定是儿子自己跑出去了。往常，也有过类似的情况。不过，儿子都是在楼门口玩耍，不会走远的。

老高急匆匆跑到楼下，在门口转了几个来回，没有见到儿子。一时间，老高急出了满头的汗。就在他一筹莫展的时候，接到了张大嫂的电话，说高兴在她那儿。

老高松了口气。随后，他破天荒打的赶到了和平小区。

张大嫂说，她准备下班时，在垃圾箱那儿见到了高兴。

老高气呼呼地瞪着儿子，你来这里干啥？

高兴看着爸爸的样子，咧了一下嘴，哭出声来。

你看你！张大嫂不满地翻了老高一眼，然后给高兴擦拭眼泪："孩子，别哭，别哭。"

高兴忍住哭声，但嘴还是一撇一撇的，挺委屈的样子。

张大嫂揽过高兴，别过脸："你知道吗，高兴他、他想捡个妈妈。"

老高一下子愣住了，心里满满的，眼里差点落下泪来："真是个傻孩子。"

高兴说："爸，姨姨说，只要您愿意，她就到咱家来。"

老高心里怦怦直跳，有点不知所措了。他偷偷看了一眼张大嫂，忽然间发现，路灯下，张大嫂的脸蛋是那样的红润，那样的美丽。

思　　考

陈　敏

什么叫思考？ Hillery 这个问题刚出口，人群中发出一声轻松的叹息，这么简单的问题还用得着动脑筋？ Hillery 又问：有多少人会思考？会思考的人在人群中的比率该是多少？ Hillery 的话音刚落，台下一片喧哗。答案五花八门。有说占 100%，有说占 80%、90%。而 Hillery 却说，善于思考的人其实只占人类总数的 2%；另外，还有 3% 的人思考别人思考的东西，而 95% 的人根本不会思考；勉强说来，如果说他们会思考，那也只是浅层次的思考，算不上真正的思考。Hillery 说思考是教不会的，但可以学会，就像婴儿学走路一样，你不必教婴儿如何走路，婴儿长到一定时候自然就会走了，而且是无师自通的。

依 Hillery 的说法，人与动物的差别也不怎么大了。台下听众不服，纷纷与

Hillery 争辩。

"那好吧，既然这样，我现在给你们讲个故事，以此来检测你们的思考技能。" Hillery 于是讲了这样的故事。

从前有个人，欠了一大笔债务，压力巨大，夜不能寐。一天夜里，他做了一个梦。他梦见一位去世的慈善家。慈善家依然像他生前一样慷慨仁慈。慈善家在梦中给他承诺，愿意每天给他 1440 美元的资助，但有个条件，这笔钱不能给别人用，只能供他自己一个人花销。他可以用这笔钱做他想做的一切，可以吃饭、购物、旅游，甚至可以去赌博。做什么都行，但是必须要在 24 小时内将这笔钱花完。如果他能做到，慈善家将持续每天给他 1440 美元直至他生命终结。

欠债者梦醒了，浑身软弱无力，可脑子却无比清醒。他知道下一步该怎么做了。这个欠债者为什么会做这样的梦？那个慈善家为何只给他 1440 元而不是 1430 元？ Hillery 又使出他的撒手锏，给大家提问题了。

下面一阵长时间沉默。

Hillery 说，这个问题与一个人是否珍惜时间有关。因为一个人一天只有 24 小时，每小时只有 60 分钟。他每天都在想这个问题，意味着他每天都在消耗着他宝贵的光阴，偿还这个债务。24 乘以 60 等于 1440，不是吗？

这就是慈善家要给他 1440 美元的原因。

大家都沉默了，是一阵长时间的沉默。

这一次，Hillery 没有让大家给他提问题，而是反过来给大家提出两个问题：这位慈善家是谁？欠债人今后该怎么办？

子 弟 票 友

田洪波

我祖父是戏曲名角，大半生天涯海角漂泊，足迹踏过的地方多如牛毛，然而，他却至死也没回过让他成名的拉林城。

拉林城是八旗子弟屯垦戍边之地，位于吉林和黑龙江交界，为交通要衢。数年间，多有不安心此地而逃亡者。朝廷便在大臣建议下，修筑水镜台戏楼，以稳定军心。每逢四月十八庙会，或逢年过节，水镜台吹拉弹唱，好戏连台，煞是热闹。参演者多为八旗子弟，车笼自备，茶水不搅，耗财买脸。均系高级官员及皇戚贵族。演唱曲目则为八角鼓、单弦等"子弟书"，尤以八角鼓最盛行。八角鼓即八角象征八旗，角与角之间镶有能活动的三块小铜片，共二十四块，鼓下坠有一对杏黄色的丝线穗，象征麦秀双穗，五谷丰登之盛世。

朝廷内务府会发一张执照。因票上印有两条龙，故曰"龙票"。票面上写着发给某个票房，最早都设在贵族富户家里，没有演员和观众之分。水镜台建成后，票房就是露天舞台了。原始的自娱自乐切磋，变成了你方唱罢我登场的竞技。

这之中，祖父是活跃之辈。那时他正年轻，填词作曲均不在话下，兴致一来，水袖长衫，长靠短靴，鼓响片动，煞是出神摇曳。

玩票玩得神，自然就有了拥趸，祖父根本不屑理睬，闲暇会偶尔去城外听戏。这在当时是冒大不韪之危险的，可祖父全然不顾，乐此不疲，甚至每次回拉林城，会绘声绘色讲述某个戏班戏服图案别样，扮相独特。久之，会考虑水镜台演出戏服的改良，扮相上也会借鉴。他认识的人天南海北，大票友之名如雷贯耳。

有戏班老板请祖父喝酒，祖父欣然前往。醉了唱曲，醒了傻笑。

祖父擅饮。老板问他是否愿意"下海"，转为专业演员时，祖父看定戏班老板眼睛，拿起酒壶，踉跄几步，顺势饮下，然后久久摇头，嘴角牵出一丝笑。许久，祖父将眼睛锁在天花棚上说，谢老板好意，今生只言痴戏，不言痴梦。

信息接踵而至，某子弟票友下海后，一举成名，所到之处，观众趋之若鹜。祖父闻之笑曰，天之造化也。

很快，祖父与门当户对之家小女成亲。我父亲随之出世，祖父气定神闲，开始乐于享受天伦之乐。与父亲玩耍，嘴里不由自主哼出的，依然是八角鼓之曲。

时光荏苒，祖父技艺依旧炉火纯青，同门有喜庆之事，如不请专业剧班做堂会，就邀祖父去唱。祖父很少拒绝。只是祖父填词作曲兴致减少，更多时，是与道合志同之人切磋曲目的翻新。

祖父人至中年时，正值民国时期。战事频繁，民不聊生，似只有唱曲演戏，才能暂时忘却国恨家仇。这段时间，我父亲已经长大。祖父参演曲目陡增，且过渡为京剧，一招一式竟也颇得章法。

这一日，大汗淋漓唱罢下台，一身着长衫之人拜见了祖父。两人在得月楼推杯换盏，不觉月上五更，祖父再次喝得酩酊大醉。朗笑声不时从三楼木格窗中飞出。

此时的八旗子弟境况迥异，四海逃离，埋名更姓，早不复往日光景。水镜台也早已荒草萋萋。祖父教了一阵儿私塾，便在一个晴天随了个戏班，浪迹天涯去了。祖母哭得死去活来。

四十年代初，祖父病故。病床上，听不得别人聊戏，言不得"戏子"之类的字眼儿。其时，祖父已是红遍南北的名角。

祖父临终前叮嘱：别把我丢在拉林……把我的骨灰送回北平老家吧。

祖父去世，哭得最凶的是祖母。她那种哭，真的叫肝肠寸断。可是最终，她还是坚持把祖父葬在了拉林。家人追问她为什么，祖母始终闭口不言。直到去世，她也没揭开这个谜底。

悄悄话和悄悄话

赵　新

我是这样认识他的。

那天傍晚，我在我们小区大门口的菜市上买了二斤黄瓜，提起来往家走时，觉得手里轻飘飘的，脚步就有了犹豫。我想请人再把黄瓜称一称，即使分量不够，我也不去找人家的后账，只想做到心里有数。

我前后找了两个人。

第一个是30岁左右的小伙子。小伙子是卖西葫芦的。

小伙子冲我笑了：大叔，您好，您买西葫芦吗？

我说我不买西葫芦，我想把手里的黄瓜过过秤……

小伙子挥了挥手：对不起，您不买俺的西葫芦，俺怎么给您过秤？

我笑了：同志，这是哪儿挨着哪儿呢？

小伙子严肃了：这不是紧紧地挨着嘛，您不帮助我，我怎么帮助您？

第二个是中年女人，身体粗壮，脸面黝黑。

我还没把话说完，她的脸就阴了，很不耐烦地说：起开，我可不做这伤天害理的事！我给你称了，就会得罪卖主，你以为我是个孩子？

我说大嫂，帮帮忙嘛……

她用白眼瞪着我：你又不是我小舅子，我为什么给你帮忙？

我心里很有气，很想和她理论一番：大嫂啊，女人也有小舅子？

就在这个时候有人伸出手来，接过我的黄瓜，放在了他的秤盘上。他很认真地告诉我，这黄瓜是一斤六两；他说他的秤很标准，他称错了他负责。

他显然是一个乡下人，光头，布鞋，一条裤腿挽起来，露出了圆鼓鼓的膝盖；一条裤腿耷拉着，盖住了脚面。个头不高，眼睛不大，一张瘦削的赤红色的脸，一抹浓黑的很好看的胡子；站在如火如荼的落霞里，我闻见他浓郁的汗味。

他不卖菜，他卖的是苹果、香蕉、橘子。

我很受感动。我紧紧地握住他的手说：好兄弟，谢谢您！

他说不谢不谢，做这点儿事情不费吹灰之力；他说他今年才45岁，论年纪我是他的长辈。他说：叔叔，您回家吧，该做饭了，婶子在家里等您。

我担心他遭到那个黑脸女人的辱骂，或者遭到那个卖黄瓜的报复，就蹲在他跟前慢慢地抽烟，借以观察动静。他轻轻地把我拉起来，亮起嗓门说：叔叔您走吧，光天化日，没人找我的麻烦；找也不怕，咱有地方说理！

我就慢慢地往家走，走了几步他又追上来，踮起脚尖和我说了几句悄悄话。

这样我就认识了他，记住了他。我很快知道他姓吴，几个月前他还在村里种地，他的一双儿女一个叫吴优，一个叫吴律，都是正在读书的大学生。我很有兴趣地问他孩子们为什么叫吴优吴律，他说他希望他们无忧无虑地生活，希望每个人无忧无虑地生活。

这一天我又看见他帮人过秤。请他称东西的是位年逾古稀的老太太，放在他秤盘里的是一小袋鲜嫩的豆角，旁边还放着一把水灵灵的小葱。

他告诉老太太：大娘，您放心，您的豆角分量不差……

老太太说：你说不差就是不差！你再把那把小葱给我称称……我让你称这称那，不会给你惹下祸害吧？

他大声回答：不会，光天化日，没人找我的麻烦；找也不怕，咱有地方说理！

结果那小葱差了一两。

老太太要走时，他凑上前去，又和她说了几句悄悄话。

不久便有消息传出来，说难怪这位吴师傅天不怕，地不怕，行得端，走得正，原来人家有后台，根子很硬！

那天我买菜回来时，那个黑脸女人突然叫住了我：大叔，您等等。

我便停下脚步看着她，她的脸笑得很灿烂。

她很神秘地说：大叔，您知道吗？那个老吴的侄子是局长，专管咱们菜市场！

我摇了摇头，表示不知道。

她说：大叔，您别替他保密啦，大家伙儿都知道啦。以后我可以给您重新过秤，看谁还敢缺斤短两！

我悄悄地问：大嫂，这事您听谁说的？

她悄悄地回答：我听那个称了豆角又称小葱的大娘说，老吴不是和她说悄悄话啦？对了，老吴也肯定告诉您了，他也和您说了悄悄话！

我不置可否地说：啊，啊，您忙吧，我走啦……

我愿意老吴的侄子是局长，但是那次老吴和我说的悄悄话是，叔叔，您保重，为几两黄瓜，不值得生气。

过 滤

夏 阳

在小区门口，男人掏出业主卡刷开门，进去，把门关上。

五分钟后，一栋楼下，男人对着门禁摁了一串密码，进去，把门关上。

男人乘电梯上到10楼，在自家门前，掏出钥匙捅了几下，门开了，男人换了双拖鞋，进去，把门关上。

不久，男人站在卧室门口，进去，把门关上。男人又推开洗手间的门，进去，把门关上。男人愣了一会儿，脱光衣服，赤身裸体，拉开淋浴室的玻璃门，进去，把门关上。

伴着哗哗的水流声，男人站在花洒下，一边朝自己肥硕的身体上涂抹沐浴露，一边哼起一首老歌："村里有个姑娘叫小芳，长得好看辫子长，一双美丽的大眼睛……"哼着哼着，男人呜呜地哭开了，哭得很伤心。

这是男人参加完高中同学聚会回到家的真实情景。是男人亲口告诉我的。他还坦言，那天，他喝了不少酒，但自始至终表现很为儒雅，没有任何失态之处。男人说这话我是相信的。我没有刨根问底去探究男人的"小芳"姓甚名谁，现在过得怎么样。我知道，在每个人的内心深处，拂去一堆岁月的尘埃，都会有一个鲜为人知的"小芳"或者"小刚"如金币般闪闪发亮。故事大同小异，这是人类共同的情感秘密。

倒是男人后面的话引起了我莫大的兴趣。一个性情中人，见到多年未见的"小芳"，且喝了不少酒，却表现如此沉稳得体，直到关了六扇门之后，在哗哗的水流声的掩护之下，他才痛快酣畅地大哭了一场。男人还说，让人最不可思议的是这六扇门。

六扇门？

男人幽幽地说，对，这六扇门具有意象。

我纳闷地问，意象是什么？

这你就不懂了。你看哈，关上小区的门，是分离社会各色人等，关上单元的门，是分离诸如领导同事等一些和自己有切身利益的人，关上自家的门，是分离身边的亲朋好友，关上卧室的门，是分离家人，关上洗手间的门，是分离夫妻，把另一半赶出去。

我听了半天反应不过来，但忍不住又问，那关上最后一道淋浴室的门，怎么解释?

男人闭上了眼睛，沉默了好一会儿后，最后睁开眼睛，盯着我，严肃地说，那是灵与肉的分离，将世俗的肉体和痛苦的欲望分离出去，最后只剩下赤裸裸的灵魂了。就像净化水一样，一层层过滤下来，天地之大，唯有那一刻是最真实的，没有任何杂质，像婴儿一样。

我挠了挠头，感慨道，你活得太复杂了。

男人不好意思地笑了笑。

突然，我想到了一个问题。我好奇地问男人，你为什么要告诉我这些?

男人默默地打量着我，迟疑了一会儿，说，因为，因为你长得很像我那个"小芳"。

面对这样的回答，我通常有两种选择，一种是夸张地笑，笑他泡妞的手法过于老套。另一种是很认真地说谢谢他，谢谢他信任我，把我当树洞。我选择了后者。因为我知道，作为一个洗脚城的洗脚妹，于他无足轻重，茫茫人海中彼此只是一个钟的交错，他没有必要将我过滤掉。

是的，那一个钟以后，我再也没有见过他。

寻找司务长

刘 公

倪萍主持的央视寻亲节目"等着我"，常常看得人涕泪肆流，感动不已。看了很多，有些节目已慢慢忘却，但杨老爷子的寻亲，至今还烙在我脑海里，印象如初。

杨老爷子被外孙女推了出来，九十多岁的他，胸前挂满了奖章，倪萍几句简短的介绍之后，杨老爷子呷了口矿泉水，揩拭了一下瘪嘴上的水滴，不紧不慢地叙述开了："红军经过四川阿坝县雅克夏雪山时，风雪日夜不停，吹得人都站不稳，上级给我们下达的任务就一个字，'走'，没日没夜地走，干粮越来越少，最后把连长的皮带、皮枪套都煮着吃了，饿了渴了，抓把雪吃，那是最平常不过的事。我们连里每天都在减员，有敌机炸死的，有冻死的，也有饿死的。有的战士走着走着就倒下了，倒下了，就再没有起来。"杨老爷子的眼窝里溢出了混浊的泪水。

外孙女把湿纸递给杨老爷子，杨老爷子抹了一下眼角，接着说："饿的滋味，那真是不好受啊！前胸贴着后背，胃里除了雪水，还是雪水。我当时只有十四岁，感到一两力气都没有了，我对连长说，'连长，我不行了'，就瘫在了地上，隐隐乎乎听到连长叫'司务长！司务长'，接着就啥也不知道了。在部队，司务长是管吃管喝的，一般地讲，别人的干粮袋空了，司务长那儿，或多或少，都会有点吃的。"

杨老爷子咽了口唾沫，短暂的停顿，情绪稳定下来后，延续了上面的话题，"不知过了多长时间，我感到有人在给我喂食物，好像是馍渣，那真是香啊！有人小声说，'连长，刘苦娃醒了。'刘苦娃是我的名字。连长说，'他小子也该醒了，我的两个腮帮子都嚼疼了'，待我完全清醒过来，突然听到附近有人喊，'连长！司务长不行了！'几个老同志又是掐司务长的人中，又是喂嚼过的馍渣，但都无济于事，司务长已经不知道吞咽，没有一点知觉了。在清理司务长的遗物中，连长看到司务长的干粮袋里，还有两个干粑粑，一个干馒头。'这个司务长，唉——你……你随便掰一块，吃两口，也不至于饿死啊！'连长揽着司务长，把司务长的眼皮合上，'你宁愿自己饿死，也要把食物留给大家，真是个好党员啊！'从来不掉泪的连长，这回哭了。"此刻，观众席响起了雷鸣般的掌声，杨老爷子抬起右手敬了个军礼。这军礼，满含着对观众的谢忱和对司务长的敬意！

坐在电视机前的我，泪水早已模糊了双眼，作为服役多年的军人，我也情由所衷地抬起了右臂。

"全连人一捧一捧，用积雪给司务长修了个大大的坟墓。我感谢司务长，是他救了我的命。要是没有他的干馍，就没有今天的我。"全场又一阵掌声。

"我今天来寻亲，寻找的就是我们的司务长。我知道，司务长在几十年前都不在了，早就长眠在雅克夏雪山了，但他的精神还在，他的尸骨还在，我拜托阿坝县的政府，还有全国的人民，谁若到雅克夏雪山，看到一具穿红军的衣服，额头上有颗大痣的尸首，那就是我们的司务长，我……我要给他立碑！立碑啊！"

全场的观众都站了起来，掌声响了很久很久……

菩　提

于德北

有很多事情就是这样，不想算了，想一想会心酸。而天下能引起人心酸的，莫过一个情字，亲情、爱情、友情，种种情愫纠缠在一起，织补着每一种踉跄的人生。

这个妹妹生前像个瓷娃娃，死的时候亦无所谓脱相之变化，她家和妹夫家住得不远，结婚前却不认识；莫说结婚前，就是读书的时候也未见过面，小学，中学，都在一个学校，却一次也未见过，这在我们东北乡下，也是罕见的一种事情。

但他们还是有缘分的。

他们各自上了大学，最终分配到同一个城市工作，经人介绍相识，很快结婚，很快生子，很快一个——妹夫——去了日本，在那里打工，另一个在家里带孩子，等孩子上了幼儿园了，便也去了日本，把孩子暂托在爷爷奶奶那里。

这就是个过程。

想说的是妹妹死后的一些事，让我此时下笔，眼中也含着泪水，禁不住频频揩拭。

按照妹夫家规矩，媳妇先于丈夫早亡，是不能提前入祖坟的，必暂时另行安置，等并骨之日，才能双双埋入自家的坟地。

妹夫征求他父亲的意见。

父亲说："哪有那么多规矩！很多规矩都改了，咱的规矩也能改，你想埋就埋吧，埋在老坟，我们也好照料。"

这是父亲的话，让妹夫一下子安心。

他又说："我得种树。"

"种树？"这话父亲没有听说过。

"对！种树，大娟和我说过，有一天，我们死了，得躺在有树的地方。我答应她了。"

我这个妹妹叫大娟！

父亲听了再没有犹疑，只一句话："种！"

妹妹死的时候是冬天，调动钩机打墓的同时，就把一百个树坑也挖了。

转瞬是春，妹夫特意请假从日本回来，带着儿子给大娟种了一百棵树。

种树回来，我们在一起吃饭、聊家常的时候，我小心地探问妹夫坚持种树的原因，妹夫沉默了一会儿，说："是大娟喜欢！她上学的时候，学的就是林业，可惜没用上。如果当年我不一味地要去日本，大娟没准是个好的林业工程师呢。"停了一下，又说："我欠她的。"

当时，我的心头便一震。

我不知道他们夫妻当时许下过什么样的诺言，但是，妹妹死后，妹夫尚能践诺，可见是一个有情有义的人。

第二年开春，妹夫回来圆坟，又种了一百棵树。

今年是第三年了。

刚过完年，妹夫就回来了。今年回来早，是因为要和屯邻协商串地。何谓串地？在坟地周边种树，如果想种出个匀称的规模，势必要占屯邻的地了。在自己的地里如何种都可以，可是，涉及屯邻，就得商量，用自家的地和人家串。按说不好商量，可是妹夫家的地是岗地，农村里的好地；屯邻家的地是洼地，好涝，所以，事情商量得很顺利。

串完地，妹夫和儿子一起种树，谁也不让插手，就两个人，一棵一棵地种，一种就是两整天。

妹夫要走了，母亲做了一桌他爱吃的菜，一家人围坐下来，施酒布菜。除了儿子，谁都话少，好像话一出，就会打破这宁和的气氛。

终于，母亲有点沉不住气了，问："明年还回来不？"

"回来啊。"妹夫抬头笑了笑。

"还种树吧？"母亲问。

"种！"

有这话，母亲安心了似的，长出了一口气，脸上终于有了一丝笑意。

母亲说："咱明年还商量着串地。"

"串！"妹夫说。

父亲愠怒地咳了一声。

咳声不大，除了母亲噤了口，妹夫并未当回事，吃了饭，收拾行囊，往火车站赶。

妹夫走了，母亲像做错了什么事似的，顺着眉看父亲。

父亲说："咋？串地心疼了。"

母亲落了泪，说："我心疼？我是害怕他不让串呢。"

父亲走过去，拉着母亲的手，说："放心吧，我把明年的地已经串完了。"

母亲又得了安慰似的，破涕为笑，笑了又哭，说："我知道你怕我说错话，怕儿子多心。我盼着他串呢，串了地，他就能回来种树，咱年年串，他年年就都能回来。"

这话怎么说呢？

年年串，年年都能回来，一片树，一片心，哪颗心又不是菩提？！

1996年的自行车

周洁茹

惠君的男朋友有一辆自行车，每天傍晚骑到惠君家，第一件事情，问惠君要一块旧布，擦车。擦很久，连轮胎都擦。惠君就说，你都不理我，你是喜欢你的脚踏车还是喜欢我呀。

惠君的男朋友说，这是山地车，二十四级变速的，不是脚踏车，脚踏车只有一个速度。

惠君和男朋友分手一年了都没有缓过来。初恋，缓不过来。

惠君去买山地车，山地车紧俏，店里都没有卖，家里人认得车厂的副厂长，自己去厂里提。

惠君取了车，骑回家。车厂遥远，惠君预留了两个小时，可是四个小时都没能骑到。山地车竟然很难骑，变几个速度都没有用。上桥的时候，惠君哭了，因为实在骑不动了。下了车，坐在桥沿，才发现轮胎是瘪的。车厂出来的新车，没有气，也没有人提醒她要先充气，就这么吃力地，骑了一路。

惠君找的实习单位和前男友的单位在一个大院，一个大门，可是惠君再也没有碰到过他。惠君只在车棚里看到他的山地车，惠君把自己的车停在那辆车的旁边，惠君经过车棚打水的时候看一看那两辆车，靠在一起。整个大院仅有的两辆山地车。

惠君的前男友被单位派出去进修，六个月，整个大院只有一辆山地车了，惠君的山地车。

实习经理苛刻，惠君时常加班到半夜，漆黑的夜，灯光昏黄，车棚里的最后一辆车，开锁的声音都凄凉。惠君咬着牙，一天又一天。前男友回来的那个早上，惠君什么都没有拿，从楼梯上走下去，进车棚，推了自己的车，出了大院的门。经理站在楼梯上喊，惠君的头都没有回，惠君骑得飞快，山地车果然是可以加速的。

惠君家里人调惠君去另一个区的机关上班，惠君需要骑车去最近的站点，再转搭班车上班。

早晨的站牌下面，一个人都没有，惠君把车停在一间冲印店的门前，和一棵树锁在一起。

班车时间是早晨七点，冲印店开门的时间是十点，这三个小时，足够一个熟练的贼撬掉三十辆自行车的锁。可是惠君也没有别的选择。

每天傍晚从班车上下来，惠君第一件事情就是找自己的车。车还在，和那棵树锁在一起，惠君骑车回家，一天又一天。

妇联主席团委书记办公室主任，人人关心惠君，给她介绍对象，公务员同事，前程好，惠君只是笑笑。

前男友和惠君分手，用的理由是前程，领导说的，年轻，心思不要放在儿女情长上，要奔前程。

有一天，惠君从班车上下来，没有看到自己的车，惠君绕着那棵树转了一圈，没有，真的被偷走了。

惠君走路回家，骑车五分钟的路程，走路也不过十分钟。

自行车被偷走了，惠君竟然一点儿也不难过。

最后的微笑

王培静

华老师已经是胃癌晚期，通过两次大手术和六期化疗，她的身心经受了极大的创伤，她自知自己在这个世界上的日子不多了。

她是省师范大学的教授，几十年来，从她手中毕业的学生成千上万，有的成了相当级别的领导，有的当上了上市公司的老总，有的移居国外发展。她的许多学生在得知她重病在身的消息后，从全国各地和国外回来看她，见到这么多学生，知道他们都很记挂她，她也着实感动过。

但说过、哭过之后，没学生在场的时候，她脸上时常显露出些许的失望。这一点没有逃过女儿小倩的眼睛。小倩轻轻凑近妈妈的耳边说：妈妈，您有什么心事，说给女儿好不好？只要能办到的，再难我也会努力去完成妈妈的心愿。妈妈，我可是您的亲生女儿。小倩看着妈妈有些憔悴的脸庞，话没说完，眼睛里已经有泪溢出。

傻丫头，妈妈这一辈子知足了，有你爸爸的爱，有你这个懂事的女儿疼我，有那么多学生惦记着我，我还有什么不满意的。妈妈努力抬起一只手，去给女儿擦眼泪。小倩双手抓住妈妈那只抬起的有些苍白的手，紧紧地、紧紧地攥着……

有一天，妈妈打着吊针，轻声长叹了一口气。小倩赶紧握住妈妈另一只没打针的手说：妈妈，您心里有话，还是说出来吧。

妈妈示意小倩把床摇起来了些，小倩重新握紧了妈妈的手。

我心里老是想，我教了这几十年书，带了这么多学生，虽然事业都发展得不错，可仔细想想，没一个还在干教育专业的，包括你在内。想起这事，我心里就有点不舒服。是我的人生观有问题，还是你们学生的人生观出了问题，我教书育人，教育我的学生也教书育人，应该是没有错呀。可我带了这么多学教育的学生，没一个干我这行的，我怀疑，这是不是我的一种失败。

妈妈，您想多了，不管您的学生现在在干什么，当官也好，做事业也好，只要有出息，只要没人进监狱，就算您的成功。

妈妈，既然你这样说，我想好了，我辞职不在机关干了，我去考教师资格证，我要去教学，干您的老本行。

你真的这么想？妈妈好像一下子有了精神，声调也提高了不少。

小倩使劲点了下头，妈妈脸上浮现出了笑容，母女俩的目光对视着，继而都笑了。小倩心里想，好久没有看到过妈妈的笑容了。

小倩忙向校友群和同学群里发了个微信，说明了妈妈的情况，让大家帮忙寻找有没有还在教育系统里的妈妈的学生。可几天后，有人提供的几个线索都被否决了。她从网络上搜索，什么情况也没搜索到，看着妈妈越来越虚弱的身体，小倩不免有些失望。

大概是半个月后的一天，有人敲病房的门。小倩去开门，一个农民打扮的中年人站在门口，胆怯地小声问：华老师是住在这个病房里吗？

你是？

我是她的学生张小柱，我现在的名字叫张育仁。

张小柱？你是贵州安顺的那个学生张小柱？

华老师，是我，你还记得我？那中年男人进来一下子跪在了病床前。

怎么不记得？你的普通话说得不好，同学们都笑话你。虽然你在班上学习不是最好的，但你学习刻苦，从来没有旷过课，挂过科。小柱，快，快起来。华老师努力想坐起来，但一直没有成功。

小倩说：妈，您身体太虚弱了，还是躺着吧。

小柱站起来，坐在病床边拉着华老师的手说：华老师，我可能是您的学生中，最没出息的一个。

你现在从事什么职业？生活上有问题吗？

老师，我毕业后就回了老家的大山里教书，我现在是我们家乡一所希望中学的校长。

真的？太好了。

华老师眼睛里闪出了光芒，她示意女儿，自己要坐起来说话。

华老师，得知您得了重病，我想我一定要来看看您。我上学时向您借过两次钱，我一定要亲手还给您。

那点钱，不值得一提了。

华老师，我给您带来了两个礼物，这是我的全国优秀教师证书，这是我二十多年来写下的《教学心得》，想请您指点后出版。

太好了，小柱，不，育仁，我为有你这么一个好学生，感到高兴和自豪。我答应你，你的书稿我会认识看的。

这一刻，华老师像打了强心剂，声调高了，说话也有了底气。最重要的是，她的脸上浮现出了久违的笑容。

最后的这段日子，华老师过得很舒心，她身心的痛苦好像一下子减轻了许多，嘴里有时还哼上了歌曲。

一个月后，华老师安详地走了，身边放着她给育仁精心编辑和核对过的那部书稿。

铲 广 告

金 光

人生在世，没有劳动就没有收获。这些年，一些劳动在土地上的农民觉得累了，就进了城。他们在建筑工地搬砖运沙，在道路上夯土铺油，虽然辛苦倒也能赚些血汗钱。还有一些人，实在不想出大力，就当起了"破烂王"，沿街收买废旧物品，分拣后再卖给回收公司，赚些差价，也算不错。

对于这些，来成一样也没有捞到，工地干活怕出力，沿街收破烂嫌麻烦，又不想回到山里种田，在城里足足住了大半年也没有找个合适的活儿。有一天，在街道办上班的表侄女小慧突然找到他，说："表叔，有个活儿你干不干？"来成问："啥活儿？"小慧说："我们街道管辖的地方，每天都有小广告，上级要求铲除它，可没有闲人。你要是把这活儿做了，铲一张一角钱，一天铲上七八百张，挣个七八十块没问题。"来成一听，两眼生辉："干！"

不干啥不知道啥，来成上街一观察，这街道的墙壁、电线杆、单位的护栏、树干、公交车站牌上都贴着巴掌大的小广告，横七竖八的，像狗皮膏药，确实影响了市容。看这些内容，有的是修空调电脑的，有搬运的，有征婚的，有租房、售房中介的，还有治各种疑难杂症的……应有尽有。来成开始从行政街头铲除，怎奈这些小广告刷得结实，撕不下来也揭不掉。还是一位收破烂的老哥给他出了个点子：找个小水桶，弄个刷子蘸上水先把广告纸闷湿，然后慢慢揭就下来了。来成照办了，很奏效，当天揭下来600多张，得了60多元。

这活儿干着不累，多少也来钱，来成觉得表侄女小慧给的这个差事不错。几天后，他铲广告的技术就娴熟了，每天居然可以铲到上千张，收入也大大提高。

行政街是市里的主干道，流动人口多，自然广告效应就好。来成白天铲广告，人家晚上贴广告，虽然赶不上铲的快，倒也有干不完的活儿。来成的工作基本上就固定了下来，成了街道办专门铲街头小广告的协议工，每月另外还有800

元的基本生活补贴。来成对这样的工作很满意，常常夸小慧的好。

　　毕竟有了一个专业铲除小广告的工作，街道上那些不法之人的小广告贴得再快，也赶不上来成铲得快，加上他们又是夜里偷着贴的，怕人看见，渐渐地，行政街上的小广告就少了。来成得到了街道办领导的表扬，可他的收入却直线下降。

　　临近元旦，上级通知省里要对市里进行卫生城市验收，在这节骨眼儿上，行政街的小广告却忽然多了起来。街道办专门召开联席会议，果断要求节前消灭不法广告，干干净净地迎接上级检查。

　　街道办主抓卫生工作的小慧急了，下决心从源头上治理非法小广告的张贴活动。她嘱咐来成抓紧清理，又到市巡警队了解情况。巡警们告诉她，夜里贴广告的都是那些被小公司、小作坊雇用的人干的，他们贴一张一角钱，有了利益，就深更半夜偷着贴。小慧带来了慰问品，传达了街道办领导的指示，让他们最近留意着，抓个典型，制止一下行政街乱贴广告的非法活动。

　　当天夜里，巡警队就打电话给小慧，告诉她抓到了一个偷贴小广告的人，正要报批治安拘留。小慧不敢怠慢，赶紧爬起来到巡警队，她要看看到底是什么人在乱贴广告。到了巡警队，一进门就愣住了，那个乱贴广告的竟然是表叔来成……

找回的尊严

周海亮

　　父亲带儿子进城，中午，走进一家面馆。面馆很简陋，没有花枝招展的塑封菜谱，只在墙上挂一张小黑板，黑板上写着：拉面，五元。

　　父亲为自己和儿子要了两碗拉面。一会儿面上来了，大海碗，热气袅袅，盖着一片薄薄的牛肉和几点翠绿的葱花，拌上辣子，加点儿醋，闻起来就让人垂涎三尺。儿子早耐不住了，提起筷子，搅着面，嘴里发出"嘶嘶"的声音。父亲笑笑，说，没有人跟你抢。说着话，将自己碗里的那片牛肉夹给儿子。牛肉在筷子上轻轻颤动，宛若一片潮湿的透明的纸。

　　儿子不好意思地吐吐舌头，扮一个鬼脸，抬眼瞅瞅四周。恰逢老板将两碗拉面端给不远处的两个食客，儿子诧异地发现，他们的面里至少有五六片牛肉。虽然切得非常薄，但那几片牛肉还是狠狠地扎了儿子的眼睛。

　　儿子小声对父亲说，他们碗里的牛肉好多。

　　父亲笑笑，说，他们的面是十块钱一碗，咱们的面是五块钱一碗，不一样的价格，牛肉当然不一样多。

可是那上面没写。儿子指指黑板，那上面只写着：拉面，五元。

不用写，跟老板说一声就行。父亲说，普通的拉面，五块钱一碗，加几片牛肉，十块钱一碗。

父亲的话是真的，每次进城他都要来这个小店吃一碗面，他知道小店的习惯。尽管，他从没有为自己要过一碗十块钱的加肉面。

儿子点点头，开始吃面，却完全没有了刚才的兴奋和贪婪。似乎他并不相信父亲的话，父亲有些不安起来。

要不，给你再要一碗加肉的？父亲说。

儿子摇摇头。

面吃不了，没关系，给我，你只吃肉。父亲说，我的意思是说，咱俩只要一碗十块钱的加肉面……

真不用。儿子说，我快吃饱了。

可是儿子仍然高兴不起来，父亲知道他绝非想吃一碗加肉的面，而是因为他有了受到歧视的感觉。顾客受到老板的歧视，乡下人受到城里人的歧视，一个群体受到另一个群体的歧视。父亲瞅瞅不远处的两个食客，虽然他们穿着普通，虽然他们只点了几道简单的凉菜，但是只需一眼，便可以断定他们是城里人。

父亲有些不安起来。

父亲喊来忙得脚打后脑勺的老板，问他，我们的面，多少钱一碗？

五块啊！老板一边回答他，一边扭头与身后的食客说话。

他们的呢？父亲指指不远的那两个人。

老板说，哦。转过身，急匆匆走向厨房，他根本没有听清父亲的问题，冲厨房里的伙伴喊，再来盘炒三鲜！

父亲冲儿子耸耸肩膀，说，这样吧，等那两个人结账的时候，你好好看看，就知道加肉的拉面是十块钱一碗了。

儿子说，不用了。

父亲说，反正外面挺热，在这里坐一会儿，还有免费的风扇吹。

父子俩聊着天，静静地等待那两个食客吃完结账。可是两个人似乎专门与父子俩作对，他们每人要了一瓶啤酒，喝完，又要了一个炒菜。儿子终于有些不耐烦起来，他对父亲说，咱们走吧！父亲说再等等吧，他们马上就要结账了。

父亲说得没错，他们终于结账离开，可是儿子还是没能弄清加肉的拉面多少钱一碗。他们结账的速度很快，父亲和儿子甚至没有看清他们到底给了老板几张钞票。

此时已是下午，饭厅里只剩下父亲和儿子。父亲喊老板算账，掏出十块钱。老板说，正好。父亲指指那两个人的位子，问老板，刚才他们要的面，多少钱一碗？

老板说，十块钱一碗啊！

为什么比我们的贵五块钱？

因为加肉了啊！老板说，多加五块钱的牛肉，当然得十块钱一碗。

父亲说，谢谢。他拉起心满意足的儿子，说，咱们走喽。

你们在这里熬这么长时间，就是想问清楚这件事情？老板挠挠脑袋，纳闷地问他，这件事情很重要吗？

父亲瞅瞅独自走上大街的儿子，儿子一蹦一跳，嘴里唱起了歌。

当然重要。父亲说，您的话让我的儿子，找回了他刚刚失去的尊严。

儒　匪

李永生

清朝后期，外夷入侵。世道一乱，盗匪流寇便多。涞阳西部地区山高林密，匪盗更为猖獗。其中梁柯一伙儿，名气最为响亮。

梁柯，字临风，涞阳野三坡人氏，中过秀才，文武全才，至于为何沦落江湖已无法考证。

虽然是个匪盗，但梁柯全无凶神恶煞之气。他仪表清秀、风流倜傥，举手投足尽显儒家风范。常穿一青衫，拈一纸扇。扇面绘有"梅兰图"，香梅幽兰，秀肌丰骨，为他亲手所画。画旁配有一诗：兰有同心语，梅无媚世妆。字体银钩铁画，也是他的手笔。

梁柯是文人，便多少有些文人喜好风月的癖好。但遇红颜知己，总要作诗称赞这姑娘的美貌。"红楼星月启琼筵，碧玉莲花正妙年"，"芙蓉为脸玉为肤，遍体凝脂润若酥"都是他乘兴而作。就因这喜好，梁柯得了个"风流儒匪"的雅号。

这几天，梁柯显得焦躁不安。原因是打劫时，陆六陆七两兄弟被抓，被押入县衙大牢。知县姓马，外号马大帽子，心狠手辣。

梁柯决定绑票，然后"换票"救回两兄弟。这天深夜，得手，几个小匪用麻袋扛回了知县的小老婆。解开麻袋，一小匪将火把凑近，梁柯望去，见这女人明眸皓齿，由于受到惊吓，浑身瑟缩，双目惶恐，反倒更显得楚楚动人。梁柯亲自给女人松了绑，而后躬身施礼，说："夫人受惊了！"接着对众匪说："快请夫人进房休息。"

　　梁柯亲自端了饭食送入房中，对女人说："夫人莫怕，在下全无伤害夫人之意。恕在下眼拙，你一定是七夫人？"女人一惊："你如何知道？"梁柯说："早听说马知县娶了位才貌俱佳的七夫人，也只有你七夫人才会有这样的容貌。"梁柯又说："观玉颜听清音乃人生两大乐事，不知夫人能否屈尊抚琴一曲，让梁某大饱耳福？"七夫人犹豫一下，点点头。梁柯忙取来古筝。七夫人轻舒玉指挑抹拨揉，便有金声四溢，凄凄切切。一曲弹完，梁柯击掌叫好。

　　这晚，梁柯与七夫人便在房中弹琴赋词，二人彼此倾心。不觉天已黎明，梁柯站起身说："夫人，我已给知县大人下了帖子，如马大人答应换人，夫人今日即可回府。"

　　日上三竿，陆六陆七两兄弟踉踉跄跄跑回山，二人刚见梁柯便一头扑倒在地。梁柯大惊，细看，见两人脸色铁青，显是中毒而亡。一匪搜寻二人尸身，发现一信，梁柯忙拿过来看——

　　马某身为朝廷命官，岂能为一贱女人放纵恶匪。今日正告梁氏众匪，尽快投案自首，否则陆氏二匪下场即是众匪来日之结局。

　　众匪大怒，指着七夫人说："杀了她，为两兄弟报仇。"梁柯说："她已被马老官抛弃，杀她马老官不会心疼！"众匪茫然。

　　梁柯散了众匪进屋。七夫人说："小女子今生已无所依，公子何不带小女子一起逃走？公子满腹才学，就甘愿一生为匪？"见梁柯犹豫，七夫人双手端过一杯酒："我们今夜就走，小女子以此酒为公子壮行。"梁柯接过，手腕一翻酒杯便见了底。

　　梁柯携着七夫人一路狂奔十余里，七夫人说："歇歇吧！"梁柯却一头栽倒。这时，四周一片火光，马知县带人围了上来。

　　知县说："不入虎穴，焉得虎子。老七，你立了大功。咱这'百步倒'真灵验！"他又一指梁柯，"这情种到底死在'情'字上。"

　　七夫人说："老爷，你可许了我五千两银子！"

　　马大帽子说："老七，你也是个贱种，恐怕早和这'风流坯子'盖一条被子了吧？我马某怎么能给自己戴'绿帽子'？你倒不如与这'风流种'一道去阴间快活！"

　　七夫人趴在梁柯身上哭了。

　　这时，梁柯忽然睁开了眼，一翻身站起来，猛地握住七夫人双手说："夫人，你只不过是一粒棋子。"

　　七夫人大惊："你没……死？"

梁柯说："我若死了，谁来照顾夫人？"

他又对惊呆了的马大帽子说："我早知事情蹊跷，马大人一向防范严密，我等怎能轻易就绑了七夫人？"又扭头朝七夫人道："夫人给我酒时，双手颤抖，目光游移，可见夫人内心矛盾，舍不得让梁某赴死……梁某今日只听你一言，可否愿与我长相厮守？"

七夫人使劲点点头。

知县嘿嘿一阵冷笑："果真是'风流儒匪'，死到临头，还有心风花雪月！"

梁柯也一声冷笑，然后猛喝一声："来人——"

话音刚落，身后忽地呼啦啦涌出众匪。梁柯一抱拳："两位兄弟的大仇留给弟兄们报了！"

说罢，抱起七夫人，身形一晃，消失在茫茫夜色之中。

一起去看海

立 夏

第一年。李潜说，小晚，今年夏天，我们一起去看海吧。那时候，小晚正翻旅游杂志，书里的大海让她目眩神迷。李潜见她脸上覆上了一层粉红。她说，今年刚毕业，咱们还是先把工作找好吧。

第二年。李潜说，小晚，今年夏天，我带你去看海。那时候，小晚和李潜正在林荫道上散步。小晚说，我妈说了，我家亲戚朋友多，酒席得再加五桌。

第三年。李潜说，小晚，今年夏天，我一定要带你去看海。那时候，小晚正洗着一堆锅碗瓢盆。她在水龙头下冲了冲双手，然后举起来，把凉凉的水珠弹到李潜的脸上，轻轻说，李潜，我好像有了。

第四年。李潜说，小晚，今年夏天，我们可以去看海了。那时候，小晚正抱着李诺诺摇啊摇啊摇。她瞪了李潜一眼，竖起手指放在唇边嘘了一声，说别吵。

第五年。李潜说，小晚，今年夏天，要不我们去看海吧？那时候，小晚正在公园的草坪边站着。她的眼睛一眨不眨地跟着草坪上的李诺诺移动。李潜看到她的眼角，有了细细的皱纹。

第六年。李潜说，小晚，今年夏天，我们带着诺诺一起去看海吧。那时候，小晚的面前铺着几张房交会上带回来的广告，花花绿绿的。她转过头来，问：你说我们选哪个楼盘好呢？

第七年。李潜说，小晚，今年夏天，我们去海边吧。那时候，小晚的脸快贴到电脑屏幕上了，她不停地点击着鼠标，嘴里念念有词。她摇着头烦躁地说：哪有空啊，等装修完再说吧！

第八年。李潜说，小晚，今年夏天，我们一起去看海吧。那时候，小晚的手机正好响了，她翻看着短信，脸一下子拉长了：还看什么海，银行又来催还房贷了。

第九年。李潜说，小晚，今年夏天，我想带你们一起去看海。那时候，小晚正牵着李诺诺的手往外走。李诺诺在门边磨磨蹭蹭，李潜听到小晚在骂他：这么贵的钢琴课，你再迟到，看我不打断你的手指。

第十年。李潜说，小晚，今年夏天，我们去看海吧。那时候，小晚的手里捏着一张名片。李潜听到她忧心忡忡地说，妈的老毛病又犯了，同事大姐让我联系这个名医试试，听说收费很贵。

第十一年，李潜说，小晚，今年夏天，我们可以一起去看海了吧。那时候，小晚正在喝水。她把喝了一半的水杯往桌上砰地一放：这么关键的时候你还想着玩，你得把那个科长的位子盯紧了。

第十二年，李潜说，小晚，今年夏天，我们一起去看海！那时候，小晚正穿着睡衣坐在电视机前看韩剧。她回过头看看李潜，没好气地说，真讨厌，又喝醉了！李潜模糊看到她的眼角，还挂着几滴泪珠。

第十三年。李潜说，小晚，今年夏天，我们去看海吧。那时候，小晚正意犹未尽地放下电话。李潜听到她说，丽丽家刚买了辆车。咱们别去看海了，也攒钱买车吧，买了车哪里不能去啊。

第十四年。李潜说，小晚，今年夏天，去看海吧。那时候，小晚正从李诺诺的房间出来，没好气地白了李潜一眼说，你看看你儿子那状态，这个夏天哪儿都不去，就给他上补习班。

第二十年。李诺诺说，妈，我们今年夏天去看海吧。小晚说，咦，好几年没听你爸提起这事了。你等着，我给你爸打电话，等他出差回来我们就去。

电话接通了，小晚听到李潜压低声音说，我在开会。但电话里分明传来另一种声音，既陌生又熟悉，跟小晚在大海螺里听到的声音一样，如此汹涌澎湃。

真的，那正是大海的声音。

谁最亲姥姥

范子平

我们家最该孝敬的是姥姥。可怜的妈妈生我的时候就去世了，那时哥哥五岁，姐姐才两岁。我们姊弟几个都是姥姥带大的。至于我，更是在姥姥的怀抱里长大的。所以，接姥姥来我家住的时候，父亲就说："你们几个，谁不好好孝敬姥姥才亏心呢。"

这次出差大半个月，进家门时，我才蓦地想起没给姥姥捎些什么稀罕物儿，其实出门时我原是记着的，但项目日程安排得紧，一忙，便忘掉了。

其实，谁不想让姥姥多享享福呢？大哥刚上任万新公司副经理，忙得连轴转，可也没忘专门来看望姥姥，还给姥姥买来纯棉衣裤，老年人布鞋，当然还有补充营养的蛋白粉、西洋参片和深海鱼油丸。姐姐是市医院的呼吸内科主任，责无旁贷地担当了为姥姥体检的任务，她每次来都没空过手，除了老年人的按摩椅，还有牛奶、水果，还有姥姥爱吃的狗不理包子。只有我……嘿！我咀嚼着父亲的话，直捶自己脑瓜。

推开门，妻正在家，用眼睛问我捎来些啥。

我愧疚地摇摇头说："嘿！真是的！一忙给忘了。"又问："姥姥呢？"

妻子示意让我小声，悄悄说："午觉还没醒呢。"

可是姥姥醒了："小良子回来了？"

"回来了。还早呢，姥姥你再睡会儿吧。"我不愿意空手进去。

"小良子，你走时我忘给你说了。算卦的说你三十六岁上不能往东南方向去。你眼看着就三十六了吧？"

我今年周岁三十四，但姥姥说的是虚岁，虚岁也不到三十六呀。姥姥这样喊，让人听见对我影响不好，我忙跑进姥姥的卧室。

姥姥正颤巍巍地坐起，我忙上前扶住她，柜里柜外满是哥哥姐姐给买的东西，看得我脸热心跳。

姥姥伸出枯瘦的手抚摸我的头，说："你小时候，又调皮，又拗犟，那一回尿尿，你站在炕头上不下来，我用盆接你还不依，非往被褥上尿不可……"

听这些有什么用？我偷眼看手表：三点三十六分。我到家还没冲个澡呢，还想跟经理汇报一下海南之行，抢到一起出差的老侯前头。还有，得赶紧打听人事部经理老婆生了没有，准备着送个什么礼品，这也关系到我的升职。可是望着姥姥那蠕动着的干瘪的嘴唇，混浊而又慈祥的目光，我又觉得迈不开腿。唉，再坚持五分钟吧！

"你看，那一箱是你姐拿来的鸡蛋。都说现在鸡蛋大，哪有我喂的那芦花大母鸡下的蛋大？那十来只芦花，一天就收七八个。再说，眼下时的鸡蛋都没有鸡蛋的味儿，木不登的，都是叫饲料给害了！早先的鸡蛋腥气大养分也足啊……"

姥姥絮絮叨叨地说起来。我看着姥姥皱纹满布的老脸，用力表现出一副认真谛听的神情，不时点一下头，嘴里嗯嗯着，但心里却如火煎熬。已经三点五十五了，我的事情都耽搁不得，冲澡只有待晚上了，现在是顾不上了。我得赶紧设计离开的办法。

"姥姥，听您说话真有趣儿——"趁姥姥一个说话的间隙，我急忙插话，准备绕着弯子说离开。

没想到这句话打动了姥姥的心，她满怀希望地重复我的话："有趣儿？小良子，你说我说话有趣儿？"

我说："是的姥姥，听你说话真的有意思。"我打算再奉承一两句就离开。可没容我后边的话出口，姥姥一下子抓住我的胳膊，纵横的老泪直从面颊上滚落下来。她呜咽着说："真是，还是我的小良子！都是忙，成天忙，他们都没人正儿八经听我说句话哦。还是小良子最孝敬我……小时候真没白亲你啊！"

刺　青

远　山

约克小镇最西边的小山坡上听说住着一位叫"刺青"的英格兰人。

房东老爷爷曾经提醒过我，你一个女孩子不要去小镇西边的那个小山坡上溜达，那里虽然野花满山，但人影稀少，尤其是那个叫"刺青"的人，全身上下没有一个地方是原来的肤色，甚至头上、脸上都是文满怪异的图案，那是一个异类，老爷爷说这话时面色略显恐惧。

我笑笑，自从北部那场大火把我变成人不人鬼不鬼的样子后，来到这个完全陌生的约克小镇，我怕的正是所谓的正常人的眼光，我同样也是一个异类。

今天是 public holiday（公共假期），约克小镇几乎所有的家庭都带着孩子和朋友出去玩了，我没地方可去，没有车也没有工作，没有朋友也没有多余的钱出去玩。于是，房东老爷爷对我关照不可去的地方倒成了我的首选。

山坡不高，只是几百米的海拔，十一月的约克小镇还是春天的景色，山花烂漫，各种野花任性地在山坡上肆意招摇，有蝴蝶、蜜蜂、苍蝇和叫不出名字的飞虫在花间乱舞。我是全副武装的，严严实实地包裹着自己，大草帽、太阳镜、口罩更是把我的一张脸遮掩得严严实实的，似乎，我是如此见不得人，事实上我的样子的确吓人。

我找了一块相对空阔的地方，支起我的那架高倍望远镜，这是费客的最爱，当初他从火海中抢出这架望远镜，弥留之际看着满脸狰狞的我说的最后一句话是：

好好爱它，它会给你带来情绪。费客用了奇怪的一个词"情绪"，是的，人是需要情绪的，喜怒哀乐，那才是正常人，而我已经没有了情绪，只是行尸走肉。

透过高倍望远镜，看到那些不知名的野花在风中晃头晃脑的，身子似乎在伸展，蜜蜂的触角亲吻着花蕊，有两只蝴蝶在镜头中一直相伴着飞舞、交欢，连那在野外吃野草生存的苍蝇看上去也是肚子圆滚滚的，并不丑陋，喜悦的情绪渐渐地围绕过来。

我移动着镜头，对准了远处的一间木屋，这肯定就是那个英格兰人住的地方，我期盼着他走出来，期盼着他出现在我的镜头中，这样，我就能看清，比面对面更能看清这个老爷爷口里的异类了。

我如一个狙击手一样一刻也不敢放松，眼睛就盯着望远镜里的木门。果然，没过多久，一个只穿着一条牛仔裤、裸着上身的人走了出来，虽然我有思想准备，但还是经不住打了个战，他的身上文满了五颜六色的图案，似乎是一幅立体的百兽图，他的额头是一条斑马线，左右两边的脸各文着一只形似猫的动物，鼻子中间挂着一个大大的圆环，他的左耳是红黄蓝横着相隔，右耳是豹纹装扮，嘴唇用了深紫色……总之，这真的是一个异类。我知道世界上最震撼的十大文身，每一个都有自己特立独行的理由，比如为了艺术，比如为了掩盖疤痕等，谓自由也行，谓疯狂也罢，自己的身体自己做主，他们的文身都有一个响亮的名堂，或是猫女，或是蜥蜴人，或是老虎女士、拼图先生。只是望远镜里的这个人，我不知道他把他自己当作了什么？他又是因为什么要把自己弄成这样？

"刺青"在慢慢往前走，在这仅仅是一大片野花的山坡上，显然，他看到了我，从望远镜中我能清晰地看到他脸上的肌肉在抖动，尽管他的整张脸是张牙舞爪的样子，但他的眼神却是特别的，特别与众不同，碧蓝的眼珠晶莹剔透，是如此温和，出卖了那张凶神恶煞的脸。他的身影越来越大，一步步的像是要逼近我，我依旧弓着身子脸贴在望远镜边，一动不动地看着他，我没有一丝的恐惧、害怕，相反，我有一种找到了同类的安心感觉。

终于，望远镜里没有了木屋、野花和怪兽，我们中间隔了架望远镜，我直起身，与他的眼睛对视，我们像两头怪物杵在这片野花遍地的土壤上，一群飞虫在我们身边舞动，如此静谧，我慢慢地拿下大草帽，又慢慢地摘下了口罩，把自己祖露在对方面前。

"刺青"看着我，似乎并不惊讶，他伸过来右手，拿掉了沾在我衣服上的花草，轻轻地说了一句：It must be very painful（一定很痛吧）。

瞬间，泪水溢满了我眼眶。

修　正

高　军

　　"这个、这个，柳大夫啊，你用手抓药的方式是不是应该改改了，用药安全大于天啊，上面的压力……"领导找柳廷奇谈话了，"再说了，咱开出药方，让中药房包药不就行了，你何苦再去用手抓，所以，这个……"

　　最近这些年，有人对中医的误解越来越深，主要表现在用西医的思维来对待中医，说什么中医对中草药的定性定量分析不够，并以此得出中医不科学的说法。在这种情况下，从不用秤称数量而用手抓药的柳廷奇日子就不好过了。

　　改为中药房照着处方包药后，患者的反响不久就大了，都说还是柳大夫用手抓的药更管用，不让柳大夫进中药房是不对的。领导就重视起来，亲自来落实这个事情。领导毕竟高明啊，就想出了这样一个两全其美的法子，继续让柳廷奇用手抓药，但抓出来后需要再把一次关，就是用秤再复核一下，用领导的话说这叫确保万无一失。

　　过去柳廷奇开出药方后，自己拿着走进中药房，熟练地拉开药匣，伸进手去随意抓几把，一服药就配好，患者回去后不久就药到病除。可是，现在柳廷奇来抓药的时候，领导会在一边坐着，抓出来后其他司药会赶紧放到天平上，对着柳廷奇开的药方认真称着，每次总是有一两味药和处方上的用量不符，司药会把不准确的给加以添减，然后才包起来交到患者手上。

　　领导这个时候总是会意味深长地说一句："理解吧，柳大夫啊，事实证明这个程序也确实很有必要啊，再说了我们都得相信科学，你看还是仪器准确啊。"

　　柳廷奇的专家门诊，每月都能为医院增加一笔很可观的收入。现在这个形势下，医院讲究经济效益无可厚非，领导对这个问题尤其重视。但一个月下来后，领导发现，柳廷奇的门诊收入大幅度下降了。一了解情况，还是因为柳廷奇治疗的患者都觉得柳廷奇现在的处方疗效大不如前，致使很多病人流失。

　　领导再次来找柳廷奇了："这个、这个，柳大夫啊，是不是你有什么想法啊，或者说是不是你有什么意见啊？有什么说什么，咱们掏心窝子交流交流吧。你是咱们医院的中坚力量，这样下去对单位对个人都不利啊。所以……"

　　柳廷奇坦诚地说："领导说得对，我没有什么意见，以前吧自己习惯了用手抓药，并且自己还觉得这是一件值得骄傲的事情，后来觉得用天平称药是完全应该非常必要的，我并不想再用手抓药了。尤其是后来经过复核这个程序，发现问题确实不小，所以我觉得取消用手抓药是很对的。"

"既然这样，那问题出在哪里呢？"领导也很实在，做出循循善诱状，"是处方有问题？用量的问题？配伍的问题？"

柳廷奇诚恳地说："应该都没有问题，我也是有多年的工作经验了，辨证施治还是能够做到的，什么原因我还真说不明白，这些日子我也很困惑，很痛苦。"

还是领导想得深一些："你用手多抓出的药是怎么回事儿呢？如果处方上按你抓出的用量会如何呢？"

柳廷奇摇摇头："那可不敢，处方是很科学的，随意改变处方我也不敢啊。"

领导点点头："是的，我们应该尊重传统，相信科学。但有没有可能是你的经验在起作用，是不是你根据病人的情况不自觉地在抓药的过程中调整了有些药的用量，而恰恰是这一调整对患者的治疗起到了关键作用呢？如果是这样，那我们完全可以换一种思路，换一种方式处理这个问题。"

柳廷奇赶紧说道："没有，我没有这种感觉，过去就是自己觉得能一抓准，用秤复核后才知道自己并没有抓准，所以我觉得现在的措施很有必要，同时我觉得今后再也不能用手去抓药了。"

"那，就这样吧。"领导如释重负，"别有负担，用药安全大于天，我们宁愿经济效益有所下降，也不能不管社会效益，不管患者的生命安全。"

后来有一次，柳廷奇的一个亲戚来就诊，强烈要求他用手为自己抓药，并一再声称如果不这样他就不服用。柳廷奇也一时技痒，来到中药橱前，随意抓起来。但这次他自己留了一个心眼儿，就是每抓一味药都单独放在一个纸药包里，抓完后他让司药复核一下，结果竟然每味都不准确，他吓得赶紧把这些药全部倒回了药匣中，把亲戚扔在一边扬长而去，一边走着嘴里还一边嘟囔着："这还了得，这还了得，多亏了领导，还是领导高明……"

包括柳廷奇自己在内，谁都不明白究竟是什么原因，让一位名医变得如此平庸起来……

寐 语 三 则

张鲜明

一、我是如来佛左脚排行第二的弟子

沿着熟悉的石板街道，我正在离开故乡。婶子来送我，要给我很多很多东西。那是一些鼓胀的包袱和提包，还有一个椅杆，它们都放在一辆牛车上。我指着椅杆，说："我要不了这么多东西，您还是拿回去吧。"婶子哭起来，边哭边说："你是嫌我穷，给你东西你都不要……"

不知道我是不是带走了那些礼物，但我知道，我走了。

转眼来到一个地方，这里有一堵长长的土墙，很高，我顺着土墙往上爬，爬到一堵更高的土墙上。土墙摇摇欲坠，我感到危险，心里慌乱起来。突然看见一个朋友，他是一个诗人，长脸，黑皮肤，头发蓬乱。他沿着土墙下面一条窄窄的土路朝我走来。我们说着话。我知道，这是他家的院墙。我一边跟他说话，一边贴着靠墙的一棵树滑了下来。

我滑落在一片旷野上，我感觉到这是青藏高原。此时，只剩下我一个人。满眼寒冰，白花花的，近处是砾石，远处是高山。我往哪里去？

我漫无目的地走着，突然看见一个很深的土坑，里头有两个小孩在玩耍。其中一个小孩示意我到他们那里去。我没有过去，而是站在坑沿上看他们在干什么。原来，他们各自在两腿之间夹着一个黑红色的圆滚滚的东西，在用力地吹。那东西被他们吹得明晃晃的，我看清了，是心脏。他们说，只有这样吹，才能成正果。我厌恶地走开了。其中一个孩子说："让他走吧。"

到处是寒冰，到处是戈壁和高山，我就要饿死了，就要累死了。我感到恐惧。

不能待在这里，我得往前去。我感到不是我自己在走，而是被风吹着往前飘。

不知过了多长时间，也许是一瞬间，我的眼前出现了一个灯火辉煌的寺院。大殿里有一尊金碧辉煌的佛像，佛像前坐着许多人，一片静默。突然，大殿深处传来一个声音："你的前世是如来佛左脚前头排行第二的弟子，你的名字叫喜来登！"这声音像山洞里发出来的，回声四起。

顿时，我沐浴在阳光里，温暖，轻松，愉快。

我张开双臂，做出要飞的样子，大声说："我的前世是如来佛左脚前头排行第二的弟子，我的名字叫喜来登！"

我听见了我的话，并清清楚楚地看到了那个座位。

那是我的座位。

二、进不去的门

这是我小时候见过的生产队那个磨坊的门。没有门扇，只有门框。其实，就是一个长方形门洞，黑洞洞地戳在地上。

我要进去。

可是，走到门口，有一股巨大的力量把我向外推。我与门之间，就像是两块磁铁的同极，有一股很大的拒斥力在相互作用，使我无法进入。

呃，怪了，明明是个门洞，怎么就进不去呢？我后退一步，用尽全身力气猛地往门里冲。我看见自己的身体飘起来，像一颗静止的子弹，悬停在那门洞之外的虚空里。

我与那个门洞杠上了，我一定要进去！

哦，想起来了，我带着钥匙呢！我右胯上吊着一把钥匙，白金的，明晃晃，有一尺多长，中间是一根圆柱，一侧有一些齿子。有这把钥匙，我应该能进去。

可是，这门没有锁，拿着钥匙也没有用。我依然进不去。

我大怒，挥舞着白金钥匙，用力地将它抛向那门洞。

白金钥匙在空中嗡嗡地响着，上下翻飞。倏地，它进去了。白金钥匙在黑暗的磨道里，像一个白色精灵，一上一下地跳起舞来，叮当作响，演奏着一种清脆的打击乐。

跳着跳着，那白金钥匙突然停下来。正惊异间，一道白光一闪，就像一颗子弹从黑暗的枪膛射出，那白金钥匙从那黑暗的门洞里弹射出来，直直地，射到我的裤裆里。

这一定是那门洞的主意——它以这样的方式报复我。我捂着裤裆，倒退着，倒下了……

三、淹没

一本书，平放着，看上去就是一块玻璃。书本上的字是黑色的，就像是泡在清澈而幽深的水中，清晰，深远。

那个男人径直走进这本书中，就像一个人走进一个门框。书本没有动，书页没有动，书上的字也没有动，那个人兀自走进去，消失了。他被书本淹没了。

看着眼前的书本，我很诧异：他怎么就进去了？这书本如此像水，进去一个人，应该是要起涟漪的，怎么会一点动静都没有？真奇怪！

我要看看那个人进去之后到哪里去了，是沿着字里行间走着呢，还是沉到书的背面去了？什么也没有看到。书页还是原来的样子，静静的，像玻璃，像水。

我继续看。那个被书本淹没的人，一定会憋不住，他终究会自己浮上来；如果他被淹死了，他的尸体肯定会漂起来。可是，看了半天，依然是什么都没有发生。

那个书本依然放在那里，书里的字依然像是泡在清澈的水中，它们看上去平静得很。但我知道，它们是故作镇静。它们是在守着一个秘密，为自己，也为那个走进书本的人。看到这里，我突然明白了：这是一个伪装成书本的宅院，那人是回家了，或是来执行某项神秘的任务。

我大声笑起来。我这样做，是想让书本知道：我已经看透了它。可是，书本依然是一点反应都没有，它平静得就像一个入定的和尚。

路　　标

李立泰

贾妮儿经几次反围剿历练，已像个红军战士。她抬担架、送军粮、救伤员等，干得蛮好。"扩红"消息传到村苏维埃，贾妮儿要参加红军。她爹娘、哥哥"通共"，被白狗子杀了，贾妮儿深仇大恨要报。除了红军我没亲人了！跟毛主席当红军去。两个红军战士负责登记。女战士问她：

你叫什么名字？

俺叫贾玉玲。

她叫贾妮儿！伙伴们起哄。

你是哪个村的？

俺是贾鸡窝的。

你父亲叫什么？

俺爹叫贾树杉，叫白狗子杀了。贾妮儿带着哭腔说。

你多大了？

俺十五岁。

好。玉玲，等通知，换军装。

哎。

换军装那天，玉玲脱掉衣衫，穿上军装，鲜艳的帽徽领章映衬得她脸蛋儿红红的更漂亮了，好一个英姿的女战士。

连长说：女娃子，干卫生员吧。她到卫生队培训，贾妮儿心灵手巧学得快，战地救护、包扎、打针、换药、洗绷带样样利索。她还没结业，红军开始长征。

她们连属中央纵队。湘江之战、四渡赤水、抢占遵义、突破乌江、飞夺泸定桥、强渡大渡河一路走来。快到邛崃山区，高高雪山遥遥在望。

强渡大渡河恶仗啊，炮火连天，敌机呼啸着盘旋、扫射。连长大喊：卧倒！隐蔽！隐蔽！重伤员行动不便，就地趴下。飞机朝卫生队俯冲。机关炮"嗒嗒嗒"，炮弹"轰轰"响，说时迟那时快，贾妮儿一跃而起，扑到伤员身上。"轰"的一声，好大会儿缓过来，她摆摆头，抖抖土，回头看，刚才隐蔽的地儿掀起个大坑。好悬！

她挂花儿了，血顺着裤腿流下来。小战士给她包扎，要她下去。她说：兄弟，破点皮肉不碍事，轻伤不下！那一仗后贾妮儿火线入党。

皑皑雪山横在天空。

贾妮儿望白雪覆盖的夹金山，打怵，山都到云彩里了，鸟也甭想飞过去。拖着伤腿，不知能否过去。贾玉玲啊贾玉玲，你口口声声，红军战士，共产党员，咋害怕了！你曾大喊要多杀白狗子给爹娘哥哥报仇！就是死也要爬过雪山。

首长指示：过雪山吃顿饱饭，带点烧酒、辣椒。她打了饱嗝，准备了红辣椒，还把破衫烂毡剪成条，绑在脚上。她给伤员重新包扎一次。

她踩着战友蹚出的雪路，咬紧牙关跟着走。坚持！坚持！！

她几次晕得迈不动步了，小战士看她伤腿，说：姐，把急救包给我，你拽着我褂子走。

伤员坐下喘口气，刚才还一起爬山的战友，再也站不起来了。她向战友敬礼都不像样子了，雪雨夹着冰雹砸下来，又有战友长眠在雪山上。

炊事班长舍不得丢那口锅。他说：妮儿啊，没锅咋做饭？锅兜风，大风险些把他裹下去，多亏战友拽住。眼看到山顶了，又一阵暴风雪袭来把老班长拧下山去。贾妮儿伸手没抓住，大喊：老班长！老班长！她眼泪流干了。

大草地铺在面前。

贾妮儿伤口感染已溃烂，发烧，头滚烫。她把可怜的那点儿药均给了重伤员。

茫茫草地。天连着草。草接着天。水泡着草。草拥着水。他们深一脚浅一脚往北走。贾妮儿几乎是挪。她每挪一步都疼得咬牙。她悄悄解开绷带看溃烂的伤口，擦擦流出的血脓。她摸出仅有的宝贝，救命的一支盘尼西林，反复地看了又看，最后，她还是放起，把伤口包住。继续跟着走……走、走，北上。

他们掉队了，其实已不用找路标，沿着战友遗体，就是前进方向。

断粮、缺药，恶魔在向他们悄悄袭来。这天贾妮儿实在挪不动了，伤员拦她蹲在草上。小战士寻野菜回来，说：姐，把那一针扎了吧。她把那支盘尼西林拿出来，珍爱地正着看了反着看。她把针管子装上针头，狠狠心在手腕上做了试验，若不用了它会留在草地。她默默祈祷，老天保佑千万别过敏呀……她说：您几位都扭过脸去，或闭上眼。她跪在草地，半褪裤子，给自己扎针。唯小战士眯眯着眼没闭死。看她消毒，一闭眼，针头扎进去了……此刻，忽然传来战友急切的呼救声：贾护士！贾护士！你快来，排长快不行了。贾妮儿听到喊声，她捏针管子的手，哆嗦了，犹豫……她还是坚定地把针拔出来。小战士架她过去。排长也是伤口感染，高烧。她毅然地给排长做了"皮试"……

贾妮儿伤口化脓，高烧、脸红、迷糊。小战士说：姐，你病成这样，还那么好看……姐、姐……

啥事？吞吞、吐、吐的。

俺、俺不说了。

说吧，姐都这样了。

姐，你真好看！

贾妮儿脸腾地更红了。她仰起头来，说：是吗，兄弟？

他俩轻轻地拥着……

小战士幸福地微笑，说：姐，我背着你也要走出草地。

她说：兄弟，让我留下来吧，姐省下一碗野菜，你吃了走出去。我这、这也是战斗！

收容队团长撵上来，眼见贾妮儿，病情严重，脸色铁青，嘴唇干裂，气若游丝。

团长发怒地大喊：卫生员！

小战士赶紧报告：首长，她、她就是卫生员。

老　猴

刘立勤

老猴走上舞台，环视舞台前密密麻麻的观众，满脸得意的笑。它想，还是有真本事好呀，有本事了连那些自认是万物之主的人也可以耍，耍得他们兴高采烈，耍得他们心甘情愿掏出比命都重要的钱，供奉在自己面前。

每逢这时，老猴就会想起它的爷爷。

它感激自己的爷爷。爷爷教它本事。爷爷教它上树摘果子，教它到农民家里偷吃的，教它对付蛇。老猴聪明，它毫不费力就学会了。它很想再学习一些比较独特高超的技能，可老猴的爷爷太平庸了，除了教给它的一些基本技能外，再啥也不会。不过它记住了爷爷说过的话，当猴子要有一些真本事。有真本事才能活下去，才能活得更好。

真本事从哪里来？

爷爷说，从敌人那里来。

　　谁是我们的敌人呢？是狼，是狮子，是老虎，是老鹰，是蛇？

　　爷爷说，是人，我们真正的敌人是人！

　　爷爷还说，狼、狮子、老虎、老鹰、蛇再凶再狠，它们那几招我们猴子都能够躲过，可我们躲不过的是人。人有着千奇百怪的法子收拾猴子，让我们猴子家族不得安生。

　　人真是猴子的敌人。老猴记得自己的父亲被人逮住吃了猴脑，母亲被人当作药物试验品死于非命，自己的兄弟姐妹也受尽了人类的欺凌。人为了收拾一只猴子，会不顾一切地砍伐一大片树林子，也会像疯子一样放火烧了一座山。为了活下去，老猴在和人的斗争中学会了很多技巧，逃脱了很多危险。因此，当后山的猴群几乎灭绝的时候，它不但逃脱了厄运，还成为人的朋友，而且生活得很好。

　　老猴成了马戏团的演员。它精通猴子所有的技巧，还从驯兽员那里学了很多人的动作，比如敬军礼、鞠躬、作揖、读书、骑自行车、骑独轮车。然后，它把那些招式搬上舞台，随随便便露几招，台下的人就像傻子一样把巴掌拍得啪啪响，好像是看到什么了不得的技艺。其实，那真的狗屁不是。

　　它想，人自以为很聪明，其实是最傻的。那么简单的几个动作，他们就会乖乖地掏出自己的血汗钱，还美其名曰看猴戏，意思是戏耍我们猴子。我老猴耍的是什么动作？是人的动作，我在耍人呢，我用夸张嘲弄的形式戏耍嘲笑人呢。傻乎乎的人还拿出钱来谢谢我猴子。

　　老猴明白了这个理，它要得更得意了，耍人的手段也越来越高明。因此，老猴得到的奖赏越来越多，日子也越来越好。它不担心没有食物，不担心狼、狮子、老虎、老鹰或者蛇的攻击。它有专门的房子，有专门的服务员，有源源不断的水果和食物，生病了还有医生。

　　老猴不断学习耍人的新手法。它善于学习，学过高台跳水，空中翻转三周半，惊险又优美；它学过撑竿跳，空中飞跃比人厉害多了。有了这些新奇的手段，老猴一出场就是掌声雷动。

　　得意的老猴有些不安分了。它喜欢显摆不说，还常常捉弄人。它会偷偷地给女演员的辫子上绑一个道具，它会给熟睡的男演员涂一个白鼻梁，它也会把女演员的钱夹偷出来悄悄放进男演员的口袋里。末了，后台是吵吵闹闹热闹非凡。待明白那是猴子在搞怪，演员们纷纷抛出手中的家伙什儿砸老猴。老猴真是聪明，从中又练就了空手接箭的招数。这个招数成为老猴的看家本领，也成为马戏团的压轴戏。

　　那出戏真是惊奇呀。老猴站在空中的木杆子上，演员瞄准那老猴放箭。那是货真价实的弓箭呀，只见老猴爪子一晃，箭被轻巧收回。侧台的演员继续放箭，连发十支。台下的观众看得惊心动魄，老猴硬是一支不丢全部收回。全场掌声雷动，老猴是得意非凡。

那天，老猴又在表演自己的看家本领呢，隔壁武校教练带来了一百多名弟子看老猴的表演。教练有百步穿杨百发百中的技艺，当他看完老猴的表演后，淡然一笑，扬弓发了一箭，老猴小手一晃轻巧收回。教练一脸赧然，反身连发十箭，老猴照单全收，而且手舞足蹈。台下一片欢呼。一向自负的教练没想到自己会败给一只猴子，顿觉颜面丢尽，招呼那一百多名弟子一齐出手十箭连发，眼前组成了一道箭的幕墙。立马，那老猴跌下高高的木杆，万箭穿心而死。

耍人的老猴就这样死了，至死都不明白是怎么死的。

牌　坊

马宝山

臧家在一年里办了两件事，年初给少爷臧守一娶妻。妻姚氏，知书达理，貌美而贤淑，是喜事；年末少爷因伤寒去世，为丧事。

少爷去世时，妻姚氏身怀六甲，趴在棺椁上悲天抢地地号："不活了，我不活了……"婆母、小姑子一帮人就劝：别伤着身了，肚里还有娃哩……

少爷走后不久，姚氏产一男孩，爷爷给起的名字，叫长生。

姚氏失夫之痛，又得子之喜，真是悲喜交加。这时候婆母说："臧家几代单传，长生可是臧家唯一的根苗，可要好生侍养，臧家有求贤媳啦。"姚氏明白，这是臧家怕她改嫁走人。

依恋夫君，又怜惜儿子的姚氏说："婆婆，媳妇生是臧家人，死为臧家鬼，一定把长生养育成人，承继臧家香火。"说这个话的时候，姚氏刚刚二十岁。

臧家即刻就在宅门外修起一座贞节牌坊，不大，白石砌成，重檐。奇怪的是，檐下隔出一尺见方的格子，格子外安上玻璃罩子。自建了牌坊，那格子里就有了一盏灯，天一黑，灯就被点燃，先是婆婆点，婆婆没了，由小姑子点。姚氏心里明白，这牌坊是她白天的守门神。这灯是天眼，夜夜监视着她哩。格子里的灯一夜又一夜，一年又一年，姚氏白天守着孩子，读书习字，晚上守着宅门外的灯，一天又一天，一年又一年。

转眼二十年过去了，孩子已经长大成人。长生聪明伶俐，也用功，功名顺利，由秀才、举人一直到中了进士，不久做了知府。那年清明节，知府大人携妻由一帮县府道官员们陪着回乡祭祖。知府先给祖父祖母填坟，再给父亲修墓。族人又提议，说姚夫人年轻守节，教子成名，一定要申报旌表，为老夫人重修节烈牌坊。长生觉得在理，就到母亲那里说明族人所议。老夫人一听，大怒，说："我不要立那牌坊。"

跟着丈夫走近前的儿媳妇，大惑不解，一生守节的婆婆，为什么反对修牌坊？又为何大怒呢？

婆婆赶走儿子，从那个古旧的炕桌子里拖出两个布袋子，又找来两个笸箩，"哗啦"一声倒出两盘豆子：一盘红豆，粒粒红亮如玛瑙。一盘青豆，颗颗晶莹似翡翠。

婆对儿媳妇说："这就是我的贞节牌坊。"

儿媳妇问婆："这红豆为何这般晶莹透亮啊？"

婆说："是用手捏弄的。"

儿媳妇又问："这青豆为甚这样青翠欲滴啊？"

婆说："是用眼泪浸泡的。"

年轻媳妇身上打一个冷噤。

原来，姚夫人年轻时候，每到欲念升起，脸红心乱时，就把两袋子红、青豆倒进一个柳条笸箩里，然后再一粒一粒将红豆挑进一个笸箩里，将青豆拣进另一个笸箩里。红豆、青豆全分开了，一个长长的夜也就过去了。

第二天，人们在议论给老夫人修牌坊的时候，"轰隆隆"一声，臧家婆媳二人，把宅门前的旧牌坊也给推倒了。

知府大人在官场上春风得意的时候，不知怎么得了气臌病，治了半年，没治好，撒手归天了。知府去世时，妻子也是身怀六甲，不久，产一男孩，奶奶给起的名字，叫旺倌。

奶奶抱住孙子旺倌对儿媳妇说："这是臧家唯一的根脉，要好生侍养，长生地下有知下辈子一定会报答你的。"儿媳妇明白，婆婆这是拿死人压活人，让她守活寡呀。儿媳妇打了一个冷噤。

婆婆没有为儿媳妇立牌坊，却在宅门口挂起一盏红灯笼，天一黑，婆婆就点了灯笼，红红的灯光照得半条街明晃晃的。明晃晃的灯光锁住守寡女人的心，也挡住了那些有非分之想男人的脚步。

年轻媳妇屋里的灯，幽幽地亮着，一夜又一夜……

A，或者B

张玉玲

　　我坐在角落里，看着白一一。

　　白一一站在大屏幕前分享她的诗歌。在分享她自己的诗歌之前，她顺便分享了徐志摩的《再别康桥》，戴望舒的《雨巷》……不错，白一一是个写诗的女人。这个季节到处流传的静电让她瀑布一样的长发有些凌乱，亮色的格子衬衣，深色短裙配一双深色长靴，这一切让今晚的她妖娆靓丽得近乎完美。

　　但是在中文系一直混到博士的我，自认有两只挑剔的耳朵，我始终认为白一一的分享不够到位，她的解读没有达到那些诗歌本身所要表达的情感临界点，不过这不影响我的眼睛去欣赏一个女人美好的身影。在这个满世界都是诗人的时代，你能对一个诗人有多高的要求。

　　白一一从弓形大屏幕的这一端走到那一端，再从那一端走到这一端，她口中念念有诗，我甚至听到旁边大学生模样的男孩说，她简直口吐莲花。而我的关注点已经转移到手机屏幕上，我有一个特点，当我遇到一个不太感兴趣或者不太认同的话题时，我能迅速找到下一个感兴趣的东西，并且很快沉溺其中。

　　一阵异常激烈的掌声把我的注意力从手机上拉回了大屏幕，白一一站在那里，目光直直地看向这个角落。我本能地收起手机，有种小学生在课堂上看课外书被老师逮个正着的慌乱无措感。却听白一一再次开口："对，这是我说的，爱他，就推倒他！"随着话音，她的右手做了一个推的手势，让我没有想到的是，她那只还在远处的手，竟然让我本能地躲了一下。这太搞笑了。然后，白一一潇洒地一个转身，走向了大屏幕的另一端，这时候我发现，她窈窕妙曼的身姿居然有一个缺陷——微微驼背。这是真的吗？我的目光跟着她，当她再次转身给我一个侧影的时候，我确定，这是真的，她的确微微有些驼背。以前怎么从来没有发现呢？

　　白一一说，在我上中学的时候，有人对整天写诗的我说，你疯了吧？我那时候没有判断力，以为自己那样真的是疯了，但是有一天，我的语文老师对我说，你不要管别人说什么，如果这样就是疯了，那疯了不是很快乐吗？白一一又说，所以从那以后，我才不管别人怎么说，我就坚持写诗，一直写一直写。后来连我妈都说我疯了，但是我不管，因为我爱诗，就像我爱一个人的时候，就没有办法矜持，我等不到他给我打电话，等不到他给我送花，我会给他打电话，会买一束玫瑰送给他。对于我来说，世上所有的一切，都抵不过喜欢。

　　白一一说着，目光再次投向这个角落，我感觉我被她盯得脸都要烧起来了，我正在想，我是不是有点后悔今天被那帮同学忽悠到这里，来参加白一一的诗歌分享会的时候，白一一在大屏幕前大声说，杜哲，你别躲了，你已经躲了我一万年了，无论你再躲多久，我还是喜欢你。周围顿时一片哗然：爱他，就推倒他，推倒他，推倒他……不知道谁的手在旁边推了我一把，这种情况着实让人热血沸腾。白一一看着我，又看着大家，哈哈笑着说，我也会害羞的好不好。然后她幽怨地看了我一眼说，我们还是先说诗歌吧。白一一给我们朗诵了几首她新写的诗歌，我认真听着，发现她的诗歌字里行间充满了灵性，在这个满世界都是诗人的时代，她的诗歌还是蛮不错的。

　　这时候，主持人把PPT定格在分享者个人简历那一页，白一一开始介绍自己的经历：我出生在兰州，但是很不幸，我出生的时候，我爸妈已经离婚了，接下来我妈在广东再婚，我便成了一个广东女孩，再接下来，我妈又离婚了，我生活的城市随着我妈的婚姻一次又一次更换，最远的时候我跟着我妈跑到香港，直到最后，我妈再次给我找了一个……后爸，我就来到了中原……

　　我是第一次知道白一一居然有这样的经历，接下来，她又说了什么，我都没有听到，我的思绪在白一一的经历里不断延伸，一直到她出生的那个时刻，然后又回头，从那个时刻往回走，我一路在探索，但是除了一些片段是可想而知的，对她的经历，我感觉一片空白。

　　分享结束的时候，我打算送白一一回家，但是一转眼的工夫，会场里已经找不到她了。最后有人告诉我，她已经坐公交车走了。

　　后来，我依然总是接到白一一的电话，电话是她从工作的美容会所打来的，有时候她会说，真想换了这破工作，站一天累死了，这让我想起她微微有些驼的背。

　　那天下着大雪，我再次接到白一一的电话，她说，杜哲，陪我去看雪吧。我看着手里厚厚的《比较文学概论》说，不行，我还有论文要写。她却说，要不陪我去看雪，要不你答应我的求婚。A，或者B，你选，选好了打给我。

　　说完她挂了电话。

虚　惊

欧阳明

　　刘主任刚从厕所小解出来，突然看到三癫子进了镇政府院坝，顾不得洗手，就咚咚地冲下楼去。

你来干啥？出去！刘主任明知故问，一把拉住三癫子。

三癫子说，我要上去——

不行！没等三癫子说完，刘主任便把他往外推。

镇党委牛书记正在楼上组织召开党委会，研究如何深刻吸取教训，切实做好全镇的信访维稳工作。牛书记刚调来还不到半月。原来的书记因维稳不力，被免了。同时被免的还有原来的镇长和综治办主任。刘主任是现任综治办主任，是牛书记来任命的，他绝不允许三癫子在这个时候上去找牛书记闹事。

三癫子不顾阻拦，继续往前冲。刘主任怕他挣脱了，立即双手将他抱住。同时担心一个人控制不住他，又喊了几个年轻干部过来。

三癫子是出了名的闹访户。他反映的问题可笑至极。前几年，国家为了方便群众生产生活，拿出部分补助资金，启动了"村村通"公路工程。三癫子所在的村，干部群众积极性很高，很快就修通了水泥路。可谁也没想到，这路竟成了三癫子上访的理由。他说路修晚了，年轻时，政府不修路，害得他讨不到婆娘。现在路修了，可他年纪大了，还是讨不到婆娘，有屁用。一句话，他这辈子没讨到婆娘，全是政府一手造成的，必须得给个说法。

起初，三癫子只找镇上，三天两头，就跑到书记和镇长的办公室大吵大闹，一闹就是半天。书记、镇长给他做了很多解释，他依然油盐不进。后来，他见在镇上闹，不起作用，就跑去找县领导。次数多了，县领导很烦，经常批评镇上书记、镇长工作不力。前任镇党委书记为了少挨领导骂，索性给了他一万块钱，并叫他书面承诺今后不再上访。可半年后，他又找到镇政府，说钱用完了。镇政府不可能无休止地给他钱，叫他去法院起诉。三癫子不起诉，又开始不断上访，有次，竟躲过镇里稳控人员的监视，跑到省政府去了。当时省里正在召开人代会，要求各地必须做好信访维稳工作。三癫子这一闹，很多干部为此受到了处分。

三癫子被接回来后，经常扬言，不给我把问题解决好，我让你们谁都别想戴乌纱帽。

几个人把三癫子死死围住，拉的拉，推的推，努力想把他弄出政府院坝。三癫子拼命反抗，双方陷入拉锯状态。眼看就要把他弄出院坝了，突然间他又挣了回来。这样来来回回，直到他像泄气的皮球，瘫倒在地才结束。

瘫在地上的三癫子，右手死死压着肚子，一脸痛苦的表情。

刘主任怕弄出人命，立即叫大家住手，并劝三癫子说，书记今天在县里开会，你明天来行不？

三癫子喘着粗气，吃力地说，我不是来找书记的。

镇长也在城里开会。

我也不找镇长。三癞子捂着肚子，脸色越来越白了。

你是不是有啥病？刘主任有些紧张起来。

我没病。

没病就起来出去啊。

不行，我必须马上上楼去。三癞子说。

不行！刘主任说。

求你了，让我上去吧。我不是来闹事的，只想上厕所。昨晚，我吃了瘟猪肉，拉肚子。街上没公厕，我只有跑到政府来。三癞子几乎有气无力了。

刘主任听了，紧张的心立刻松了下来，一边笑，一边说，快去！拉了就快走！

三癞子一个箭步，飞身上楼，冲进了厕所。接着，噼噼啪啪一阵屁响，整个政府大院，突然像沼气池盖子被掀开了一样，恶臭熏天。

T 恤 衫

孙春平

街头老人角的人员基本恒定，一个个端着大茶缸子，或摔象棋，或甩扑克，高声亮嗓地一边玩一边指点江山。年龄嘛，多是六七十岁的，耄耋之人也有，但不多，来了三五次也就不见了踪影。五六十岁的小老头儿也不多，来了也坐不住，晃一晃不定又忙什么去了。这情景有点儿像路边的冬青树，乍一看，一年四季都绿着，但细观察，方知有些叶子在一天天枯萎，又有新叶子在悄然抽芽。世上没有永恒不变的事，人生也是如此。

今年夏天，老人角又新增了一个人物，瘦高，身穿一件数十年前的工装服，左衣袋上方还隐约可见红星机械厂的字样。昔日的工装服多是这样，时下极少见人穿了。红星厂也早成了历史，先是民营，后来中外合资，眼下还有没有，不得而知。年龄在老人角算是年轻一茬，头发还茂密着，以前可能一直在焗染，看来不想染了，发根那一层白茬便日渐厚起来。老人们对新人来去均持不冷不热的态度，也很少有人打听以前是做什么的，家中什么情况。都已进了夕阳岁月，顺其自然才好，该知道的总会知道，人家不愿说的你还打探个什么劲呢？此人来了从不多说什么，见楚河汉界正厮杀，便君子观棋不发一言，见斗地主打娘娘哄嚷热闹，不时也跟着呵呵一笑或摇头叹息。有时，场上缺人，他也不推辞，一出手便知有些功夫，不可小觑的。

表面上看，以为聚到这里的都是赋闲之人，那就错了。老人们身上都有武把操，或电工，或木匠，或水暖，还有人会摆弄自行车、摩托车，只是不像劳工市场上的师傅那样脚下立块牌子。年龄大了，不虞温饱，得做且做，挂角一将，谁还甘心为那几个小钱儿去受人差使呢？不时地，会有人跑来问，我家没电了，也没通知停电呀；或说，我家下水道往上返水，哪位大叔去帮看看吧。每到这时候，便有人应对几句，然后拎起不定藏在哪儿的工具袋，随人去了。可往往也有这种情况，来人了，也问过了，问过的人却继续摔棋子。每到这时，曾经红星厂的那位便应道，我去吧。

如是三番，人们就有些奇怪了，这主以前是干什么的？有人说下水，他去；人家说电停，他去；有人说瓷砖脱落，屋顶漏水，他也去。有人问，你还啥都敢摆弄呀？此人一笑，说样样通，样样松，不稀罕。再往后，来人便常是专找肖师傅了，人们这才知道他姓肖。有人问，老肖你这么受欢迎，怎么讲的价？老肖仍是淡然一笑，说讲什么价，我是泥菩萨坐佛龛，凭赏，不给也中。此话似乎亦可当真，因为有时他回来，常是把还没开封的香烟丢给众人，说抽吧，我烟轻。那烟有软中华、硬玉溪，很牛掰的那种，也有红河或石林，寻常百姓的家常物。甚至，有时他还拎盒糕点回来，说垫补垫补吧，中午就不用回家了。本来，有人对此人抢活计撬生意是心存怨气的，但看他如此大度，况且人家常是在别人不愿出手的时候才起身，倒也说不出什么了。

夏日渐消，已见秋凉。一日，一个漂亮少妇匆匆跑来，说家里水管坏了，厨房漾了没脚面的水，请哪位大叔快帮修修吧。老人们你看看我，我看看你，谁也不吭声。这种小打小闹的维修，不过是换根管子或阀子的事，人家即使肯出工钱，油水也不大，要多了不讲究，要少了又不值，还免不了弄得一身泥水。自然，又是老肖起身了，他对少妇说，你先回家，我去建材商店把可能需要的材料带上。少妇说，你先看看需要什么再买不行吗？老肖说，我跟那些人都熟了，先赊着，不用的我再退回去，省得来回瞎跑了，放心吧。两人离去，有人望着老肖的背影说，这老兄，倒会讨女人喜欢，不会是人家身上的上下水他也能修吧？众人哄笑。老人角的这些人，多是粗人，说话不走心，荤素咸淡，只博一乐，没人计较。

过了晌午，老肖复归，引人注目的是前半身湿答答的，尤其是那件工装服，前襟上已满是铁锈与泥污，看来活计确实不轻松，估计是伏在地上钻进橱柜下完成的。有人问，都这时候了，没留你垫垫肚呀？老肖答，厨房出了毛病，还吃个啥？又有人说，衣裳都湿成这样了，回家换换吧。老肖答，大日头秋老虎，一会儿就晾干了。说话间，老肖又从工具袋里抽出一件没开封的深蓝色T恤衫，丢到牌摊上，说女主人赏的。你们谁喜欢，就拿去穿吧。人们争抢着看，有人指着商标惊讶地说，我的天，30%羊绒，70%棉线，少一千元拿不下来，老肖，这回可让你掏着了。又有人看尺码，说 XL 的，正合你的身子，老肖，快换上吧，不会是人家专门给你买的吧？老肖仍是淡然一笑，说我还是穿这身工装服舒坦。

数日后，当老人们又聚一起时，有人悄声说，这老肖，可不是等闲人物。年轻时，他是红星厂的维修工，因为心灵手巧，号称厂里首屈一指的维修大拿，没有啥活计是他不敢接手的，再加能说会写，连得了好几年的厂先进。后来，当了车间主任，当了副厂长。再后来，调进工业局当了副局长，又进市政府当了处长。可惜的是，前一阵因为高层腐败案子，由正处一下被撸到副科，回家只等着办退休手续啦。有人突然打断，说别说了，他来了。

远远地，老肖还是穿着那身工装服，提着工具袋从容走来。人们一下息了声，低下头装作洗牌摆棋，这时刻，谁知各位心里都在想些什么呢。

看　相

孙道荣

黄局长的手机出了点故障。离单位不远，就有一家专门修理这个品牌手机的维修店，黄局长将手机送去修理。

开店的是个中年男子，他看了看手机，对黄局长说，你这部手机很昂贵，是这款手机的顶配，全市也没几部，所以，配件不多，需要从总店调配，你过几天来取。

一听要将手机留下来，黄局长急了，没有手机，那怎么行？黄局长还有一层担心，自己的手机里有很多秘密，怎么能留给一个外人？

中年男人打开黄局长的手机，取出卡，又拿出一部八成新的手机，将卡装上，对黄局长说，这是我们店里的手机，供客人临时使用的。你将就着用几天。

黄局长犹豫了一下，将手机留店维修。

几天后，黄局长去拿手机。

还是那个中年男人。手机已经修好了，完好如初。

黄局长拿了自己的手机，还了店里的手机，付了维修款，正要走，中年男人忽然幽幽地说，看你的气色，不大好啊。

黄局长停住了脚步，讪讪地说，最近倒是有点没来由的心慌。

中年男人看了看黄局长的脸，忽做惊讶状，你额头灰暗，恐有一劫啊。

黄局长不高兴了，你一个修手机的，怎么搞得跟算命先生似的，一派胡言！

中年男人微微一笑，不瞒你说，我还真会一点看相术。

黄局长不屑地冷笑了一声，他可不信这一套。

不信？中年男人不急不慢地说，我说了你可别生气，从你脸上，我就能看出来，你和妻子分居了，是不是？

黄局长心头一惊。他和妻子虽然感情不和，但考虑到他的位子和影响，他一直伪装得很好，就连他儿子都不知道父母已经一个屋檐下分居了很久。这个人是怎么看出来的？难道夫妻分居，也能从脸上看出来？

虽然被中年男人说中了，黄局长脸上还是装作若无其事的样子。你别瞎蒙了，我可不信算命看相这一套。

中年男人笑笑，瞄了一眼黄局长的脸，慢腾腾地说，你上个月中旬，刚到昆明去了一趟，还去了丽江吧？

黄局长心头又一惊。上月18日，他去昆明参加一个会议。这是单位里的人都知道的，开完了会，他私下里又去了趟丽江，除了办公室主任和会计，这可就没几个人知道了。现在风头紧，公款旅游被查到，可不是闹着玩的。这个修手机的中年男人竟然对自己的行踪这么清楚，他、他是怎么知道的？难道有人跟踪我？黄局长的背上，微微冒出一层冷汗。

你、你真的是从我脸上看出来的？黄局长轻声问。

当然啊，不然怎么看出来，我又不是你肚子里的蛔虫。中年男人笑着说。

真是看相看出来的，那就放心了。黄局长心里暗嘘了一口气。他挪了把椅子，坐下，对中年男人说，那你再说说，你还能看出什么？

中年男人盯住黄局长的脸，既然你相信我，那我就免费帮你好好看一看。

黄局长被中年男人盯得很不自在。

中年男人说，你很少在家里吃饭，经常下酒店啊。

黄局长点点头。虽然被说中了，但黄局长在心里说，也许你看着我像一个当官的，蒙的。

中年男人接着说，你以前常去的是市区的几家大酒店，不过，这一年多，你常去的是西郊一家位置很偏也很隐秘的会所吧。

黄局长心里咯噔了一下。妈的，这个也能被看出来啊。黄局长心里又惊又怕地冒了一句粗口。

中年男人问，我说得对吗？

黄局长不置可否，你继续说。

中年男人沉思片刻，说，你这个人很怪啊，明明有家，为什么几乎每个月，都会去宾馆开房呢？让我好好看看，嗯，看出来了，好像最近几次都是档次最高的莱蒙国际酒店。

黄局长的脊背上，开始冷汗直冒了。他是和几个红颜知己分别去宾馆开过房，这个人，怎么连这个都知道？甚至连酒店的名字都一清二楚？他简直怀疑，这个修手机的，是不是特工？或者是纪委的卧底？难道自己真的早被盯上了？

中年男人继续说，就在你送手机来修的前一晚，你还去了天马小区一户人家，直到凌晨2点才离开，那里并不是你的家，但好像你隔三岔五就会去一趟……

黄局长的额上，也渗出层层细汗。他彻底崩溃了。他怎么什么都知道？他为什么什么都知道？

中年男人还要继续说下去。黄局长制止了他，慌乱地打开包，掏出一沓钞票，结结巴巴地说，这是给你看相的酬劳。

黄局长逃也似的离开了手机维修店。忽然又折返回来，问中年男人，你、你说的这些，真、真的都是看、看相，看出来的吗？

中年男人哈哈大笑，当然，不然呢？

那就好，那就好。黄局长跌跌撞撞地走了。

看着黄局长仓皇的背影，中年男人呸了一声：三年前，我闺女报考你们局，总分第一，竟然被你狗日的硬给淘汰了。边骂，边打开黄局长刚刚使用过的手机，自言自语地说，手机定位系统里留下来的记录，真是个好东西啊，让我再看看这部手机里的定位，查查你这几天又干了些什么，然后，一起交上去。

垃圾，垃圾

李伶伶

早上，林跃刚到单位，接到县信访办同学张明的电话。张明说，你爸又来上访了，你快点过来一下吧。林跃一听头就大了，赶紧打车去了信访办。

林跃到信访办门口下了车，看到门口围了二十多个人，为首的正是他的父亲。林跃把父亲拉到一边，悄声埋怨他说，爸，你咋又来了？父亲说，他们不给我解决，我当然得来！林跃说，那些垃圾跟你有什么关系呀？又没倒在咱家地里！父亲说，垃圾是没倒在咱家地里，可是那些臭味儿飘得漫山遍野都是，咱家的蜜蜂都不出来采蜜了！林跃很意外，说，有那么臭吗？父亲说，你鼻子瞎了？回家的时候没闻到？林跃工作太忙，一年回去一次，还是春节的时候。林跃说，闻是闻到了，但是没你说的那么严重吧。父亲气得脱下一只鞋要打他，林跃赶紧讨饶说，爸，爸，您老别生气，我去帮您问问，这事能不能解决。父亲说，你跟他说，他要是不能解决，我们就去市里，市里要是不能解决，我们就去省里。我就不信，中国这么大，没个说理的地方。林跃不愿意父亲上访，耐心劝他，爸，你说你这么大劲头干啥，都这么大岁数了。父亲说，不是我劲头大，是这堆垃圾太害人。你四叔家的牛，一眼没看住，从院里跑出去了，跑到垃圾堆上吃了半天，回来就死了。林跃说，怎么死了？父亲瞪了他一眼，说，吃塑料了呗！牲口吃了塑料，就是一个死。从开春到现在，死好几头了。林跃没说话，心情有点沉重。父亲说，你把你那同学叫出来吧，我知道是他让你来的。今天要是见不到他，我们是不会回去的。林跃说，一会儿他出来，你别跟他吵。父亲说，我不吵，我就问问他，城市的垃圾为啥要往农村倒！

林跃见到张明后，把父亲的问题丢给了他。张明说，垃圾太多，处理不了。林跃说，为什么处理不了？张明说，这事你得去问环保局，我不知道。林跃说，我爸太犟，我劝不了他。听说他们还想去省里呢。张明说，去哪儿上访，最后还是村里自己解决，别人只是起督促作用。林跃说，那你赶紧督促一下。张明说，督促好几回了，不管用。林跃说，为啥不管用？张明说，你以为人家那垃圾是白倒的？人家是给了钱的。别的地方接收了垃圾，都会做一下掩埋处理，你们村的书记太抠，连这钱都舍不得出。林跃皱起眉说，那就干脆不让他接收垃圾。张明说，我没这权力呀。林跃说，那怎么办？张明没说话，沉思了一会儿，拿起办公桌上的电话，挂了个电话。就听张明说，钱书记吧，你们村的人又来上访了，垃圾的问题你再处理不好，你这个村书记就别再当了！说完挂了电话。

两个小时后，林跃看到钱书记急匆匆赶到了张明办公室。张明说，垃圾的事怎么解决，想好了没有？钱书记说，想好了，保证解决好。张明让林跃把他父亲和其他上访者从休息室请了过来。双方见面后，林跃父亲说，我们只有两个要求，一个是不许再往村里倒垃圾，另一个是把村里现有的垃圾都拉走，别堆在那儿污染环境污染土地。张明看看钱书记说，能做到吗？钱书记说，能做到，保证做到。张明又看看林跃父亲，说，再信他一次？林跃父亲对钱书记说，你要是再诓我们，我们就去省里上访！钱书记说，放心，这回肯定让你们满意。林跃父亲没说话，其他人也没说话，都跟着钱书记回去了。

张明松了一口气，林跃一颗悬着的心也落了下来。为这些垃圾，父亲已经上访两次了，希望不会有第三次。

半个月后，林跃接到母亲的电话。母亲说，你爸还要上访，你赶紧劝劝他吧。林跃说，还上访？垃圾的问题没解决吗？母亲说，解决啥呀？垃圾照样倒，臭味照样有，不一样的是，别人都不上访了，就你爸一个人还想往上告。林跃说，别人为啥不上访了？母亲说，得好处了呗。村里一家给一千块钱，别人就不吱声了。就你爸不要这钱，说垃圾的问题不解决，他死不瞑目。林跃知道父亲的倔劲儿又上来了。

其实林跃深知，这些垃圾不只污染农村，也危害城市。被污染过的土地种出来的粮食，人吃了，对身体不利。所以，这不是他父亲一个人的问题，是所有人的问题。可是他不知道该怎么办，真不知道。只能叹一口气，再叹一口气。

王小妮的夜晚

许　锋

车陂那个地方，有点乱。倒不是真乱，打、砸、抢什么的，可能以前有，现在很少。现在的人都忙着挣钱，没有工夫乱自己的阵脚。偶尔有刚进城的，一时手头紧没了下顿，给别人发发传单、小广告，再不行就送外卖，总之，只要不游手好闲、好逸恶劳，这年头，人人都有一口饭吃。吃好吃坏，那是另外的事儿。广州这地方，大，吃饭的方式多着呢。

这是个热闹的地方。白天晚上人流如织、车水马龙。公交车、地铁四通八达。尤其是地铁，只要你钻进去，无论你想去哪儿，都能到。陶渊明说过——忘路之远近。忽逢桃花林。中间是个句号，说明你要去的地方地铁不一定都直达，要换乘，换乘，再换乘，转车。

王小妮也住这儿。她还是个丫头片子。丫头片子是乡下的说法，城里不这么说。总之还小，未成年人。长得瘦小、乖巧，按照城里的标准，那也是美少女、靓女。她还在上学，中专二年级，同时读着一个大专，为什么说现在的文凭越来越不值钱，可以套着读，中专毕业的时候，大专也毕业了，大专毕业的时候，本科也毕业了。是你读文凭，文凭却比你还急，恨不得倒贴给你。

王小妮住在这里是为了打工方便，现在是放暑假，她和表姐一块在超市卖粥。一个上早班，一个上晚班。不是把粥煮熟了拎到超市去卖，滚烫的粥可不是闹着玩的，她们没那个本事，父母也不放心。她们卖的是袋装的方便粥，像方便面似的，一袋40克，有西红柿鸡蛋粥、蘑菇鸡蛋粥、菠菜鸡蛋粥……花样挺多，包装也好看。这种粥不用点火煮，撕开袋子，把粥料倒进碗里，加上300毫升开水，用家伙什儿搅拌均匀，盖上盖子，你去拖地、擦桌子、浇花，5分钟之后回来，粥便好了。跟泡方便面差不多，简单。

城里的生活，要说简单，那真简单，要说复杂，那很复杂。

王小妮的收入构成很简单，一天干 8 个小时，收 120 元，这是保底工资；卖到 1000 元，有 10 元的提成，卖到 1500 元，有 20 元的提成。用计件的方式算一遍：一袋粥卖 3 元，卖到 334 袋的时候，开始拿提成。为了拿到提成，王小妮很积极，不停地向过往的顾客推荐、介绍，除了去个洗手间，一分钟都没消停，她一个人上班，哪有时间去洗手间呢，索性不喝水，渴了也忍着，声音越来越沙哑，嘴皮子也不是少女般粉嫩，是焦灼的褐色。

她的眉头一直是皱着的。样子很小巧，像一朵微小的刚开的花。说话间，眉头又偶尔舒展一下，展开时，看不出一点岁月一点愁的痕迹。

生活。

王小妮下班时，天早就黑得不成样子了，从超市到车陂，走路太远，不直通地铁，要坐公交车。公交车很方便，像王小妮这样的学生，买票都享受半价。上了车，有时候有座儿，有时候站着，晃晃悠悠，十来分钟，到站，下车。

忙了一天，她又累又困又渴，就想喝水、冲凉、睡觉。

老板体谅到学生的困难，月薪改周薪发，下班前，王小妮拿到了 1000 元。可她连给自己庆祝一下的力气都没有。

她当然不会住在宾馆、旅社，打工的人没有钱住那种地方。也不能住有小区有保安把门的楼房，还是住不起。姐妹俩是短期租房，租了城中村的一间房，租了两个月，一个月 400 块，两人分摊，负担很轻。还有卫生间。没有空调，要空调要再加 100 块。

这种天，是真热，外面多热房子里就有多热。要是看温度计的话，估摸能有 30 摄氏度。王小妮也没把湿漉漉的头发、身子擦干，就搭了毛巾被躺在床上，觉得还是超市好，有空调，凉快。要是能在超市她卖粥的地方支一张简易床就好了。王小妮扑哧乐了。眉头上的那朵小花像在夏风里微微摇了一下，但花瓣又迅速地簇拥在一起，很团结。

表姐呢？她去哪儿了，这么晚了还疯，该回来了呀。她索性打开门，通风，一会表姐回来锁门睡觉。

王小妮又兴奋得紧紧攥着刚才搁在枕头边的薪水，一边想给表姐打个电话，电话还没打出去，人已经睡着了。

灯没有关。

门也没有锁。

还在读书的小丫头片子，懂什么呀。

……

12 个小时后，王小妮彻底醒来了，这一觉睡得真解乏。

她眼皮子扑棱一下就睁开了，钱被她死死捏了一夜，变得奇形怪状。手机在手边。

未阅读的两条短信：亲亲，我晚上去蓬蓬家了，记得锁门。懒猪，起床，接班。蓬蓬是表姐的男朋友。

昨晚没锁门，没关灯。

可门是锁的，灯是关的。

她眨巴眨巴眼睛，眉头的那朵小花，忽而一下子散开，宛如清泉从石上流过；忽而又聚合，像个受气包。

王小妮哪里知道，在她和表姐租了房的当天下午，她爸爸和妈妈专程找到房东，要额外多付一倍的房租，让她每天晚上必须上楼看一下姐妹俩的门，然后给他们打电话报平安。老太太说不用啦，我也养过女儿的。

王小妮的夜晚，不是她一个人的夜晚。

四 大 名 著

梁小萍

父亲有两个古色古香的楠木书箱，书箱里有一套老版本的四大名著。20世纪70年代的某一天，父亲把四个子女叫到书房，说一人选一套。

母亲一旁笑语，幸亏只生了四个孩子，要不然还不够分了呢！

别说，正好的东西还是剩了，三丫头居然不要。三丫头了解父亲的脾气，要了父亲的书是一定要读的，而三丫头平时根本就没这兴趣。而且三丫头还知道直接说不要书，比要了书不读，这做派似乎更对父亲一贯的作风。

别看三丫头不看书，藏书却不少，《福尔摩斯》《红与黑》《毛泽东选集》等中外文学、政治理论名著无所不有，而且书的封面还用宣纸包着，彩色绘笔细描书名，整整齐齐、安安静静待在三丫头的小书柜里。换作今日，三丫头会说自己特有超前意识，这是一种装潢，文化装潢，懂不懂？那个淳朴的年代，还真不懂，别说一般的家居装潢没有，文化装潢，听都没听说过。现在懂了，这似乎属于一种高端包装了，包装一个人表象的思想、素质、修养。怪不得后来三丫头开了装潢公司，而且生意火爆，原来早有天分。

大小子选了《三国演义》，也许是长子继承父亲最多的基因，天生偏爱军事。父亲似乎也从小刻意培养大小子的体能训练，谁知人算不如天算，大小子身体小有缺陷，18岁高中毕业那年征兵体检没过关。而父亲这个老兵又是一个特别较真的人，心目中的兵要一顶一兵的标准，即便是自己的儿子也不能当个后门兵辱没了兵的形象。于是那一年的秋天，大小子带着《三国演义》上山下乡去了。大小子没当兵却有了兵的素质，说起军事战略，颇有将帅风范，世界军事无一不了解，枪支器械无一不精通，当然也许只是理论研究，但是没有理论怎么指导实践。后来大小子下乡回城在公安系统做了行政工作，也算和兵沾了一点边吧。时至今日，大小子也是退休之人，正好有了大把的时间，每天和着老爷子没日子瞎侃，一如沉浸在往日战事的争论中。有时候想想和平年代还说这些有意思吗？借用父亲的一句口头禅来作答吧，一个国家任何时候都要做到全民皆兵。

二小子选了《水浒传》，不知道是受这本书的影响，还是天生骨子里不羁的脾性，二小子拒绝了父亲要他当兵的意愿，他说他厌倦那种约束的生活。父亲因为大小子没当兵，就把全部的希望寄托在了二小子身上，可是二小子坚决不干。二小子是家中唯一一个敢和父亲对着干的孩子，父亲一恼火说：走！父亲就是这样，越是生气，话越少，一个字足够威严。不久后，二小子就进了一家汽修厂做了学徒工，当他回家搬行李时，还不忘带走了那套《水浒传》，那般境遇和情绪，还真的颇有水浒好汉被逼上梁山的感觉。前几年二小子开了一家4S店专营汽车销售，生意正做得风生水起却转让了店面，在城郊买下一处荒山野地，整地盖屋，种树养鱼，过起闲散随意的日子。如今这里也成了父亲常住的居所，往事不须提，一如山中老大王一般自在。其实，父亲心里清亮着，二小子身上的不羁脾性就是他年轻的再版，只不过世事纷扰，入世一遭会改变很多你预想不到的本性。

由于三丫头不要书，于是老丫头就多了选择。《红楼梦》《西游记》任选其一，老丫头乖巧，抱起《西游记》送到父亲怀里，说这套书就是特意留给父亲解闷的。父亲接过《西游记》，自嘲一叹：如来佛老矣！老丫头接话：如来佛不动，谁也逃不出您的手掌心！于是刚刚三丫头不要书的一点情绪被老丫头一番讨巧驱散了。

那年老丫头还小，抱着《红楼梦》回了屋，一放就是六年，然后一看就是三年，三年看了五遍，一套书都被老丫头翻成油卷了，而那套《西游记》这些年也成了父亲夜来枕边反反复复的消遣。那一日，老丫头指着父亲床头柜上的《西游记》咯咯笑。父亲问笑什么？老丫头说，老爸，你和我一样，一点都不爱书，你看看你的《西游记》和我的《红楼梦》一样样，都是油卷子。父亲看着傻呵呵直乐的老丫头，突然想起什么，走到书柜，在最下面翻出一套书，说，这套书归你了。老丫头接过来一看，《纲鉴易知录》清末版本，一翻而阅：天皇、地皇、人皇一直到明末。父亲说，你喜欢写字玩就读读历史吧。于是老丫头得宠般抱着这套书向几个哥姐炫耀了一番。谁知细读才知道，历史真实得让人心生枯燥。读来读去，至今数十年了，一套十册的书还没翻到一半，显然是刻意不愿去读的。一日夜来，老丫头翻出这套书，人到中年，该读读历史了。

父亲90岁寿诞宴席摆在了二小子的山庄，席间，大小子、二小子、老丫头诚然拿出当年的名著递给父亲权作寿诞之贺，三丫头怯怯地站在一边等着老爷子发话，早没有了当年拒绝要书的底气。

父亲鹤发童颜，朗朗而笑，一挥手招来四兄妹卧于膝下，说：我有你们四大名著，今生足矣！

乐 痴

刘怀远

王虎吹得一手好唢呐。

王虎小时候放羊，春天里，赶着羊群走在堤坡，满坡新绿。随手一扭，就是一支柳笛。放在口中，就能吹出一支跌跌撞撞的曲子来，虽说野调，却也悠扬。后来，再大些，就迷上了吹唢呐，不知从哪里弄来一支唢呐，没事就吹，吹得老爹心烦，说，我死了你再吹行不？妈就说，去江边吹，那里人少。王虎无师自通地能吹好多首曲子后，非要跟了戏班子走。那是下九流啊，能当营生？他妈把菜刀放在自己脖子上，才拦下他。

王虎成亲的当晚，年轻的伙伴们来闹新房，按常规是要熬到深夜，还要新人端着烟茶说尽好话才会走，可今天他们没坐屁大的工夫就起身告辞。王虎问，不再多坐会儿？伙伴们说，不坐了，改天再来，不是新沟镇来了戏班子，今天能放过你？王虎忙打听是哪里的戏班子。伙伴们故意逗他，特别把戏班子里的唢呐手吹了个神乎其神。王虎说，没那么好吧？伙伴们说，汉口来的，再差能差到哪儿去？

王虎的心一下活了，望一眼坐在床边蒙着盖头的新娘，还是咕咚咚跑了出去。等父母发现，从十里开外的戏台下把王虎揪回来，已是子夜时分。新娘在里面插了门，嘤嘤地哭，谁喊也不开。屋檐下，王虎两只手翻飞，做吹唢呐状，一直比画到天亮。

王虎当泥瓦匠，上高了头晕；王虎去当木匠，刨子却总推不平；王虎用所有的积蓄买了300只母鸡，鸡刚下蛋，一场鸡瘟死个干净。王虎实在没有一个好营生。高兴的时候，王虎喜欢吹唢呐，心里郁闷了，也会来上一段。埋掉了瘟鸡，王虎站在江堤上，呜呜咽咽地吹了半天，吸引得几个路人围拢来。原来这几位是民间吹鼓手，专给红白喜事奏乐的响器班子，要请他入伙。王虎抚摸着唢呐想，每天既能过了瘾，还有可观的收入，干！

　　王虎就成了吹鼓手，虽半路出家，却一丝不苟。白天吹了一天，晚上到家还要练习新曲子。王虎的名声很快就响遍方圆几十里，冲着王虎唢呐吹得好，远近的红白喜事都会点他们的班子。

　　王虎的爹去世了，出殡那天，响器班子来义务捧场。披麻戴孝的王虎感激地一个劲儿磕头。接待完吊孝的人们，稍微闲下来的王虎听着同事们的演出，细咂摸，总觉年轻的唢呐手吹得不对味，有气无力的，一点不洪亮，还接连吹出好几个破音。王虎忍了忍，谁知唢呐手又接连吹错了几个音。王虎再也忍不住，腾地站起来，走出灵棚。一串高亢嘹亮的声音飘荡上空，这声音像磁铁，把远远近近的人们一下都吸了过来，只见头戴重孝的王虎时而昂头，时而俯首，脑后的孝布随着他的摆动，在空中翻舞，刚才还五音不全的唢呐，在他手中立刻成了直冲云霄的百灵鸟。不过，他的一曲还没吹完，他三叔拿了鸭蛋粗的木棍劈头砸来。

　　吹鼓手的生活每天除去吹拉弹奏，就是泡在酒肉里，再吝啬的人家出了请吹鼓手的大事，也不再吝啬。饱吹饿唱，五十大几的王虎胖成了一口水缸，总觉头晕心慌，吹出来的唢呐声更浑厚和动听。这天要去邻村吹奏，早上起来却晕得两只脚打别。老婆说你别去了。王虎说，说好的，哪能不诚信？再说我不去唢呐就不响亮。老婆说，那你省着点力气吹。

　　出殡的这家是殷实人家，也讲孝道，除了王虎他们，另外还请了一班子。两班子人都认识，虽不至于像老话说的同行是冤家，但相互之间绝对没有好感。

　　吹奏刚开始，两班子人就铆上了劲儿，一为面子，二争名誉。主家这时候还嫌不热闹，两边的桌子上各放了十块大洋，算是加赏。于是，两边的比试立刻升了级：那边吹个《一江风》，这边吹个《月牙五更》，这边吹个《小寡妇上坟》，那边吹个《秦雪梅吊孝》，那边来个《夜祭》，这边又吹个《送亲人》，吹完悲曲吹喜曲，好在逝去的是位八旬老者，喜丧，主家只图热闹。看热闹的人们，潮水似的，一会儿涌向这边，一会儿涌向那边，哪边稍微出点儿花活，就立刻起哄似的涌过去，另一边面前立刻就稀稀落落地冷了场。王虎毕竟是王虎，虽说早上晕着出来，吃饭时喝了半碗酒，唢呐一拿，人立刻就像打了鸡血。他从来都是人来疯，只要面前听众多，他就卖力地吹，耍着花活吹，他不但用嘴吹，还能用鼻子吹，偶尔也用耳朵吹。七窍是相通的，只要功力到气运足，都能吹得响。

　　马上要抬棺下葬了，吹奏就要结束。这时，王虎望着面前黑压压的人群，祭出撒手锏，他深吸一口气，鼓圆了腮，吹起了《百鸟朝凤》，他用唢呐惟妙惟肖地模仿着百种鸟的叫声，模仿着凤凰的长鸣。到最后，越吹声音越高，越吹声音越亮，他已经控制不住自己，就像春天来了百花必开一样，不需要理由。

一曲吹罢，万籁俱寂。好一会儿，才响起一片排山倒海般的掌声和叫好声。王虎笑着朝大家招招手，往下一坐，却从座位上滑下，软在地上。

用今天的医学常识看，王虎是脑出血了。

冬　夜

高沧海

康麻子来提亲，康麻子看中了我三姐。

两床红缎子被面，一匹蓝平纹棉布，重要的是，康麻子找人背来一袋面。天爷呀，那可是精打细作的一袋面，细皮嫩肉的一袋面，不掺麸皮不掺糠的一袋白面呀。爹手指肚儿捻着白面说，皇帝佬儿吃啥，咱吃啥哩！

娘抱着棉布抽抽搭搭地哭了，在她有限的关于布料的记忆中，她所能拥有的布从来都不是以这种奢侈样子出现。去年，娘家兄弟娶儿媳妇，她偷偷裁了二尺半的确良，给自己做件新衣裳，在娘家人面前不能太寒酸，多少体面一些。吃酒回来，爹脱下脚上的鞋，用鞋底狠狠地教训了她一顿，败家娘儿们呀，老李家，家门不幸！

抿过二两小酒的爹乜斜着娘，乜斜着那卷布，他说，败家娘儿们，可劲号！

娘号啕大哭，哭过后，不知哪来的胆量，她竟然把爹的酒杯从桌子上丢地面上，还一脚踢到墙旮旯儿，她说她要一下做两身新衣裳，谁也管不着。爹撅腚拱腰把酒杯掏出来，用袖子擦擦。天爷呀，爹竟然在笑，他竟然如此无视娘的无礼和败家，而不是像原来那样欺身上去劈头盖脸地搋一顿。

爹从村东到村西穿街而过，他说，看看今儿冰冻封住河没有。他又从村西到村东迂回而来，听说有三只狗在村东树林里打架。爹像一条鱼。娘说，爹把身上的鱼鳞来来回回都蹭掉了。

爹的心思，估计家里的狗都明白，只是狗不会像人那样吹捧爹，老李呀，赚了个有钱女婿，恭喜，恭喜！

爹做梦都双手抱拳说，同喜，同喜！

爹已经完全以康麻子的老丈人自居了。

至此，三姐将来要嫁给康麻子，是铁板上钉钉，铁打的事实。

但是三姐不同意，她把被面扔到娘身上，谁爱嫁谁嫁！

爹把桌子拍得震山响，他舔酒的三钱小酒盅都从桌子上跳起来。爹说，反了！三姐要出去，爹说，锁起来！

爹说，捎信给康家，过年节礼跟上轿衣一起送。定喜日，年前接人。

爹又交代娘，咱也不能作践自己，便宜了康家是不是？跟媒人说，咱厚道，康家来礼，也要厚道，厚实！

三姐被锁在西厢房里，我从窗棂里看，三姐说，七弟，你还记得张生吗？我当然记得张生，夏天里我跟三姐割猪草，张生还往三姐的筐里扔写字的纸，三姐就像吃了糖。

三姐让我告诉张生，来救她。我说，张生早就来了，天天在咱家后面转悠，爹拿铁锹，打跑好几回了。

腊月十六，康麻子来送礼，爹把西厢房的锁去掉，叮嘱我看好三姐，等夜里客走了给我吃鱼吃肉。康家彩礼肩挑手拃，果然厚实，爹高兴，把三钱小酒盅换成了一两一个，从日晌喝到天黑，嗞溜嗞溜痛快淋漓，脚下无根，脑壳跌破了鲜血直流。爹还唱，好年景了，骡子马子一大天井了。

三姐问我，七弟，张生还在外头吗？我说，在外头。

三姐说她去看看张生，三姐跟我拉钩，说一会儿就回。我说，好。

三姐抱住张生，三姐哭着说她不嫁那个麻子。

张生说，我带你走。

三姐挥手对我说，七弟，自己好好回家。

我正发呆，娘出现了，娘说，妮，先别走。

月亮亮堂堂地照着娘的新衣裳，蓝棉布的新褂子新裤子，蓝棉布的新鞋面，康麻子是贵客，贵客上门，娘自然要表现得体面，这种从头到脚的光鲜，甚至百年都难得有一回，谁叫贵客是康麻子呢，有钱的康麻子，富贵的康麻子，百里挑一万里挑一的康麻子，跟咱是一家人。

娘捂着脸蹲下，康家的面，咱吃了，康家的布，咱穿了，康家的钱，咱花了，咱家落下的饥荒，康家替咱扛了……妮，爹娘老了，只有你七弟这一根男苗，康家的债，你忍心他替你还？

三姐看一眼张生，寒夜霜重，风冷心凉，他衣衫单薄，瑟瑟发抖，三姐一阵哽咽。

她给张生整一整衣衫，理一理头发，三姐说，回吧，回去找个好女子成家。

腊月二十六，美丽的三姐嫁给了很老的、跟我爹一般老的康麻子，1977年那冬夜的凛冽，她留给了自己。

吴 三 钱

马 犇

吴鞠通是中医学界避不开的代表性人物，就像曹雪芹不会从文学史中消失一样。当淮城人得知吴氏在京城医界声名鹊起时，很多淮城人入了学习中医的大潮。

尤其是孩童，多朝读儒经、暮诵医典，淮城代有名医出，均承继吴氏的理论和医术，该群体史称"山阳医派"。

吴三钱是吴鞠通的后人，他没去京城，甚至从未离开淮城一步，一生救死扶伤。医铺总要有堂号，先人的堂号叫问心堂，问心堂早已毁于兵燹，有人建议吴三钱恢复问心堂，吴三钱婉拒。他为人谦逊，为避免问诊有误砸了先人的牌子，遂另立医铺，名之养心堂。

一字之差，其志尽显，他是要尽己所能，养护好自己和病患的心，养护好先人传下来的医术与医道。

吴三钱擅长食疗，或单取食材当药，或将食材配上中药为方。止咳，多数人用冰糖雪梨，吴三钱有他方，他会让病人将一个鸡蛋打在瓷碗里，放入数粒冰糖，不搅拌，上锅蒸至固状，吃上两至三次，白天夜里，咳声全无。

当地妇人坐月子，他亦有一方，少量红糖水加当地美食"麻油茶馓"，能做茶馓的人家很多，他会建议家属买河下镇北首、城中镇淮楼下或南门府学旁这三家的馓子。该方被口耳相传，时至今日，淮城妇人坐月子还有使这方的。

夏季，淮水泛滥，城区内涝稀松平常，大水过后多有疫情。有一年，水势太大，很多民房被淹，疫情肆虐，东门、南门、西门、北门，皆有人撒手人寰。当年，京城瘟疫四起，在京城的淮安会馆，吴鞠通就曾把众多病患从死亡线上拽了回来。

直觉使然，吴三钱背起药箱，领着徒弟们，自西到南，再由东向北，绕城一圈，一路上救活很多危重病患，连续数夜没睡半个完整觉，吴三钱的鞋、裤脚破了，腿脚也烂了，脚指甲掉了几个。

他被徒弟们抬回养心堂，徒弟们替他继续走街串巷，妙手回春。一日，有个病人，任凭徒弟们怎么使药，也不见其效，病者似已昏死，家人已经备好寿衣、棺材等丧葬用品。病者家早年对吴家多有恩惠，徒弟们刚入养心堂就听师父郑重其事地说过，他们一来不敢怠慢，二来"不试不罢休"，果断将病者抬至养心堂。

吴三钱一瘸一拐地走到病者面前，强睁起极度困倦的双眼，继而闭目思之，拿起毛笔，蘸了蘸墨，颤抖地写好药方。徒弟按方抓药，药量精确到钱。堂有堂规，疫病期间，无论何人求医，分文不收。病者家属刚欲下跪，吴三钱用尽全身的气力示意他们赶紧回去。

三天后，病者可下地干活，与常人无二，他做了面称赞吴三钱医术的匾，领着全家送至养心堂。四邻围过来看热闹，有几人自发拿出鼓和唢呐，配合送匾的人给吴三钱致谢。

养心堂大门紧闭，仔细听，能听到后院有妇人、小子哭泣，大伙儿忙敲门，一个徒弟嵌开门缝，探出脑袋，请大伙儿安静。原来吴三钱积劳成疾，已先走一步。送匾的人和众街坊大声哭号，欲将匾放在棺材旁，且集体为吴三钱守灵。

徒弟们都出来了，他们坚决拒收致谢匾，并谢过街坊，央求他们回家。送匾的一家人大为不解，场面陷入僵局，就在此时，有个小徒弟与那康复的病者耳语，眨眼的工夫，这家人扛匾离去。

他们照着小徒弟的指示，在自家户对内侧挪开一块青砖，砖下有封信，信中写道："我知你此刻已痊愈，请莫谢我，因我开方有误，有一味药多写了三钱，虽结果无碍，但方子有错谬，此病并非我所医好的。致歉。"信笺上有血痕。正如小徒弟所述，信是吴三钱回光返照时所写。

此事传遍淮城，吴三钱这个称呼是这时诞生的，淮城中医皆以其为楷模，淮城人每有病痛，多会想起这个响亮的名字。

清 石 有 缘

吴富明

春天的寒意总是那么沁人。河滩裸露的石头倒有些喜庆地铺张着，小河水流不急又不深，卷起裤脚便可。只是水冷，让人生急。

女孩打了个冷战，拿着刚脱下的鞋袜，站在那儿有些犹豫。

鞋脱了，就脱了嘛。男孩说，踏出第一步或许就好了呢。

女孩看了看男孩，说，等会儿你可要给我暖脚，行不？

小伙子一愣，然后开心一笑说，那就暖一辈子吧。

水感觉要冒气似的。站在河中，男孩与女孩同时将双手伸向了那块石头。

这是家乡特有的石种黄蜡石。皮色透着暖暖的味道。

女孩用手摸了摸石头说，滑着呢，真像小时候弟弟的小屁股。

男孩也摸了摸石头，嘿嘿地一笑说，真像村里的有些女人样。

瞎说！女孩说，你又没见过哪个村妇，哪知道女人是什么？

男孩说，我就知道，不告诉你。

女孩与男孩将石头搬上了河滩。女孩看见石头底部，突然大叫起来，你不就看见过女人的大奶子嘛！这石头上就有呢。女孩用手摸了摸石头，两个极对称的鼓点被点化了出来。女孩说，村妇喂奶常敞怀露着，你不会偷偷看过吧？

男孩说，还用偷偷看吗？我都还碰过呢。

女孩把眼一瞪说，你想得美吧，对了，你再说一遍！

男孩说，你爱听我就再说一遍哈。

有天，我被蜂蜇了。眼都睁不开。刚巧儿隔壁邻居二妮正在喂奶，看见我叫痛，就跑过来说，莫怕。她掀起上衣，露出了白花花的乳头，温温地贴着我的眼睛，用力捏了捏，一阵暖暖的清流冲进了我的眼眶，也流向了我的嘴中，有些淡淡的盐味儿呢。后来，我的眼睛就消肿了。男孩说，你听懂了吗？

女孩说，有天是哪天啊？

男孩说，小时候呢，人家二妮现在可是当奶奶啦。

女孩一听，大笑起来，说，难怪你会记在心里，你是受了人家的恩泽了。

男孩说，你冷不冷啊？

女孩刚才只顾说话，低头才发觉脚都冻紫了。但她却说，开玩笑吧，你又不是二妮，能暖得着我吗？

男孩说，这好办，你只要答应进我家门，就能暖得着了。

你做美梦吧。女孩说着忙穿上了鞋袜。

两人抬着那块黄蜡石回到了村里。

村人说，年轻人，你们不怕搬着石头砸了自己的脚啊？这清河之中，有你们搬不完的好石头哟，只是石头能当饭吃吗？

女孩说，不知道，就是喜欢。

男孩说，我也不知道，只晓得石头上有小时候的故事在呢。

不久，已当奶奶的二妮看见了石头，竟然笑呵呵地说，谁说石头不好看呢，那对奶子还真像未出阁前的姑娘家的。

其实你们看得还不够全面，这石头倒像两个面包，兴许能解很多人的馋呢。女孩笑着说。

那就放在我家里供着吧。男孩说，我家案桌正好可以放着。于是男孩给石头取名"口粮"。

之后，男孩与女孩离开乡村上城打工去了。

多年后，男孩成了亲，在省城开了家公司，生意很红火。而女孩却一直没有成家，她回到了乡村，将打工的第一桶金做起了奇石生意。

有天，男孩打电话给女孩说，我家的那块石头你拿走吧，我无资格再供着了。

女孩将"口粮"放在了县城奇石馆最显眼处，她给每个进店来的赏石客都解释过：左边恩，右边情，心口之粮，一切皆缘。

其实，女孩心里明白，那夜，当男孩用火热的胸膛煨暖着她那双被冻紫的双脚时，她觉得自己的一辈子算是到岸了。

只是男孩选择离开了女孩。女孩一直不明白，就因为另一个女孩漂亮吗？

一天，当女孩无意从报上读到一对患白血病的夫妇自愿捐赠遗体的事迹后，女孩才明白男孩是在供着另一种人间之爱，同样的命运选择同样的道路，人生只在相依过，哪怕只有一刻。

女孩哭了。另一个女孩她是认识的，也是一个石友。她曾和男孩去看望那个漂亮的女孩。这时她突然想起，男孩有次紧握着患病女孩的手说，有我在，你不会孤单的。

女孩又哭了。她想起了家乡那条清清的小河，还有河滩上高低裸露的石头，一股暖流从心而下，她在心里喊道：清石有缘，来生不悔。

我想去北京

金　狐

俗话说，十全为满，满则招损。农村里有做九不做十之说，赵奶奶79岁的时候，儿孙们密谋着给她提前庆祝80大寿。各房儿子、媳妇、孙辈们悄悄做起了准备。预备给她一个惊喜。

生日的前一天，儿孙们把准备好的鞭炮烟火、寿碗寿盏、寿桃寿糕等运到村口，又雇了吹手、脚力，分几个担子，披红挂绿、吹吹打打地把这些东西，从村东头一直挑到村西头。

担子落在赵奶奶独居的老屋前，左邻右舍的也跟来看热闹，七嘴八舌地夸奖着儿孙们孝顺，都说赵奶奶好福气。

福气个啥？没有一个明白我心里的想头。赵奶奶气鼓鼓地打断各种称赞，当众宣布说，谁要给我做生日，我就离家出走。老太太的话像是一盆冷水，兜头兜脸浇得儿孙们措手不及。

门口看热闹的乡邻也都跟着扫兴。一时议论纷纷，说赵奶奶怕是老糊涂了，拂了晚辈们的一片孝心。

老太太闭上耳朵，独自扭身进屋，面对中堂坐下，摸出烟袋"啪嗒，啪嗒"抽起烟来。

都说老太太闹情绪肯定有原因。儿子、媳妇们一窝蜂似的挤进老屋寻找答案。

老太太绷着脸，开门见山。你们把给我做生日的钱省下，我想去北京。

晚辈们你望望我，我望望你，都不知道老太太啥时候起的这个念头。农村里的习惯，七老八十的老人是不作兴出门的，都怕万一有个三长两短的不吉利。

圈里的猪怎么办？大媳妇涨着胆子问。

200斤的猪能出栏了。

鸡鸭呢？

丝网围住，端盆水，我请邻居每天给我撒把谷子。

看来，老太太早有打算，只怪儿孙们不懂老人的心。

老人的心里，北京遥远而又神秘。

不单赵奶奶，留守在村里的老人们心里也都这么想。

如果这辈子能去趟北京到了下辈子都风光呢。

几个老人一溜排地蹲在墙根底下晒太阳，磕巴磕巴地说出自己心里的向往。

哎呀呀，黄土埋到腰了，还有啥想头？笑死个人了。李二婶掏出个大烟袋在鞋帮上敲敲，烟枪里立即吐出一口口黑灰。

瞧吧，早晚我们从烟筒里出来就是这个样。说完，瘪嘴笑了。

想当年坐月子我想吃一碗寡米稀饭，婆婆舍不得放米，端上来一看，稀汤寡水的能照见祖宗八代的影子。如今不愁吃不愁穿已经很满足了，谁还敢指望去北京？李二婶又说。

我想去北京！赵奶奶冷不丁地冒出这么一句，让所有老人吓了一跳。

李二婶瞥了她一眼，去北京得花多少钱哪？

赵奶奶说，等我80岁生日我跟他们提。

李二婶说，笑死个人啦，就算你儿孙愿意带你去，你儿媳妇她们未必同意。

赵奶奶说，我几个儿媳妇都孝顺。

李二婶猛地站起来，晃了晃，差点摔倒。她气愤地说，我们打个赌，你要是能去成北京，我围着咱村爬两圈。说完，一颠一颠地走了，她那腿是几个月前和大媳妇吵架时跌倒摔的，还没长齐。

赵奶奶被她气得脸色铁青。其他老人连忙解围说，别和她一般见识，难怪婆媳俩总处不好，一个巴掌拍不响。

我这回是非去北京不可。赵奶奶说。

去，去，去。老大说，咱妈一辈子就会唱一首歌，我爱北京天安门！

几个媳妇异口同声地说，那就赶紧按照妈的意见办。

出资的出资，出力的出力，家庭会议开得圆满。

坐飞机，顺利抵达北京。

咱妈怎样？家里的儿子不放心，左一个电话右一个电话地追问。

好着呢。万里长城都是自己往上爬，不用搀不用扶，精神头足着呢。

除了毛主席纪念堂不让拍照以外，天坛，故宫，圆明园，走到哪拍到哪，人多，排队也等。

每拍一张照片她都要把头发仔细地捋一遍，身上的衣服掸了又掸。

照片贴满两大本相册，北京特产买了几大包。儿子们开车把她一直护送回家。

这趟旅行，这些照片够她风光到死了呢。

能让老人们骄傲的不就是子女的孝心吗？

村口的老槐树底下，村里的老人们都在那里等着她呢。

还没进村，赵奶奶忽然让儿子停车，十分严厉地嘱咐说，别说我去过北京了。

咋的啦？儿子不解。

她脸一板说，李二婶子他们连镇上都没去过……

村口，老人们围了上来问，北京好玩吗？赵奶奶一边把大包小包的北京酥糖、酥饼、果脯等精致特产分给大家，一边说，我身体不舒服，半道儿回来了，这些都是大儿子出差带的。

这时候她看见李二婶子的身影远远地藏在老柳树的背后，赶忙向她招手，哎呀呀，老姊哦，不怕你笑话，我没去成北京，这年岁不饶人呢。

于是，老朋老友，老姊老妹，欢欢喜喜地瓜分完了她带回来的北京特产。

北京之行从此不提。偶有老人会好奇，悄悄问她，大城市里好玩吗？谁问她，答案都是一样的，不好玩，人挤人，车碰车，还不如咱村子里住着舒服。

但是每个夜晚，赵奶奶都会独自摊开那些照片，对着昏黄的灯，将儿子在北京买的新烟嘴叼在嘴角，用力吸一口，舒坦，又吸一口，缓缓吐出花朵一样的烟圈来。

铁索上的家

残　雪

姐姐在编织工很小的时候就同他分开了，现在，她住在铁索上的家里。铁索系在两座山头上，从铁索上垂下一个个用麻绳编成的囊袋，姐姐，还有一些其他人就住在那种袋子里。编织工的姐姐的囊袋是第 13 号，14 号和 12 号是他们家从前的两个邻居。在半空中荡来荡去的，时间一长，姐姐的头发和眼珠都变成了白的，还有嘴唇也成了白色，而手上和脚上的指甲，却泛出淡淡的蓝色。

年幼的编织工到过姐姐铁索上的家一次，是父母在世时带他去的。他们爬到山顶的亭子里，父母将他装进小藤篮，用力一推，他就风驰电掣般滑到了姐姐家门口。

姐姐笑眯眯地迎接小弟。麻绳编织的家呈莲蓬形状，莲蓬的长柄连接着上面的铁索，家中洒满了阳光。编织工反复地问姐姐住在这种地方干什么，这里有什么好玩的。他一点儿都不喜欢这个地方，因为太阳直刺过来，弄得他很不舒服。

"你来了，你还得走。"姐姐拍拍他的脸颊说。

姐姐将他送回小藤篮一推，他又顺着铁索滑回了山顶的亭子。

那是很久以前的事了。父母去世后，他再也找不到那座山，也看不到姐姐的家了。

他的编织工作开始后不久，有一天，一个全身雪白的男子出现在他机房的门口。那人一声不响地看着挂毯上的螺旋城市，显出赞赏的神情，然后叹息了一声，轻轻地说："我把你的姐姐带来了。"

"她死了？"编织工心里一阵恐惧。

"不不，你看着我的眼睛吧。"

他躺下去，大张着白色的眼睛。

编织工从他的眼里看到了姐姐的日常活动。姐姐的面容大大改变了，同这个全身雪白的人的样子很相似，她正坐在她那莲蓬形状的家中梳她的白头发。就是那一次，编织工注意到了她的指甲泛出淡蓝色的光。

"你的姐姐和你生活在同一个城市里，她也在织，白天夜里辛苦地织，不过她不用羊毛，她用丝来织。"

"什么丝？"

"看不见的那种丝。有人说同阳光有关。"

编织工的心里掠过一片巨大的黑影，他感到寒冷。他自言自语道："我都在瞎忙些什么呢？"一瞬间，所有的活力都从体内退去了，他变得像薄薄的、风干的鱼。

"你的城市的背面就是她的城市，你们之间不存在距离。"男子又说。编织工细细地想着他的这句话，不知不觉地，胸膛里又开始涨潮了。

太阳初升的时候，编织工走到外面去看太阳。阳光洒在他的身上，但他并没有看见姐姐编的城，也没看见她那铁索上的家。编织工想，他已经成了能够和老虎同居的男子，姐姐会不会将他的生活用特种的丝织进她的挂毯里头去呢？编织工又想，那个时候，他能够坐在藤篮里顺铁索一溜就溜到姐姐家里，是因为他的身体又小又轻吧。当时他在亭子里见到有人从铁索上坠下去，在半空中就消失得无影无踪。

蟹　篓

白　秋

清朝末年，宫廷式微，好多身怀绝技的人物流向民间，核雕艺人张大眼就是其中一位。偶然机会，山东潍县都家村的都渭南结识了张大眼，为他的手艺折服，全力接济。张大眼感激之余，就把祖传的核雕技艺传给渭南。由此，核雕这门手艺扎根潍县，流传了一百多年，也留下了获得巴拿马世博会金奖和数次作为国礼的美名。

然而，时过境迁，核雕也跟其他民间艺术一样，跌入了低谷，传人极少，鲜有问津者。

十多年前的一天，老刘家的三小子逃学，跑到了邻居家的果园里偷桃吃。果园不大，只有一棵桃树长得格外茂盛，桃子也个大色艳，让人垂涎欲滴。他刚爬上树，忽听见有人喊：臭小子，给我下来。

就见都老爷子手持锄柄，急匆匆赶来，逮了个正着。那小子吓得够呛，越喊他越往上爬，看样子想从树上跳过墙头跑的意思。

老都赶紧说：你下来，下来吧，我不打你，也不跟你家里人说。下来，我给你拿熟的吃，快点儿。

他半信半疑地出溜下来，手里还攥着个半生不熟的青桃。

老都一脸惋惜地夺过来。我说你个熊孩子，这桃子能吃吗？它的核有大用处，弄好了一个桃核能顶你爹种三亩地，抓一年蟹子的。

老都拽着那小子的耳朵到了里屋。桌上炕上全是桃核，分门别类雕了三国、水浒、西游等传说故事，佛像、山川、十二生肖等各种造型，或玲珑剔透，或稳妥大方，或滑稽可笑，一下子就把他迷住了。

从此，这个浑小子取艺名"启今"，死皮赖脸拜都老爷子为师，成了潍坊核雕的第六代传人。

启今生在一个普通的庄户人家，自小调皮捣蛋，不正经学习，成了家里的老大难。假期里，父亲带他去田里抓螃蟹，他东跑西颠光琢磨着玩，气得父亲把蟹篓往地头一扔过来揍他。他却看着满地爬的蟹子入了神，不顾父亲的巴掌把屁股打得山响，一根筋地问：爹呀，你说里面那个蟹子咋的啦，怎么越爬越往里呢？

它笨呀，跟你一样，什么时候你才能爬出去，不用我操心了，你个没出息的东西！这话太刺激人了，像针一样扎到了他心里。

学核雕可不容易，那些"刀枪剑戟"全是最小号的，刀子钩子铲子锉有十几种，最细的刀子跟缝衣针一般。所有工具没有一件是现成的，全部自己动手制作，光磨制刀具他就学了一年多。

艺成之后，启今第一个想法，要雕一个"蟹篓"，这一想就用了四年。等考虑成熟，从下手雕刻到作品完成，又耗去了八个多月。这期间，他就跟一只寄居蟹一样，整天在屋子里忙活着。

那"蟹篓"用的是核雕当中最难的技巧——镂空圆雕手法，表现了蟹篓歪倒后，螃蟹纷纷爬出，有一只螃蟹找不到出口，在蟹篓里奋力挣扎的那个瞬间。

整个作品长不足三指，宽一指，高二指有余。蟹篓篾条部分，只有两层纸那么厚，像一小鸟蛋壳，中间全部镂空。一个蟹篓，九只螃蟹，外面八只，里面一只，每一只螃蟹都是须目俱张，惟妙惟肖，连它们每条蟹足也是镂空细作。仔细端详，蟹篓里面的那只螃蟹最为精致，它怒目圆睁，爪螯张扬，活力十足。

那年，在全国第二批国家级"非遗"名录中，"潍坊核雕"榜上有名，一时名声大噪。而在权威部门举办的首届核雕大赛中，启今的作品《蟹篓》一举获得金奖第一名，他也因此被授予"核雕大师"称号。

隆重的颁奖仪式之后，启今没跟任何人说话，拿着奖杯证书急匆匆地走了。师父老都一个劲儿地追，直跟到村后墓地上。

他看见启今扑倒在一座荒草丛生的坟茔前，把获奖证书和金杯摆在一起，斟上了满满一大杯酒，哭着说：我爬出了那个篓子，还被评为国家级的核雕大师。现在，订货的客户都排到年后了，您就放心吧。

启今他爹走的时候，念念不忘这没成人的孩子，迟迟不肯闭上眼睛，担心这行当挣不出饭钱来。

赌　技

付　慧

"涛哥，今天你跟二驴子的车！"队长扯着脖子在远处喊着。

"我知道了。"涛哥应着。

三头老牛拉着一挂平板大车，车辘辘吱扭吱扭地叫个不停，走在乡道上。装满粮食的麻袋包随着牛车的颠簸，时不时地从车板缝里，掉出几个苞米粒子。

涛哥叫陈洪涛，是刚刚从省城插队到牤牛屯的知青，长得膀大腰圆，是个热心肠，为人特别仗义，专爱打抱个不平啥的，来到屯子里不久，就和乡亲们打成了一片，屯子里无论男女老少都喊他涛哥。

涛哥有个嗜好，凡事爱打赌。虽然是赌，赌品却不错，不管赌输赌赢，一是一二是二的，从来不耍赖。

今天和涛哥搭伙的二驴子，可是牤牛屯里出了名的精明人，一分钱能掰开两半儿花，一对小眼睛一咔吧就是一个道道，满屯子的人谁都不搭理他，嫌他太能算计。

这不，两个人一路上东扯西拉的，眼瞅着离公社粮食所就三百来米了。二驴子一转眼珠又玩起"花花肠子"。

他心里合计着：马上就要响午了，都说"站着不如倒着，好吃不如饺子"。这要是能让涛哥出点血，请自己吃顿响午饭，该多好呢。这一琢磨，那酒虫就像是从肚子里往外爬，馋劲上来了。他咔吧咔吧小鼠眼，主意来了："涛哥，咱俩打个赌呗，现在离粮食所不到三百米了，你要是把车赶进粮食所院里，今天响午俺就请你四个小菜一盘大饺子，再来半斤小烧酒，你看中不中？赶不到地方就得你请我了。"

"中。"涛哥张口就答应了。至于能不能把车赶去粮食所，还真没多想，他寻思着，这没吃过肥猪肉还没见过肥猪走啊，赶个牛车有啥难的。

涛哥一下子从高高的麻袋包上跳下车。

"你躲开，二驴子。"涛哥说。二驴子笑嘻嘻地下了车，把手里的鞭子递给涛哥，两手抱着膀，站到一旁看热闹。

涛哥刚刚来到乡下没几天，别说赶车，就是跟车这也是头一回。虽然胆大，可第一次抢鞭子牵缰绳，还是有点憷。他抢起鞭子抽老牛，一紧张就忘了怎么吆喝牲口。一边抽一边喊着："走！走！！走！！！"老牛哪听得懂"走"是啥意思，咋打就是不动地方。涛哥急了，连拉带拽、连蹬带踹，打了这个打那个，把牛打得东挣西扯一下子就乱了套。

二驴子在旁边可乐坏了：中午这顿饭来了。

"涛哥，你先赶着车啊，我去饺子馆订菜去。"二驴子说完乐颠颠地走了。

看着几头老牛就是上不上道，涛哥急得操起木锨使劲去拍牛屁股。木锨把都拍断了，可老牛还是不肯走。气得他蹲在地上骂起来："二驴子这个王八犊子，这是欺负我没赶过车。难怪别人都不跟他的车，敢情这小子心眼也忒多了。今天真倒霉，让他给算计了。"骂归骂，愿赌服输，这顿饺子非请不可了。

涛哥心想：以后再干活可得长点记性，不能和二驴子再搭伙，这小子真他妈不是玩意儿。

"涛哥？你搁那儿干啥呢？"涛哥正犯愁呢，身后传来一个声音。他站起身回头一看：巧了，谁呀？屯里有名的车把式——刘大明白，也拉着一车大苞米，往粮食所来了。

"啊，是大叔啊！"涛哥瞅着刘大明白，脑瓜一转突然有了主意，"大叔，你来得正好，我二驴哥正和人家打赌呢，这回他可输定了。"涛哥笑着说。"打的啥赌啊？"刘大明白他没听明白。

"刚才在道上，碰见了我同学，他在兴隆屯集体户。看见我同学赶车也来送粮了，二驴哥就和人家打赌，非让我把车赶进粮食所大院去。我同学说我赶不了，二驴哥偏说我能行，两人就赌上了。"

"赌啥啊？"

"赌的是一顿晌午饭。他俩去饺子馆了，让我在这儿赶车。我寻思咋也不能让贫下中农受损失，可是咋赶也不行，这老牛就是不走道儿，快急死我了。"

刘大明白这回弄明白了："敢情是城里来的俩小子合起来算计人呢。"

他的火腾地一下起来了，心里骂着：二驴子你他妈这不是犯虎吗?！一个人能斗得过人家两个？想到这儿，他急头白脸对涛哥说："你倒是赶啊!！"

"我能不赶吗？可是老牛不走我有啥招呢。"说着，涛哥扬着鞭子对老牛喊："走啊！"

刘大明白当时气乐了，心想，真让自己给猜着了，他妈的，赶车有说"走"的吗？还好让我赶上了。城里来的小犊子，心眼儿还真多。他转身回到自己的车前，把鞭子扔给了跟车的，返身回来从涛哥手里抢过鞭子："驾"。再看那牛车，顺着大道一直就奔粮食所去了。

二驴子美滋滋定了四碟小菜，转身出了饭馆门，往大道上一瞅，心里咯噔一下子：坏了，牛车没了！他急得像火燎腚，一溜烟地窜进了粮食所。只见那牛车稳稳当当地停在粮食所院里。

牛车旁，有个人正教训涛哥呢："小伙子，以后学点好，别净玩那'花花肠子'!！"

二驴子一看这人，谁呀？他爹刘大明白。

"哎呀，我的爹呀！"

二驴子一屁股坐到地上了。

二　莲

赵长春

做饭、裁衣，女子应该是行家。可是，大厨师、好裁缝总是男的。

宗子明，好裁缝。他在袁店河边的老柳树下开了个裁缝铺。蜜蜂牌缝纫机，锁边机，电熨斗，大剪刀，几截彩色粉笔，一条软尺子长长的，搭在脖颈上。柳树上挂了个幌子：量体裁衣。

宗子明的裁缝铺，不大，一间屋，隔为二，外间明，放着他的机器和各色布。里间，很小，一床，一桌，一椅，一个电炉；那时候很少有人用电炉，宗子明用。他说，省事，烧水、做饭，冬天当炉子。电费多一些，他不怕，说明他挣钱不少。

宗子明的生意好，特别是逢年过节，人们来做衣服，包括有关布料，就在他这里买。那把尺子，一直在他肩头晃着，他没有用。他用眼睛看，大人，小孩儿，高矮胖瘦黑白，几尺几寸，他的眼就是尺子，或者说心里就有一把尺子。腰长，肩宽，领口，袖子，他用手卡，拇指和食指叉开，拇指和中指叉开，多少多少，就在布上一划，用彩色粉笔，准。

宗子明做衣服也快。等着相亲，等着到省里报到上大学，他点点头，不推辞，饭也顾不上吃。还有做老衣，半夜三更的，人家骑着自行车，掂着马灯，来请他，他也去，不怕面对暴死的人，喝药的，上吊的，淹死的……去时，就带好布料，外衣，内衣，棉，单，两三个小时下来，一身的汗水，最好趁着人没有完全僵硬，好穿上去，到另一个世界，干干净净，暖暖和和，体体面面。至于酬金，主家看着办。

裁缝铺临方清公路，人来车往，就在门口大柳树下，宗子明摆了个茶摊。义茶，不收费，谁想喝谁喝，柳叶子，六月菊，滚水冲开，也有茶味儿。烧的是地锅灶，临河，有的是水和柴，无非多累一把。喝茶后，人们总是自觉地添把柴，提桶水，不忍心看着宗子明一瘸一拐地上下河坡。

宗子明是个瘸子，这是他唯一的遗憾。小儿麻痹症的后果。长大了，出不了大力，没有人看得上，他就学了裁缝。宗子明学得很好，下功夫，比如持剪，双手平伸，各持一剪刀，上各竖放一"博望坡"酒瓶，要平端上三个小时，不能动。别人做不到，宗子明做到了，并且自己给自己加时。节假日，人家回家或者去卧龙岗上玩，他按照老师说的，看人，就在一条街口，看人家的衣服，花色长短肥瘦，在心里量尺寸，用手指比画……就这样，他是那一期最优秀的学员。

可是，谁家愿意将姑娘嫁给他呢？

偏有人看上他。

是二莲。二莲没有考上大学，又不会干农活儿，也要学裁缝。他爹嫌三百元钱的学费贵。二莲妈说："就去河边学吧，你子明叔那儿，给他打个下手，做衣裳，没有啥学头！"

宗子明起初拒绝："我不收徒。我还没有出师呢！"二莲妈就掂了一篮子鸡蛋，往宗子明的铺子里一放："大兄弟，你就收下她吧！"

二莲就跟宗子明学裁缝了。

谁知，两个人好上了。

有些事情说不明白，感情上的事儿，更是。

二莲妈很后悔。

二莲爹要喝药。

二莲依然故我。

有个晚上，有人请宗子明去做老衣，走到袁店河的滩地，从苇丛后跳出来几个人，把宗子明按倒，一顿狠揍，特别是把他的手垫在河石上，用木棒狠砸！

宗子明知道是谁干的，那些人中有人说了一句话："叫你能！看你还能使动剪子不？"

临走，有人踢了宗子明一脚："记住：敢再碰袁二莲一下，扔河里喂王八！"

可是，在医院，二莲问他凶手是谁时，宗子明摇头。

宗子明离开了袁店河。

半月后，二莲也从袁店河消失了，人们在宗子明被打的那口苇塘前，发现了她的鞋袜，可是，并没有发现其他……

多年后，二莲的哥送儿子到省城上大学，在街头打的，刚挥手，一辆出租汽车过来，恰到好处地卅到他的左侧，车把手的部位正对二莲的哥的手，精准得很！

上车，二莲的哥一看，是个残疾人，盘坐着，左右手残缺不全——"哎，兄弟，你厉害！你这样还能开车？"

"嘿嘿，放心！这是国家规定的自动挡载客小型车。"那人用大拇指和中指灵活地一拨挡位，弹弹食指，"只要拇指和其他两个指头健全，就难不倒我。先生，您准备去哪？"

"长途汽车南站，回袁店河！"

"袁店河？"司机回头看了一眼二莲的哥，再看一眼，一加油门，走了，七拐八拐，进了一条胡同，在一栋楼前停下："二莲，咱哥来了！"

"量体裁衣"的幌子下，二莲的哥怔住了……

慈母手中线

聂鑫森

阚敢二十五岁了。

在这个世界上，阚敢和母亲的距离最近。从出生到现在，他和母亲没有离开过这个小镇、这条深长的巷子、这个幽静的小院。

在这个世界上，阚敢和父亲的距离最远，远得不知道父亲在什么地方。阚敢五岁时，焦躁而豪气冲天的父亲突然辞去小学美术老师的职务，与母亲和气地分手，留下祖传的小院子，净身出户去闯天下。

临别时，父亲说："我会回来的。"

母亲平淡地说："请你再不要来打扰我们，我们什么关系都没有了。"

父亲一走就是二十年。

父亲不会不写信来，也不会不寄钱来。阚敢依稀听人说，母亲让镇邮政所在来信上贴上"查无此人"的条子，一一退了回去。

母亲在镇上的手工湘绣厂当工人，基本工资加上超产奖金，可以维持节俭的生活。

母亲在儿子面前，从不提父亲的名字，仿佛她不认识这个人。

儿子在母亲面前，也从不提父亲的名字。他怕母亲伤心。但他不能不想父亲。

教美术的父亲留下很多画册，素描、油画、木刻、国画、烙画，中国的、外国的都有；留下各种型号的电烙铁和烙画用的薄梨木板、三胶板。阚敢在小学和初中，最喜欢上美术课，在纸上画画，也在木板上烙画。

上初中时，阚敢与同学去郊外爬山，不小心摔伤了尾椎骨的神经，治疗后却站不起来了，轮椅成了他最亲密的伙伴。

湘绣厂离家不远，母亲只能领了活计回来做。一边绣花，一边照顾儿子。儿子上厕所，她扶他坐到马桶上；儿子要看书，她给他拿；儿子喜欢坐在轮椅上烙画，她就把电烙铁和木板递过去。做饭、洗衣、缝补、打扫卫生……母亲的一举一动，儿子都看在眼里、印在心上。

母亲五十二岁了，额上的皱纹密了，两鬓的白发多了，只有平和的语气、安详的神情依旧。阚敢常在心中默诵的古诗是孟郊的《游子吟》："慈母手中线，游子身上衣。临行密密缝，意恐迟迟归。谁言寸草心，报得三春晖。"但他不是"游子"，却是个双脚不能行走的残疾人，是母亲的累赘。母亲靠手上的绣花针养活他，尽管他如今也有了低保可贴补家用，却永远不能有一份丰盈的收入来回报母亲，让她好好地颐养天年。

阚敢最痴迷母亲绣花时的形象。阳光下、月光下、灯光下，母亲一手拿着绷紧了白绢的花绷子，一手捏着绣花针，彩线被穿过来穿过去，声音又细又密，别人听不见，阚敢听得见。

阚敢最喜欢烙的画，是母亲绣花时穿针引线的那一瞬间的肖像画，烙了一幅又一幅，而且一幅比一幅好。他有扎实的素描功底，那种通常依赖铅笔、炭笔、钢笔，完全依仗线条、刻线、斑点、明暗的单色素描技法，在他的烙铁下变得灵动、传神。画面上，母亲戴着老花眼镜，略略眯缝着眼睛，全神贯注地穿针引线，脖子上系了一条镂花方巾，鬓角的"留白"，表现出月光的质感。画题是《慈母手中线》，用楷体字烙在画格的下方。

"妈妈，这是我的心意，你喜欢吗？"

"喜欢。我经过邮电所的报架时，看到报上登了一则启事，说全国残联征集残疾人的美术作品，你愿意去试试吗？"

"愿意。"

"你挑出一张烙画吧，我去寄。"

"妈妈，由你挑，你最有发言权。"

两个月过去了。

阚敢的烙画，不但入选在北京展出，还得了银奖，奖金是一万元。

这是一条好新闻，电视台、报社的记者，都来采访阚敢和他的母亲，他们突然之间得到社会的广泛关注。

夏夜、月光、小院。该做的家务，母亲做完了。

于是，母亲坐在明晃晃的月光下，安静地绣花。阚敢把一块一尺见方的三胶板搁在膝盖上，用电烙铁在勾好的底稿上烙画，烙的仍是《慈母手中线》。

母亲说："儿呀，你的画不值一万元，不能老想着这件事。"

"妈妈，我知道，那是爱心的鼓励。妈妈高兴，就是最大的奖赏。"

"这就好。有妈陪着你哩，什么也不用担心。"

母亲能不担心吗？她一天天地老了，总会离开儿子的，儿子将来怎么办？稍一分神，针尖扎到她的手指上，沁出一颗血珠，她赶快把手指吮在嘴里。

忽然，院门响了。

母亲忙去开了门。进来的是一个陌生的中年人，操着一口广东普通话。"阚妈妈、小阚，我是看了电视和报纸的介绍，才知道你们的。正好出差经过此地，就冒昧地找来了。"

"有什么事吗？"阚敢问。

"我业余喜欢搞美术作品收藏，想购买一张《慈母手中线》的烙画。行吗？"

母亲说："儿子从没卖过。你是远客，就送你一张吧。"说完，就进屋取出一张烙画，递给中年人。她想让客人赶快走，别耽误了绣花。

中年人接过画，看了又看，连连称赞。然后，掏出一个很厚实的信封，说："我不能白要，那会让你们看不起我，我也感到羞耻。我付一万元，这已经很占你们的便宜了。你们不收钱，我也不要画，就当白来一趟。"

母亲只好说："我们收下就是。"

客人笑呵呵地走了。留下一院皎洁的月光。

阚家隔上十天半个月，就会有人来买画。每张画都付一万元。

母亲把钱存进银行，存折上写的是儿子的名字。她把存折藏在儿子塞满碎布的枕头里，只有儿子和她知道。

半年过去了。

有人来买阚敢的画的消息，很多人都知道了。外镇的一个老奶奶，居然找上门来说媒，说她邻居家有个长得蛮漂亮的姑娘，很佩服阚敢自学成才，愿他的女朋友，如果真正情投意合，愿做他的妻子。

母亲依旧很平静，但心中的波涛却此起彼伏。真有这么多人来买画吗？为什么都是来自广东那个地方？说话的内容不但大体相同，所付画款也是惊人的一致？她没有托人去为儿子找对象，倒有媒人找上门来？

终于，她想明白了是怎么一回事：只可能是有一个和儿子最亲近的人，事业成功了，找到最合适的契机，悄无声息而又顺理成章地安排儿子的现在和将来，因为这个人怕遭到她这个母亲的拒绝……

母亲不会把这个判断告诉儿子，儿子太爱母亲了，他知道了会把这一切都拒之门外。

母亲还是忙着绣花，儿子还是兴奋地烙画。

母亲说："那个姑娘不错，漂亮、能干、孝顺，我和她见过面了。"

儿子说："你喜欢她吗？"

"当然。我想抱孙子了，你明白吗？"

最后的清泉

楸　立

　　我的家乡确是有许多的清泉的，有名字的像什么银龙泉、蝴蝶泉、珍珠泉，三叠泉，双眼泉……没有名字的泉水更是不计其数。热泉可以煮茶蒸饭，岩茶泡澡养身，冰泉可以酿酒泡药……道道泉水穿过山涧竹林，从上而下拧成条条清溪，又交汇在清泉山下直入青龙河而去！

　　我收拾完行李，才回想一下老家那些泉水泉眼，楼下便传来汽车急促鸣笛声。我透过窗外一看，楼下黑色豪车旁站着我们村支书贾金三，村里人都喊他——贾三。

　　论辈分我管贾三喊叔的，现在的贾三不仅仅是清潭村村支书，更是市政协常委，还有一大长溜记不清的名誉称号。

　　我上了贾三的豪车，嘴里逢迎着："三叔，这车可有档次。"

　　贾三得意地说："还行吧！怎么样，你这个书法名家感觉感觉。"

　　我欠了欠身子，笑了笑，说："什么家不家的，和三叔比不了。"

　　"现在你一个字多少钱了？听说很贵？"贾三不懂装懂地问我。

　　我说一个字都不如三叔口袋的香烟值钱。

　　贾三面露得意："这年头就得有钱，钱说了算，你看三叔我，斗大字识不了一箩筐，市长给我敬酒，县长见我低头。"

　　贾三还想继续吹下去，手里的手机响了，他接通电话："什么，麻子又堵在矿口，不让工人下井，真他妈的！"贾三嘴里恶狠狠地吐出和他外表不相称的脏话。

　　我脑子一闪，麻子，肯定是说麻子叔了。"怎么了？矿上有什么事情吗？"我问。

　　"咱村那个麻子，就是你麻子叔，挡着工人不让下井。"贾三又接着说，"就是看你三叔发财了，村里有些人就故意和你三叔过不去。"

　　贾三见我脸上没表情，就缄住嘴："你是他学生，到家后去劝劝，问他要什么条件，不就是钱嘛。"

　　两个小时后，村庄依稀可见。临近村口几十米，我让贾三停车放下我，自己徒步从村口向里走去，贾三先愣了下，倏然明白了我的心思。

　　我走到了麻子叔家门口时候，门上着锁。有路过的乡亲说："麻子叔，在无名泉呢。"

我顺着山路上了北山山冈，就见麻子叔兀自一个人坐在清潭上面方条石上。

我喊："麻子叔。"

麻子叔扭过头，浅眉下那一双干涸的眼睛染满了血色。你回来了？快来看看这潭泉吧？

我向下一看，这还是那无名泉吗？小的时候，我和小伙伴们在这清潭里嬉闹凫水，村里人在这里淘米洗衣，那鱼儿水底游、野鸭水鸟湖中嬉戏，可现在，现在的泉水就只剩下那么一点了！

"都说咱清潭山，泉眼个个连着东海，可现在就剩下这个泉了，今年连水都不出了。"麻子叔运了口气右手撑了下石头站起来。"走，再和我去知青坟那儿看看去。"

"快四十多年了，如果王知青活着也有儿有女了，也都长你这么大，读书上学在城里过日子了。"麻子叔一边拨弄着坟上的杂草石头块，一边对我说——或是自言自语。

我和麻子叔伫立在知青坟茔前，保持着同一种沉默，这沉默是有声的，对面的青山，山下的村庄，脚下的清泉和我们一起沉默，我们仿佛在向逝者，向神灵诉说我们诸般无奈与愧疚。

打破沉寂的是贾三的脚步声，他身后是几个面目凶狠的后生。

贾三说：麻子哥，难得出来待会儿。

麻子叔扭过脸去不屑回答他。

贾三看了看知青坟，说："过一段清明了，我选个日子把王知青这坟迁到风水好的地方去。"

贾三脸上一白凑近些对麻子叔说："麻子哥，王知青当年就和咱哥俩说得上来，咱哥俩现在……有意思吗？"贾三这句话说得还算诚恳。

麻叔终于开了口："三儿，咱俩斗了这么些年，不是我挡你财路，这个清潭山下的矿不能再采了，生产队时候，王知青因为拦社里采矿被活活整死，你不是不清楚，他临咽气的时候，咱俩怎么答应他，只要谁活着在这清潭村，都不要让人采石挖矿，可你……"麻叔强忍着心火。

贾三今天因为我在场——或许是麻子叔今天能和他好好对话——脾气收敛了些，"麻子哥，是，我知道，可我不是又请专家们检测了，这矿没问题，年年都安检不是都合格了吗，这个矿给咱村带来多大好处和收益，你不是不清楚……"

"行了，"贾三还想叨叨，被麻子叔猛然打断了，"鬼都清楚你请的那些专家怎么回事，我不和你争了，村里现在也是你一人说了算，我劝不了你。你刚才说的王知青这坟的事儿，你准备拔哪里去？"

"就是清潭山对面茶树凹那里，那地方风水……"

他的话还没说完，麻子叔抬屁股走下山坡。我紧随着跟了下去，贾三冲我点了点头，以为是我起了作用。

清潭山矿难发生在半年后，事故原因为未经评估巷道贸然扩深施工造成的大量透水，造成井下七名矿工死亡，贾三则犯重大事故责任罪被追究刑事责任送进了监狱。

我和麻子叔再次登上清潭山，远处的知青墓披满了绿色红色的花草植被。麻子叔长出一口气，挺起胸膛，俯瞰脚下那一捧泉水，端详了半天，问我："那泉还能出水吗？"

我无法回答他。头上阳光照在无名泉仅存的水面上，有清风徐来，一晃一晃地闪烁出金灿灿的光。

秋 风 剁

孙艳梅

男人在剁肉。

男人和女人在生长着两排法桐的街边开了间包子铺。女人第一次看男人一手提一把菜刀左右开弓剁肉，是深秋，门外一阵凉风平地而起，金黄的落叶打着旋儿翻滚而去。自家男人剁肉也像秋风扫落叶一样啊，利索，威武，女人看过外面的秋风再看男人，眼里就多了一些妩媚，像看力拔山兮的盖世英雄。

男人剁肉的时候，女人不闲着，女人揉面。夜晚柔和灯光下，一刚一柔一阴一阳，女人觉得他们夫妻二人其实是隐居在闹市中的功夫高手，生活真美好啊。

可这天有些不一样。

男人把老朱家送的半扇黑猪肉剁完，面板上还空空如也。女人没有像往常一样揉面，而是半跪在梳妆台前往腮上搽胭脂。女人的两腮红艳艳的双眼亮晶晶的。

男人不耐烦了，说，抹得像妖精似的，怎么揉面啊？

女人噘着嘴，拉着脸，从凳子上跳下来，把面可劲往面板上摔。男人笑了，我来揉，你去点秘汁吧。

女人这才笑了。

女人抱出一个圆肚豆酱色坛子，舀出几勺黑乎乎的汤汁，密密麻麻浇到肉馅上。男人吸吸鼻子，嗯，香。女人歪着头，蒸熟了，才香呢。男人想，女人搽了胭脂抹了嘴唇是比平日里舒气好看呢。

男人和女人的铺面不显眼，粗壮茂密的法桐甚至把招牌遮去半边，可丝毫不影响包子铺的生意。食客说，就是比别家好吃。女人抿嘴悄悄乐，当然啦，有秘方呢。

秘方就是这一勺勺黑乎乎的汤汁，秘方是男人家里祖传，传男不传女。可女人跟了男人的头天晚上，男人就把秘方传给了女人。

剁好馅，揉好面，一天才算结结实实过去。女人躺上床的时候，朝梳妆台上望了一眼。

那里有一盒胭脂。

胭脂是小跑堂送的。

小跑堂是包子铺的跑堂。人长得白净，细眼睛，勤快，嘴甜，总是喊女人姐，姐长姐短的，让女人像吃了糖。小跑堂送她胭脂的时候，指尖轻轻地碰了一下女人的手，姐脸白，搽着好看。

日子不紧不慢地过着。

立秋后的第三场雨，男人去老朱家挑黑猪肉，包子铺打烊了还没回来，女人打电话过去，男人说，老朱留他喝酒，今晚回不去咧。

女人和小跑堂互相对看一眼。这一眼，云烟四起，曲折心思藏不住。

晚饭的桌子上，就多了一瓶白酒。

那天女人喝醉了，以至于她后来回忆起那天发生的事，总是头痛欲裂。她记得她本来是和小跑堂面对面喝酒的，怎么喝着喝着就跑到小跑堂怀里了呢？再后来，包子铺的门，忽然大开，一群秋风涌进来，和秋风一起涌进来的是一个怒目圆睁杀气腾腾的提菜刀的男人。

男人瞪着小跑堂，像瞪着案板上的半扇黑猪肉。女人迎上去，挡在瑟瑟发抖的小跑堂前面，你先剁了我吧。

女人的话是一件寒光闪闪的暗器，一掷出去，就把男人手里的菜刀"哐当"打落在地。

男人当晚冲进秋雨里没有再回来。小跑堂接替了男人的一切，包括女人。包括包子铺。小跑堂哪有力气剁肉啊，可小跑堂聪明，他买回一台绞肉机，机器轰隆隆一响半扇黑猪肉就成了一摊白花花红艳艳的肉泥。然后，小跑堂喜滋滋地抱着坛子，一勺一勺舀出汤汁浇到肉泥上。

包子铺的食客却越来越少，食客吃着包子摇头说，不是原先那个味。

女人百思不得其解，肉还是老朱家的黑猪肉，秘方还是那个秘方，咋就不如以前香呢？

终于有一天小跑堂一脚把女人踹翻在地，贱女人，你教给我的秘方到底是不是真的?

女人躺在冰凉凉的地上,看着窗外光秃秃的法桐,忽然想,男人走的时候没带御寒的棉衣,不知冷不冷?

小跑堂也走了,一个女人家哪撑得起包子铺。女人只好关掉铺子以卖菜为生。这天一个男人不声不响地站在她的菜摊前。

不声不响地看她卖菜。不声不响地抓了她的手。沿着菜市往家走,阵阵冷风从他俩中间穿过。

女人不敢抬头,我对不起你,你剁了我吧。

男人点点头。

男人用掌比刀,秋风扫落叶一样,剁她的胳膊,剁她的腿,剁她的肉。剁完,还像平日里剁完肉那样,眯了眼,看看自己的手掌。

女人嘤嘤哭起来。

男人和女人的包子铺重新开张。每天,男人剁肉女人揉面。食客又盈门。女人算是明白了,搅出来的肉哪有剁的香!

一切像没发生过什么。

只是,女人从此得了一个怪病,每天临睡前,必须要男人以掌比刀,秋风扫落叶一样,剁她的胳膊,剁她的腿,剁她的肉。

剁完,她心里才舒服。

做 戏 文

徐水法

浙中乡村的冬闲季节,时常可以从各个村子里传出琴笛悠扬的乐曲,自然也少不了抑扬顿挫的曼妙唱戏声。乡人把村里唱大戏叫作戏文,每年到做戏文的日子,村里比过年都热闹。那几天,村里村外都是人。进门都是客,都会受到主人的盛情款待。

一双手伸出来,十个指头有长有短,一个百十户人家的村子,有人整日吃鱼吃肉,有人每天青菜萝卜,家境有好有不好,这也是很正常的。平日里各家关起门,过着自家的日子,显不出什么波折。每年一到做戏文的日子,平日里不太富裕的家庭,就显得力不从心了,比如这些年家里屡遭变故的金川老头儿家。

金川老头儿原本在村里也是比上不足比下有余的,可是前些年儿子车祸身亡,妻子一病不起长年卧床吃药,全家靠儿媳妇在外打工赚点儿药钱,自己在家做点儿农活儿维持吃喝，这日子真是王小二过年——一年不如一年。村里这几年逢年过节也会按政策接济一点儿，杯水车薪只能维持生活而已。

冬瓜戏文是金川老头儿心里面一道深深的刀痕。去年村里做戏文，家里也来了客人，金川老头儿一家竭尽全力招待客人。城里人对门邻居可以老死不相往来，乡下人不一样，逢年过节，村里做戏文，谁家客人来得多，说明谁家人缘好，谁家有面子；反之，明摆着这家人做人不怎么样，以后在村里也要被人瞧不起。

乡间做戏文有不成文的规矩，至少两天两夜，这样才算圆满。这在乡间似乎是一条不成文的规矩。

去年做了三天三夜的戏，到最后一天，金川老头儿家用仅有的钱买的肉吃得差不多了，想想最后一夜了，估计也不大会有多少客人了，就思量着不用去借钱买肉了。事实上，来的亲戚大多知道他家的情况，来时会带点儿饮料食品，顺便来看看他们一家。吃饭也是装装样子，很少有人会去吃桌子中间那碗肉。

晚饭时看着碗里不多的肉，金川老头儿的儿媳妇就把大块的冬瓜用酱油浓汁红烧了，还别说，乍一看，碗里的冬瓜和肉还真分不出来。谁知晚饭时有个亲戚带了个十来岁的小孩，这个年龄的小孩最喜欢吃肉了，一开吃就把筷子伸向桌子中间的肉碗，用一支筷子戳了一大块红烧肉放进自己饭碗里。带他的大人也知道金川老头儿的家境，连忙去劝阻，却不及小孩的手快。

小孩喜滋滋地扒一口饭，夹起红烧肉一口咬下去，刚巧咬的是一块红烧冬瓜。小孩"噗"的一下吐了出来，委屈地说："骗人，骗人，不是肉肉。"身旁的大人开始以为小孩口刁，随手在小孩的后脑勺轻轻拍了拍："小孩子别作怪，好好吃饭。"小孩不干了，哇的一声哭了："我没骗人，是冬瓜。"大人用筷尖挑了小孩碗里的红烧肉尝了尝，真的是冬瓜的味道。听见小孩哭闹闻声赶来的金川老头儿，一看这场面，恨不得有条地缝钻进去。

吃饭的亲朋好友，都知道金川老头儿家的境况，没有说什么，纷纷用筷子细心把红烧肉碗里的冬瓜挑出来，边吃边夸奖金川媳妇的手艺好，冬瓜比肉好吃，女客们还说回去一定要学着烧一次。

今年，做戏文的日子又临近了，金川老头儿心里七上八下，家里经济状况一点儿没有好转，这个做戏文的日子就像一个关口，实在是有些难过。当然，好过难过，没有办法逃得过，必须得过。

明天就是做戏文招待客人的日子，儿媳妇从外地专程请假回来烧饭。晚饭后，金川老头儿和老婆、儿媳妇围坐在饭桌边，开始商量明天招待客人的事。蔬菜家里是一应俱全，这是金川老头儿早就准备好的；荤菜是必不可少的，一大早得去集市，可买什么买多少才算好呢？自家人勒紧腰带省吃俭用这点儿钱，实在不够做几天戏文。

一家人正为难间，门外传来喊声，是金川老头儿邻村的土兴老头儿。土兴老头儿和金川老头儿同年，两人从小一起玩大，上山砍柴割草，下塘摸螺蛳钓鱼，平日里有事没事都会惦记，双方见个面，喝个茶或呷杯酒，就各回各的家。土兴老头儿这几年生活不错，经常会来看看老朋友，照顾一二。

金川老头儿一家连忙把老朋友让进屋，土兴老头儿走进门，挥手让后面的人一起进来。随土兴老头儿进门的人居然挑着一担六层的礼盒担子，把金川老头儿一家弄糊涂了。

土兴老头儿说："眼看你我六十大寿马上到了。这不，听说你们村里要做戏文了，我想沾沾光，我俩明天早上一起庆寿辰拜菩萨，这样晚上做戏文不就变成我俩唱寿戏了吗？明天早上的祭品我全带了，我今晚歇你家，明天一早我的儿孙们一到，我们哥儿俩就放炮庆寿。如何？"

庆寿祭拜菩萨的祭品必须有整个猪头、整条鱼，一刀几斤重的条肉，还有豆腐、馒头、粽子、长寿面等，土兴老头儿带来的六层礼担里，装满了这些备品。

金川老头儿紧紧拉着老朋友的双手，摇个不停，嘴巴张得老大，想说什么，半天也没说出一个字来。

等 一 个 人

王　溱

你知道那条著名的高速吧？像条大蛇蜿蜒爬过好几个村庄。

其中一个入口就在我们村——拐进一条被杂草占领的小道，绕过一个池塘，穿过被大蛇啊呜吞掉一半的玉米地，喏，入口就在那高高的芦苇后面。

你不能怪它们挡道，是这条大蛇入侵了它们的领地，自然要铆足了劲儿，能遮的遮，能挡的挡。

如果你刚好在这附近，且找不着路，来找我吧，我天天都骑着摩托车在那路口等你。真的，我的职业就是带路。

你别找别人，我是最专业的，人称"路王"。这方圆几公里内，哪条路走多少米就有个坑，哪条路走完会满脚泥巴，都在我的视力地图上记着呢。你看，我连"带路"二字，都是用墨水端端正正写在木板上的，不像其他人，弄点油漆歪歪扭扭涂在纸箱皮上。

这生意还不赖，城市是贪吃蛇，这里吞那里并的，很多人都找不到路了。

你问我年纪轻轻的怎么甘愿做这个？

行行出状元嘛！好吧，我说实话，其实——我在等一个人。

等谁？

还真不好说，总之，是个有钱人吧。

这天，路口来了个"番客"，看装扮是东南亚一带回来的富商，他精明的小眼睛在我们几个身上轧过一轮之后，果断走向了我。

有眼光！我把摩托车踩得轰轰响，以此宣告我的胜利。我很想接他的生意，这小眼睛番客看着就面善，更重要的是，他打量我们的时候，手里还扬着好大一沓钱。

"我想去层金村。"富商说。

我乐了，"太巧了啊，我就是层金村的人咧。你想去层金村哪里？"

他摊开一张纸，碧绿的田野就蹦了出来，一只小羊羔正在田里偷吃穗子。正中央赫然是一个简陋的小瓦房，还有一朵形状独特的云就飘在瓦房上方。

到这儿，他说。

我为难了，没有地址，只有这幅画，怎么找？

况且，那应该是很久很久以前的画了吧——那时候，层金村还真是一个村；那时候，我还是个光着腚到处逮蛐蛐儿的孩子；那时候，确确实实还有田野。后来，层金村就只剩个洋葱芯了，也不知道被城市剥去的那一层层，是否真的都是金。

幸好我这路王的称号不是盖的，愣是从那块田的形状找到了线索。层金村的田大多是长条形的，只有一块是三角形的，小时候我经常躲在犄角旮旯儿里边斗蛐蛐儿，印象深刻。

可是富商来迟了，现在那里已经没有田，竖着的，是一根大烟筒，没有白白的云，只有黑黑的烟。

反复确认位置没错之后，富商叹了口气，那曾经是我的家呢。忽然，他做了个决定——把这大烟筒买下来。

工厂的负责人当然不依，没了烟筒怎么生产？

富商生气了，干脆把整个工厂买了下来，反正他有钱。

我心里暗暗高兴，这讨厌的工厂，终于要关门啦。就是它，害得我们这边的池塘都没有鱼呢。小时候我一头扎进湖里，总有鱼惊恐地躲着我；后来我一头扎进湖里，却是我惊恐地躲着垃圾；现在我没机会一头扎进湖里的，那个湖早被填了，上面立起了一排排厂房。

有钱就是好办事，烟筒推倒了，小瓦房建起来了，就跟画上的一样。

农田也好办，刨刨土，插上就是了，几天就绿油油的了。村里有的是干农活的好手，没了田地以后一个个都手痒着呢。

富商说，还得有一只羊。

村里"小绵羊"摩托不少，真正的羊可就难办了，我挨家挨户找，所幸一个老人家家里还幸存一只。我花了五块钱，让老人家把羊抱到田里吃穗子，可羊执拗地不肯吃，也难怪，穗都还没长好。老人家恼了，狠狠拍了羊一下，羊猛地一跳撞倒了老人，他嗷地叫了一声，羊咩咩咩闹起来，远处的山传来回音，嗷——咩咩咩——嗷——咩咩咩——

富商点点头，说，这田终于活了。

可是富商还不满意，天空太灰了，他说。

我安慰他，总会有变蓝的一天吧？再等等。

可是等了一天又一天，天还是不肯换颜色。

他执拗地说，反正，我就是要找回我的家，跟照片上一模一样的。

我灵机一动，找人做了好大好大的一块背景板，涂成蓝色的，竖立在房子后面。

富商说，还有云呢！

我又叮嘱画上云，可那朵云的形状很特别，工人怎么画都画不像。我叹道，那样子的云，怕是再也找不着了。幸好富商并不计较，他给了我很大很大一笔钱，算是酬劳。

你觉得这个故事很荒谬？

好吧，我承认这是我编的，压根儿就没什么东南亚的富商。这一切不过是我的虚构，哦，或者说愿望。

但有件事是真的，我还在路口干着带路的行当。我在等，那个人迟早会来的。

水 本 无 味

韦 名

龙井水不过是山里一汪再普通不过的山泉。

郁郁葱葱的两座山包裹挟着一块大石头，龙井水就从石头下潺潺流出，小河一样，长年累月，经久不息。

那时，小镇上的人都喝井水，家门口就有水井，方便得很。谁也不在意几公里远的山上的龙井水。

喝上了自来水，比喝井水更方便了，遍布全镇的水井就慢慢荒废了。

小河漂浮来了几头吹了气般鼓胀鼓胀的死猪时，小镇上的人不敢再喝自来水——镇上自来水厂的抽水口就在小河的中游。

人们到处找水喝。

井水自然不能用了。人们居然发现找一瓢干净的水是那么困难！

有些人想起了龙井水。

呵！清凉甘甜无比！喝过的赞叹。

铁桶、木桶、塑料桶、矿泉水瓶，能用来装水的都用上了。肩挑、手提、车载，男男女女老老少少都来了。

龙井前车水马龙，人头攒动，成了小镇一景。

某日，小镇领导陪同一老板在小镇考察。老板姓贾，贾老板看着喧嚣如集市的龙井，感叹，水为财，好水，好水！

好水未见得，一场突如其来的流感却袭击了小镇。

流感肆虐时，贾老板不顾安危，又到小镇考察。

贾老板前脚刚离开小镇，镇上穿白大褂的就带了很多人来查封龙井水，"流感来得蹊跷，怀疑与不洁用水有关。龙井水未经化验，为安全起见，请大家暂时不要饮用。"

小河上吹了气般鼓胀鼓胀的死猪早漂远了，龙井水又不让用，大家只好用回自来水。虽然自来水自始至终有股淡淡的咸涩味和放多了漂白粉的刺鼻气味。

龙井水潺潺而流，小河一样。

三个月后流感被控制住了，原因是禽流感，与龙井水无关。

既然与龙井水无关，自来水又有味道，很多人怀念清凉甘甜无比的龙井水。

龙井却变了样——砌了一座亭子，整修了接水的地方，接了大小不一的若干出水管……贾老板在流感期间，以迅雷不及掩耳的速度投资改造了龙井。

"大家放心，本人投资改造龙井，志不在挣钱，只是不忍看到大家饮用有味道的水，方便大家而已！"有投资就要有回报，然而，贾老板却对来接水的人意味深长地说，"水本无味！"

人们看了看在镇领导陪同下，眯缝着一双小眼睛，笑容满面的贾老板，突然热烈地鼓起了掌。

"龙井水相传是一龙女思凡间郎君，不畏龙宫阻吓，在一个月明星稀的夜晚，悄悄逃出龙宫。没料想，快出龙宫时，龙王发现，追兵穷赶。慌不择路，冲出水面时，龙女顶起了两座山……凡间的郎君四处寻觅龙女，未果。郎君悲悲戚戚，纵身投海。眼看着心爱的郎君葬身大海，头顶两座山的龙女却动弹不得。龙女哭啊哭，泪水汹涌成泉，于是就有了今天的龙井水。"

刚听到这个传说时，镇上的人开始以为讲的是与他们无关的事。当外地很多人来探寻龙井时，人们才恍然大悟，龙井原来也有这么美好的传说！

物以奇为神。龙井水有了龙女传说，神了。

镇上的自来水厂却日渐垮了。自来水厂后来在镇领导的斡旋下几乎是白送给了贾老板。

"本人原想一直为大家多做点实事好事，无奈刚收购了自来水厂，需要改造，资金周转困难。为让大家喝上放心水，同时制止现在无序使用龙井水，从明日开始，龙井水象征性征收费用。"在镇领导的陪同下，贾老板眯缝着一双小眼睛，笑容满面地对龙井前人头攒动的人群说。

人群骚动！

"我说的是象征性收费，大家都能承受。我要是想挣钱，早就收费了。象征性收费的目的是要大家都来呵护龙井水，让大家永远都能喝上清凉甘甜无比的龙井水。"望着骚动的人群，贾老板公布了收费方案：每桶50斤装水收5毛，可自备水桶，也可租用专门的桶，可自提，也可送上门——每桶加收5毛。

骚动的人群稍稍平静了下来——毕竟是象征性收费，与市场上一桶纯净水至少6元相比，5毛钱一桶不算贵！

尽管龙井水收费了，来要水的还是络绎不绝——很多外地人也争相来品龙女水！龙井水如今不仅是龙女水，还富含矿物质、负离子，是健康水、长寿泉！

的确是物以奇为神！龙井水神了，来要龙井水的挤破龙井前的亭子。"为有序开发，平抑市场"——这是贾老板的话，龙井水价格只好一涨再涨。如今的龙井水，已经卖到50斤装一桶8元，比便宜的纯净水还贵。

当然，龙井也大变样了，已经改造成了花园式的小型水厂。

唯一没变的是自来水仍然有淡淡的咸涩味和放多了漂白粉的刺鼻气味。小镇上的人却大多用回了自来水，龙井水已经大步走出小镇……

那口子在家

张柏林

"嘀嘀嘀"的短信提示音在糠芯枕头边轻轻舔着秀儿的耳朵，秀儿习惯性地朝脚头蹬去，空了，那口子不在。自从两人都有了手机，那口子就喜欢在手机上编些长短句发给她，哪怕是她在被子这头，他在被子那头。秀儿说过那口子好几次，不带这么浪费钱的，那口子总是嘿嘿笑：雅趣，雅趣。

短信不是从床那头的被窝里发来的，那口子去广州打工已经好几个月了。她睁开眼，揉了揉惺忪的眼睛摁开了短信：麦收九成熟，不收十成落；惦念爱卿身，可当酷暑天。秀儿心里笑骂道，这哪里是惦念我啊，分明是怕耽误收麦子啊。秀儿撩开搭在肚子上的凉被，伸出藕节一样的手臂回道：今天队长找了几台收割机集体收麦，一上午就完了，心放肚里好好暖暖。发罢，挺身坐起，从抽屉里拿出笔记本，把丈夫的顺口溜——不，是小诗！那口子最烦人说他写的是顺口溜，要知道，那口子也曾在报纸上发表过一首四言诗呢——秀儿把这首小诗工工整整誊写到笔记本上，放回到抽屉里落锁毕，才拿起裤子往光溜溜的腿上套。

队长交代，这两名外乡的收割机手点名要吃手工面。自己别的帮不上啥忙，擀面条还不是小事嘛。面是昨晚就发好的，和面的时候打进几个鸡蛋，面也不要太软，这样虽说揉起来费力，但是面条筋道好吃。没多大工夫，案板上就铺满了切得齐齐整整的面条。

秀儿把一张油漆斑驳的小方桌搬到院子里，双手掩在额头看了看已经偏过头顶的日头，想了想，把小方桌挪到了椿树下。椿树顶冠子大，凉荫也大，一时半会儿的不会被晒到。

秀儿在堂屋和小方桌之间穿梭起来。藤椅，小凳子，茶壶，茶杯，还有纸烟，火柴，都摆在了桌子上。它们都有自己固定的位置。茶壶应该在中间，茶杯应该在壶嘴与桌沿之间，嗯，不过茶杯不能离茶壶太远，也不能太近，茶壶是大哥，茶杯是小妹，它们应该是扯着手走在去集市的小路上吧。想到这里，秀儿几乎要扑哧笑出声来。纸烟应该在桌沿，火柴伏在烟盒的背上，那口子点上支烟会把火柴放在烟盒的背上，这样就不会被滴到桌面的茶水洇湿。那口子是烟盒，自己就是火柴。那年秋天在地里收玉米，秀儿的肚子忽然疼得满地打滚，被那口子驮在背上，一口气就跑了五六里，到了镇卫生所，肚子偏偏又不疼了。和那口子比起来，自己可不就是火柴盒嘛。

队长招呼着人把麦子抬进屋里就走了。那一老一少两个外乡人脱掉被灰尘荡得看不出颜色的T恤，来到压水井旁，一个压水一个把头拱到出水口冲头洗背。

秀儿把煮好的面条用凉水拔了，浇上茄丁、番茄、蒜汁，摆到小方桌上，用起子撬开冰冻啤酒，转脸招呼两人用饭。坏了，那年轻汉子直起身用毛巾抹身上的水，头脸、腋窝、胸膛、腹部，一抹一抹的，那檩条一样的肌肉让秀儿只看了一眼，心就突突跳了起来。秀儿在心里暗暗扇了自己一巴掌：没出息！那汉子笑吟吟地光着膀子坐下，喝一口啤酒嗞溜一口面条，偷空还瞅一眼秀儿，秀儿莫名地就慌了。

那年龄稍大的汉子扒了两碗面条、灌了一瓶啤酒，把搭在椅背的 T 恤往肩上一摞，要去村东的水塘里凉快。年轻的汉子又打开瓶啤酒说你先去，我马上就到。秀儿赶忙收拾了碗筷端往厨房，刚放进水池，一双硬硬的大手就揽住了她的腰。秀儿哆嗦了一下，双手悬在水池上。那双坚硬的大手在游走，秀儿感觉自己像在梦中。墙倒了，屋塌了，细汗雨一样布满秀儿的胸脯。秀儿转过身，想抚摸下那久违的檩条般的腹肌。

突然，是的，突然，里屋的手机"嘀嘀嘀"的声音响了起来，秀儿反射般地抽回自己的手，就势往外推开了汉子。

怎么了？那汉子怔住了。秀儿转头朝里屋张望，气若游丝，说，那口子在家。

汉子凝滞了片刻，叹口气走了出去，拎起衣服甩在肩上，匆忙跨出门去。

秀儿拢了拢头发，拿起手机看，是那口子的短信："白云山下脚手架，男儿有志往上爬。待到秋风飒飒时，荷包胀满自归家。"秀儿鼻子一酸，就想哭，憋着劲忍了忍，泪还是流了出来。

拭了拭泪，秀儿给那口子回了个短信：麦子已收到屋里，香气四溢，是一屋子的烙饼、手擀面条和我，在家，等你。

发罢，秀儿突然感觉自己刚刚那个短信很像一首诗。

红 太 阳

宋以柱

在四千多口人的小水村，宋玉成不算是一个能人，能人各有能处，开油坊的宋传国，弹棉花的宋恒运，理发的周世山，还有石匠、木匠，各有千秋，独领风骚，人前人后，没有不提起的，也没有随便就挂在嘴上的，说起来，都是一脸的恭敬。

所以，宋玉成就普通了些。五短身材，弱不禁风，撅着几根胡子，见了谁都热乎乎地说话。宋玉成就是一个种地的农民，干的是老实本分的农活，一年四季，春播秋收，一刻不停。他那个比他还矮的老婆说他："肉不过四两，屌不足三寸，能干个啥？"这话说得狠，指明了，是对宋玉成有深仇大恨。

宋玉成和老婆养了一儿一女，宋玉成的一儿一女，相差两岁，皆娇憨可爱，不像是农村落生的娃。在泥地里滚一天，一回到家，宋玉成眼里看不到俩娃，就街前街后地喊，直到把俩娃搂到怀里。儿子生在前，到了上学的年龄，就送到学校去。两年后，女儿也要读小学了，老婆有点不愿意，想让女儿在家帮着烧水扫地，宋玉成一跳半米高，第一次指着老婆的鼻子骂："你养了几个孩子？还有多少活让孩子干？"老婆个子矮，却不示弱，把一盆子煎饼糊子摔地上，抹一把鼻涕泪摔宋玉成脸上："我养娃少？你不和我生，我咋着办？"

女儿也上学了。哥哥领着妹妹，一路上学，从村里读到镇上，从镇上读完，儿子又读了高中，去了县城。女儿读完初中，一下子考上市里的师范，又三年，分到县城一个小学。她哥哥也离了县城，去了兰州读大学。那是二十世纪九十年代初。这一下，真正出名露脸的是谁？宋玉成的发小们，有石匠有木匠有走乡串户的小贩，也有在工厂按时上下班的工人，虽也拖儿带女，经济上都比宋玉成宽裕，可一双儿女都考上大学的，宋玉成是独一份。一村老少开始注意宋玉成，把他的前半生拿出来一点一点地掰开研究。

这一来才知道，宋玉成也是有故事的人。宋玉成去过越南。参加对越自卫反击战。宋玉成在越南待了三个月，也没有什么故事，但是大家都知道他救了一只包。宋玉成所在的班在一次渡河时，遭到炮击，慌乱中，班长的小黄包被水冲走。宋玉成离班长很远，但是看到了，他人矮跑得却快。战友们在上岸清点人数，才发现宋玉成没跟上来。这时，班长的包在河里一动一动地向岸上"游"来。不大会，宋玉成露出个小脑袋，脸给憋得黑紫。班长上去就是一脚："包值几个钱？"宋玉成说："你整天背着，我就知道重要，里面有图纸、作战计划啥的，我怕弄湿了。"从河边到山顶，十几里路，班长笑了一路："我还有作战计划？"班长的包里只有一条破毛巾，一只碰扁的搪瓷缸子。从此不让宋玉成离他左右，对他说了一句话："我得把你的命带回去。"

因为当过兵，复员回村后，入了党，当上了小队长。宋玉成的小个子，经常在村里的大街小巷穿梭。也就是这个党员身份，和他后来一个惊天动地的举动，让宋玉成有了一个光辉响亮的名字：红太阳。

女儿读了小学的那个秋天，宋玉成两口子把该收的地瓜谷子芝麻，都收回家，该晒的晒，颗粒归仓。待他准备着和老婆再生一个娃时，政策下来了。"一个太少，两个正好，三个多了。"宋玉成已经有两个孩子，显然在政策允许的范围之外。宋玉成犹豫了，和老婆生孩子这事，要的是激情。宋玉成想来想去，想前想后，就把自己想得一点劲头也没有了，把他老婆恨得在被窝里一个劲掐他。老婆是诚心诚意地想再生一个孩子。人家的老婆都一个接一个地生，她也不是不行，再生一个两个，她都不怕疼也不怕累。老婆的话都说到这份儿上了，宋玉成还是犹豫试探。一次，两口子措施不到位，一不小心还是怀上了。村里好几个怀孕的女人都跑了。

宋玉成的老婆也跑了。镇计生办的人刚到宋玉成家，宋玉成就说了一句话：

"我知道在哪里，我带你们去。"就这么的，把自己老婆拉卫生院去结扎了。这一下，老婆一年没有和他说话。宋玉成在做老婆思想工作时说："共产党是太阳，我们得向太阳，听政策的。"红太阳这名字就给宋玉成叫遍了全镇。外村来小水村赶集的，都问本村的亲友，你们村那个"红太阳"有病吧？

这就是老婆恨宋玉成，时不时拿话损宋玉成的原因了。

后来，宋玉成年龄大了，就不再干重活了。偶尔，提上一桶花生油，去园里弄点豆角韭菜黄瓜，骑电动车载上老太婆，去县城女儿家看看。

儿子在省城，远。日子就在挂念中慢慢地过着。

老 街 坊

衣 袂

老兵并不老，也就三十出头。他头大颈脖细，满脸沧桑，身高和四肢却停滞在孩童时候，这就使得他，只有偏着头走路，才能保持身体平衡。他爹活着的时候，走哪都爱带着他。他爹说，别看咱娃长得像个乒乓球拍，其实能着哩，啥熊球都能打！老街人也就顺水推舟地把他喊成了"老兵"。

老兵家是菜农。他爹死后，家里赖以为生的菜园也被政府征用。他娘拿出补偿款，让他哥翻建楼房，然后再帮他找个媳妇。他哥却拿这钱给老婆孩娃在城里买了套房子居住。亲戚本家把这事看在眼底，都懒得主持公道，倒是老街坊江老先仗义执言，跑到他哥家臭骂一通，迫使他哥收拾好快要倒塌的老屋，让他母子有个容身之处。老屋破旧，却接地气，没有经济来源的老兵就赊了几只小鸡小鸭，让娘待在家里养，自己则到处捡破烂卖。就这样鸡一茬鸭一茬的，养了卖，卖了养，再加上卖破烂的钱，娘儿俩的日子倒也能将就。

那天早上，老兵看到好多人围在一起，就好奇地凑上前，见地上的竹筐里装着一个豁嘴婴儿，心知是别人扔下的，转身就走。谁知婴儿却放声啼哭。他立马站住，婴儿也就顿了哭。

有人开玩笑说：老兵，这孩子跟你有缘，肯定是你的私生女，你还不赶紧抱回去？

有人随即附和：这小筐起初就扔在垃圾箱旁——绝对是相好故意送还女儿给老兵的。

老兵听了，咧嘴一笑，抱起小筐就走。

江老先却一把拽住他说：大家伙发发善心，收留这女娃——老兵那家境，大家都是知道的，这女娃到他家，都遭罪哇——

有人嘀咕：你自己咋不发善心呢？

当即有人反驳：你们也不睁眼看看江老先都多大岁数？他老伴那风湿腿，走路都离不开拐，哪里还有精力抚养小孩子？

就让我养吧……老兵哀求着。

江老先训斥道：你这个傻子，你知道你捡到的是啥？先不说孩子的手术费，每天的奶粉钱，就得扒掉你一身老皮。

老兵结结巴巴地说：好歹她……她也……是一条命。

人群四散而去。

江老先长叹一声，只得松手。

见老兵真抱走了孩子，江老先提醒道，你回去后，你娘指定骂你，到时你就说这孩子是我让你抱养的。过了一会儿，又不放心地交代：你让你娘把孩子洗干净后抱到我的药店来，让我的老伴给她做个全身检查，再打点疫苗。你跟你娘说，这孩子以后来我的店里打针吃药，都不用掏钱，让她放心。

幸亏有江老先的话撑腰，娘才允许老兵收养女儿。老兵很爱自己的女儿，把她叫作高兴，夜里抱在怀里舍不得撒手，捡垃圾的时候，也把她兜在胸前，得空就从怀里摸出温热的奶瓶塞到她嘴里，别人给的糖果饼干啥的，小心翼翼地尝尝后，才肯嚼碎了喂她。

女人们就眼热地骂：这死老兵，比五尺汉子还会疼娃呢……

小高兴风吹着长，却也难免头疼脑热的常去麻烦江老先。江老先见老兵每次拿药，都盯着说明书看，就训斥道，你个傻子能看懂啥？支起耳朵听我说就行了。老兵只是咧嘴傻笑。有次，江老先给小高兴输过液，回头发现老兵在聚精会神地翻看《药典》，愣了一下，破天荒地没有再训斥他，就随口提问些药理，没想到他还记得挺清楚。聊起日常知识，他也讲得头头是道。得知老兵捡到报纸杂志都先读一遍再卖掉时，江老先很是诧异，有事没事地就爱找他唠嗑。越唠越投机后，索性招他来店里帮忙，工资跟医院的正式职工一般高。老兵就这样拥有了自己人生中的第一份工作。

江老先原是大医院的医生，因为嘴直脾气硬，不受领导待见，索性停薪留职，回自家药店坐诊。江老先医术高明，门徒众多，子女也颇有出息，唯一遗憾的是，都不在身边。老两口都有退休工资，他在海峡那边的大伯，临死前又给他留下了一大笔遗产。他在城里买了栋别墅，逢年过节才肯回家跟子女团聚，平常就跟老伴守在老药店打发时间。有病人上门，他就给病人瞧瞧病，打打针，抓抓药；没事的时候，他就养养花，喂喂鱼，逗逗鸟。他那一走一瘸的老伴，负责给他烧锅做饭，老乓的工作，则是跟在江老先身边，寸步不离。

就有人说江老先是钱多了烧的，拿老乓当狗耍。

江老先掏钱给小高兴治好了豁嘴，又有人造谣说高兴其实是江老先的私生女，为了遮人耳目，才让老乓抱回家养……

高兴五岁时，江老先过八十大寿。须发斑白的江老先，大摆筵席，公开收老乓为徒，声明店里的生意，以后将交给老乓打理。

直到这时，有些人方才知道：老乓原来也姓高……

老 两 口

韦如辉

西关街是一片嘈杂且多事的地方。

谁说不是呢？

一个自发的蔬菜批发市场。早晨三四点钟，这里就苏醒了。先有几声马达的响动，渐渐有了人与人之间的对话，接着人车混杂的声音，一直持续到太阳升到文庙广场的上空。到了晚上，提前准备第二天生意的忙碌人，从吃过晚饭开始，就像陀螺一样地转起来。

好多人受不了。失眠，烦躁，健忘。尤其是家里有正在上学的孩子或者老人生病，更是苦不堪言。有人不断向有关部门反映情况，答复说快了快了，等物流大市场建好，就让他们搬迁去。物流大市场什么时候建好？谁也不知道，因为已经建了三年了，还没有建好。

好多人选择搬出去。即使这里有房子，有祖产祖业，也狠狠心租出去。得了，将自己的生活让出去，还能咋着。

老两口就是在这个时候，从风景如画的城南新区过来，租了房子，住下。

房东是个老西关，热心人。他多有不解，问老两口，二老真要在这里住下来？得到老两口的首肯后，说了一件刚刚在西关街发生的事儿。

事儿不小，轰动了整个城市。一个上高二的女学生，认为这里人多眼多，安全。同时，自以为定力好，不怕干扰，也在西关街租了房子。可是，前不久，出事了，被一对歹徒劫财劫色。

老两口不以为然。老太太疑惑地瞅瞅房东，眼里仿佛在说，怎么？不想租拉倒。转身又瞅瞅老头，老头一脸镇静，伸出一只胳膊摆摆手，嘴里说，没事没事。

房东才舒一口气，收了房租走人，免得惹老两口不高兴。

老头每天起得很早，天不亮，手里拎个布兜儿，晃荡在菜市场。

老头一个个菜摊子看，看得很仔细。有时，会从口袋里掏出一只放大镜，往菜根菜叶上照来照去，仿佛公安搞刑侦似的，生怕漏掉丁点儿的蛛丝马迹。

老头大多只买一种菜，芹菜。芹菜要小叶，细根，短茎，且水灵，绿色足。

批发菜的贩子，性子差，脾气坏，嗓门高。老头挑好捡好一把两把，问一句，今天多少钱一斤？菜贩子回答，一块五。老头收了放大镜，嘴里咦了一声，刚才不是七毛五吗？菜贩子又说，人家是批发，你是零售。老头又咦了一声，这一声长了些，显然加了些不满的成分在里面。菜摊子前面围着一圈子人，他们等着批发蔬菜哩。老头不说话，也不走，只气哼哼地站在菜摊子前。有人打圆场，叫老人家拿走吧，算我的。菜贩子不好再说什么，和气生财嘛，为了一两把芹菜较劲，没意思。他说，好吧好吧，七毛五就七毛五吧。

老头回家将生芹菜用细纱布裹起来，拧里面的菜汁。芹菜虽然水灵，汁水并不多。老头出了一身汗，喘气也粗了许多。

芹菜是降血压的，中医书上说功效明显。老太太血压高，老头煮芹菜汁给她喝，一年四季，从不间断。

下午，阳光从街西头，照到街东头。这个时候，对西关街来说，是一天中的黄金时期。人相对少，车相对少。筒子似的不拐弯的街道，可以慢慢地走走，散散步。

老头跟老太太出来，老两口并排走，很慢，像蜗牛一样。老太太脸色红润，精神头很好，不像有病缠身的样子。

说老太太有福，一点也不假。有老头无微不至地照顾着，能说没有福？

老太太之前患高血压，还有脑梗塞。听说都上轮椅了，愣是让老头给拽下来。

老太太能走了，膘水却没减，仍然肥头大脸的。

老头也有福，儿孙福。而老头没去享清福。

老头的儿子在上海定居，一家人的日子红红火火。儿子在外企，年薪四十万。媳妇在电视台做节目主持，长得天仙一样。小孙子更牛，在美国留学。

儿子曾经接老头过去，老头不习惯，三个月不到，又回来了。老头回来后，儿子一家子就没回来过，逢年过节也没回来过。

都是因为老太太。老头是儿子的亲爹，老太太却不是儿子的亲娘。

老太太脾气坏，动不动就生气。老太太生气的时候，撵老头滚，滚得越远越好。

老头滚是滚了，但没滚远。一使劲滚到大街上，回来还拎一两把水灵灵的芹菜。

老太太的怒气已经消了，脸色恢复了平常的红润。

有一天，下着小雨，刮着北风。老头照例起个大早，准备到菜市场买些芹菜。没料到一块石头躲在暗处，绊住了老头的脚。冷不防的东西很可怕，老头紧跑了几步，还是跌倒在巷口的水泥地上。这一跤，跌得不轻，老头被 120 车风风火火地拉进了医院。

老头没抢救过来，闭着的眼睛再也没睁开。

奇怪的是，老太太当天夜里也走了。她躺在出租屋里，自己的床上，盖着被子，脸色依然红润。

儿子一家子回来料理老头的后事，场面很是热闹。老头的墓地，被安排在城南高档小区的旁边，小桥流水，风景如画。

过了大约一个星期，老太太才被社区的干部处理掉，安放在一个偏僻的地方。

老头若是去看老太太，得换乘三次车，再步行四公里。对于老头来说，是一件十分困难的事儿。

特 殊 警 务

戴 希

老太太忽然跌倒在街边。

行人如过江之鲫，但却无人伸出援手。

只有小伙不假思索，立马奔向老人，迅速将老人扶起。

靠在小伙的肩头，老人掏出手机就给儿子打电话。

不一会儿，老人的儿子风风火火地赶来。

老人家请多保重！既然您的儿子已到，我还有事，我得走了。小伙十二分的温和。

老人却一把拽住小伙的手臂，别急嘛，有话好说，再等等。老人和儿子对了下眼神。

儿子便问老人，妈，您是怎么摔倒的？

老人下意识地转向小伙，怎么摔倒的？还不是他给撞的！

小伙大惊，我撞了你吗？老人一口咬定，是啊！

如今多一事不如少一事，不是你撞的，你会狗咬耗子，多管闲事？老人的儿子阴阳怪气。

人啊！小伙凄然而笑，举手之劳，行善积德！不是我撞的，我就不能扶起老人？

少啰唆！老人的儿子憋不住了，我妈说你撞的就是你撞的！没人能证明你没撞。现在，我妈也不知伤得怎样，你自己说说吧，愿赔多少钱走人？退财免灾，知道退财免灾啵？

老人又冷不丁地倒在地上，哎哟哎哟地呻吟，这里疼那里不舒服地叫喊，一副很难受的模样。

现在，该你扶了！小伙冲着老人的儿子说。

不扶！老人的儿子把头扭向一边。

不扶就不扶！小伙昂首挺胸道，要讹我赔钱？实话告诉你们，一分也休想！

不赔是吗？那我要揍你了！老人的儿子凶相毕露，挥拳砸向小伙。

小伙沉着机灵，顺手抓住他的手腕，将他死死地钳住。

小伙的力气实在太大，老人的儿子不敢动弹。

这时，两个巡警从天而降。他们三人一同被带往公安局调查取证。

……

你怎么证明，你妈就是他撞倒的？公安先问老人的儿子。

老人的儿子振振有词，我妈说他撞的，就是他撞的！不然，过往的行人都不扶，他干吗要去扶啊？再说，现在有谁能出面证明我妈就不是他撞倒的？

如果——公安提醒老人的儿子，小伙自己能证明呢？

老人的儿子讥讽道，他可是肇事者呀！你们让肇事者做证人，自己证明自己的清白，天底下有这样可笑的法律吗？

一点儿也不可笑！公安边说边打开电脑，现在是高科技时代，调查取证的方法多种多样且日趋科学。你们来看，我们这里可有老人跌倒前后的全程实况录像……

老人和老人的儿子目瞪口呆，这是怎么回事？你们这里怎么会有现场实况录像？

很简单，公安指了指小伙，就是他直接用电脑传输过来的！

电脑？老人的儿子一头雾水，我们没见他用电脑呀！

想学聪明点，是吧？公安笑了笑，他本身就是精密机器人，就是台超高级电脑。他呀，既能用眼快速拍摄现场实况，又能直接通过大脑把实况录像发送给我们。正如发送电子邮件，他的大脑就是电脑哩。

他是机器人？老人和老人的儿子惊问。

是啊！公安紧盯他们反问，难道你们真的看不出？

他们点头，是啊，太邪了，还真的看不出！

这就好！公安正告老人和她的儿子，他不仅是机器人，更是我们的治安民警！

这，这，这……老人和老人的儿子惶恐不已，额头上都冒出豆大的汗珠。

……

此后不久，行善积德者反被讹诈勒索的怪事便在当地销声匿迹。

承　诺

陈小庆

最初，小鲤是看不上老安的。

老安坚信自己能够感化她，他相信爱能创造奇迹。他每天下午六点准时来到她公司门口，接她下班。她很反感，一直躲着他，让他空等。久了，他便改变了方法：送她上班。每天早上七点准时守在她家门口附近，一见她出来，就赶上去，对她一笑。她因为时间关系，没办法躲开，好在他对她没有危险，他不会厚颜无耻地拉扯。她没有报警，没有告他骚扰。

后来小鲤便和他说话了，你以后每天接我下班吧！他一听，高兴得差点儿晕过去。于是，每天下班，他接她。无论有什么事情，他总是能够克服困难，在下午六点准时赶到。她说，不用来这么早。他说习惯了，改不了，他的特点就是准时。

后来她不在那里上班了，他还会习惯性地在六点准时到达那里等她。然后半分钟反应过来，忙去新的公司等她。

这天，老安在小鲤新公司门口等了她好久，也没看到她，便问了她的一个同事。同事说，她病了。

打听到医院后，他跑了过去。

他给她送来他自己爱吃的牛蹄筋，她一下了就笑了，谁感冒了吃这个啊！

我妈说吃牛蹄筋大补，我一感冒她就给我买。他说得底气十足。她高兴地吃了起来，为了他的质朴和憨厚。

为啥病了？他小心翼翼地问。

晚上睡觉，没盖好被子——她说出来之后，有些不好意思。

这么简单，唉，年轻人就是这样，穿得也薄……他老气横秋的。

怎么了，你以为你是人人？我就是爱蹬被子，关你什么事？说着她还故意蹬了一下病床的被子。

如果我每天晚上都给你掖被子，你愿意嫁给我吗？说着他不失时机地掖了掖她病床的被子。

你做得到吗？她停止了吃牛蹄筋，一本正经地望着他，满眼是天真无邪，因为她从小到大，妈妈都做不到每天帮她掖被子。因为蹬被子，她感冒了多少次啊！

他盯着她的双眼，心中掠过一缕神圣，如同宣誓一般以手抚心，说，我一定做得到！

于是他们在 1995 年国庆节成婚。

婚后二十年，老安履行承诺，每天半夜起来给小鲤掖被子，而且时间很固定——可能因为生物钟的缘故，一直是午夜一点十四分。每次用时约半分钟。

二十年来，小鲤偶尔也感冒过，但没有一次是因为没盖好被子。

就连医生都觉得不可思议。

小鲤给医生看了她家的监控录像：老安总是在午夜一点十四分准时起来，给她掖被子，用时半分钟，动作流畅，一丝不苟。

医生目瞪口呆，解释不了这个现象。

全国的各大医学院专家都知道了这件事，专门开会分析了几次，但无果。

谁也不明白，他为何总能在午夜一点十四分准时起床，给她掖被子，二十年如一夜，无论春夏秋冬……

究竟是什么力量在支撑着他呢？许多医学专家也不得不承认：这世界的确存在着一种神秘的力量，连科学都解释不了。难道在那神秘的半分钟，真的有一种超自然的力量，驱使老安去坚守承诺，为小鲤掖被子？

老安早在 2005 年——也就是十年前的一次事故中变成了植物人……

无 人 等 待

徐建英

我告诉花鸟店的老板，为我的一对鹦鹉准备一场豪华婚礼，并请她帮忙准备好婚礼所需的一切。

我要选一个黄道吉日，在半城最好的维也纳大酒店里，宴请我所有的至亲好友，点酒店里的招牌菜金玉良缘黑椒天鹅肉，鸳鸯比翼芙蓉蟹，还有那锦上添花大漠鹿……我算了算，暂且打算摆五十桌吧。

但事实上，我没有这么做。我只是打电话请花鸟店的老板帮我订制了一套婚纱，一套礼服，还有一只做工相当精致的金属鸟笼。

花鸟店的老板打电话告诉我货到时，我那会正沉湎在电影剧情中擦眼泪。

是的，我喜欢看电影，一部电影就是一个人生。看别人的人生，想自己的故事，然后边看边笑或者哭。为了方便，除开通会员线上电影，我还是数家地下影网的忠实影迷。

我细心地为红肿的双眼小心化了层妆，就去了花鸟店，为那只叫翠翠的母鹦鹉穿上我所喜欢款式的白婚纱，为那只红尾的公鹦鹉穿上了那个他喜欢的黑色燕尾服。在帮红尾给翠翠的小脚套上戒指那刻，我心中满满都是幸福感。

这对新婚房客的到来，使我的目光慢慢地从电脑屏幕转向了鸟笼。第一天，鸟笼的横梁上，不是翠翠扬着尾巴跳叫着逐红尾，直把红尾撵至笼角才罢休，就是红尾整个身子霸着鸟粮盒不让翠翠近身半点。

我焦灼的心随着嘀嗒嘀嗒的钟声一起，陪它俩度过了漫长一天的婚姻磨合期。

第二天，翠翠再撵赶红尾时，红尾不再是扑腾着翅膀，它伸出红红的喙舔吻翠翠的身子，低头用脖子摩挲翠翠的肚子。这样转变的结果，是它们双双站在食盒边，把鸟粮啄得像溪流般外淌。

我开始有意识地教翠翠喊"老公"，教红尾喊"老婆"。我教的时候，它俩都不理我，彼此望着对方，目光紧紧纠缠在一起，不时伸出红红的喙轻轻在对方颈脖上摩挲。这时的翠翠，会把头轻轻地一脸娇羞地放在红尾的脊背上，任我的嘴唇一张一合地说个不停。

我盯着这对鹦鹉，它们的恩爱让我酸溜溜的。

说不清是嫉妒还是恶作剧，我拿起一截小棍，把翠翠倚在红尾颈上的头拨开，翠翠被我突来的动作惊飞。红尾不满地扑打着翅膀朝我尖叫，叫完飞向站在底垫的翠翠身边，伸出自己的喙轻轻为翠翠梳理它凌乱的冠毛。

红尾的举动彻底惹恼了我。亲手筹办一场婚礼，是我多年的梦想，它们的一切全是我一手操办，现在怎么可以视我为无物，在我跟前如此大秀恩爱呢？

我决定掐死这对鹦鹉。理由是它们在我面前秀恩爱，我恨它们，我不能容忍这一切。

我伸手进笼子里一把捉住翠翠，把它的小身子倒扣在鸟笼的底座里。一阵急促的尖叫声响起，红尾扬着红尾巴叫"老婆，老婆"，翠翠小小的身子在我手里挣扎拼命，爪子上的戒指沁出一缕缕血丝，扑腾几下后翠翠不动了。红尾拍打着翅膀在笼子里跳来跳去，伸出红喙吻翠翠的羽毛，抬头望着我一言不发，我伸过去的鸟粮，被它粗暴地用爪子拨洒一地。

红尾也走了，它僵冷的小身子躺在精致的鸟笼里，红色的尾巴夹进笼子的底座下——那是翠翠离去时的姿势。

但事实是，我并没有那样做，这一切都只是我想的。

我只是看着它们不停地为彼此整理羽毛，用喙亲吻，我并没有伸出手去动它们一根羽毛，更没有掐死它们其中的任何一只，我只是为它们添了些食，加了点水。

我对两只鹦鹉照顾得更精心，陪它们说话，给它们唱歌。让我意外的是，它们开始乖乖地望着我，听我说话，听我唱歌。有时它们也叽叽喳喳地叫着"老婆""老公"，唱着我教的"你是一只等待千年的狐……"回应我。我喜极而泣。

天色渐渐暗了下来，我掏出手机突然想给那个他打个电话，我怕太晚给他打，他已不方便接听。我太想告诉他，他送给我的鹦鹉已经会说话会唱歌了……

你也一定认为我还会一部接一部地看电影，每天沉浸在别人的喜怒哀乐里默默流泪，然后每月去街角的银行取回我高额的生活费，继续着遥遥无期的等待吧？

但事实是，我只是删除了一个号码而已。

仅此而已。

香　樟

彭素虹

江南小镇花镇，碧水环绕，一条清澈的花河，静静地穿镇而过。花河两岸，绿树成荫，郁郁葱葱，将花镇掩映在一片绿意之中。生活在花镇的男人们，习惯以树命名，比如我的香樟爷爷、梧桐父亲……

香樟爷爷在花镇经营着一家茶馆，每逢二五八日，花镇开集市时，前来茶馆喝茶歇脚的人们，聚集在这里，品茶聊天，好不热闹。

"我们小区，很多车库改装成了出租屋，专门出租给外来务工人员。""我们小区，都已经找不到车库的影踪了。昔日的车库全都变了模样，装修成了一间住房。"听到茶友们七嘴八舌的议论声，香樟爷爷立马围了过去，"你们给我说说，这车库改装究竟怎么回事？"

"还有怎么回事，打工仔找不到地方住，而有些人的车库正闲着，这叫合理利用资源呗。"有人回答道。

"这怎么可以！一则租房者的大量涌入，会造成无序管理。每个小区不都有居委会嘛，你们难道都没有去反映一下这个问题？"香樟爷爷一听就急了，他随手把盛满茶水的茶壶，往桌上一拍，只听得"砰"的一声，茶壶盖飞身而出，清冽的茶水溅满了桌面。

"反映过了。居委会说，要想从根本上解决这个问题，关键是要找到这租房者。没有买卖，就没有改装。"

"这扯得远了些！你们说说，咱老百姓找不到地方住，而贪官们几十套房空着，这还让不让人活？"香樟爷爷越说越来气，他虎着一张脸杵在那里，用手拍打着桌子，仿佛正面对着一个个贪官，"这些人民的公仆，简直变成了人民的公敌，利用手中的职权敛财敛物，是谁赋予了他们这些特权？"

茶友们被香樟爷爷的气势震住了，半天没人开口接一句话。香樟爷爷就虎着脸郁闷着，周遭的空气仿佛也凝固了一般。这时，我不凑巧地打了一个喷嚏，香樟爷爷抬起头来看着我，目光凌厉地说："小花，你说这是为什么？"我不敢直视他的眼神，低头琢磨着，长着一张马脸，性子特急的香樟爷爷，咋就开了一家悠闲聊天的茶馆呢！

香樟爷爷这性子急的毛病，表现得不是一两回。

茶友们来茶馆喝茶聊天，自然天南地北地侃大山，大家是想到哪里就说到哪里。一妈妈拉着另一妈妈询问："我们家孩子，这刚上初中，作业一大堆，每晚要做到十一二点。你们家孩子也是这样吗？""我们家孩子一天到晚还要在外面补课，不然就跟不上老师讲课的节奏。""哎呀，我问问你们，教师节你们给老师送礼物了吗？"一群妈妈们开始聊开了。

听到这里，香樟爷爷沉不住气了，他表情严肃地走过去，对妈妈们说："学生减负，不仅是学校的事情，你们家长也要负起责任。这孩子的作业做不完，要及时向学校反映，不行就上教育局。快乐成长，补什么课，都像你们这样，培养出来的下一代还有指望吗？"

妈妈们若有所思地点点头。"小花，你过来，告诉阿姨们，我们有没有给学校老师送过礼物？"我嗫嚅着摇摇头。从侧面看过去，我发觉，几日不见，香樟爷爷的马脸是越拉越长了。

大多数情况下，我一走进茶馆，看到香樟爷爷闷闷不乐的样子，就知晓他又被什么事情气着了。这次，当我还在茶馆门外时，老远就听到了他掷地有声的话语："大家看过新闻了吧，这国外的流行病毒患者，是如何通过管控，进入我们国内的，你们说说。"

"这其中必有蹊跷。那你们告诉我，咱们镇花那么大价钱，请县里面的歌舞团来表演，就为了配合河道水质的整治。我们是应该把精力放在做实事上，还是虚头巴脑的东西弄一大堆？"香樟爷爷越说越来劲。

"当然是要落到实处嘛。"有人接口道。

"前不久，镇上一小学二十多位学生集体拉肚子，这食品安全让人头疼啊！"香樟爷爷一副痛心疾首的模样。说话间，他抬头见到我进门，便挥手对我说："小花，去把你秀才父亲梧桐叫来，让他把这些问题都记下来。"

我正要转身离去，他突然拍了拍茶壶，喊住我问道："小花，你回来告诉我，平时为什么不吃蔬菜？难道你能闻出这菜里的农药味！"我眨巴着眼睛，吐了吐舌头，留给香樟爷爷一个温柔的背影。

消失的舌头

徐永辉

二丙的舌头没有了。

那天，邻居三婶迎头遇到二丙，招呼他。二丙的嘴张张合合，却没看到他的舌头，也听不到他说的话。三婶一惊，忙问，二丙，你咋回事，舌头没有了？她不肯相信，走到近前往二丙嘴里一看，只有牙齿。

我们晓庄是远近闻名的雄辩村。大人、孩子，走路、干活，甚至吃饭睡觉的时候，嘴巴都不闲着：

那是谁家的羊，咋不拴起来？

为啥说是羊，叫它狗不一样嘛。

羊就是羊，怎么能叫狗呢。

它叫啥，不过是老辈子传下来的，如果当初叫它猪，你现在还说是羊吗？

据村志记载，这个传统已经延续了两千多年。由于世世代代训练，我们的舌头变异了，厚、长，又特别灵活，伸出来，可以轻而易举到达额头。用它洗脸，画画，写字的，不乏其人。据说，以前有个人，舌头比象鼻子还长，不仅能擀面，纺车，还能把棍棒舞得虎虎生风。为了炫耀，我们都把舌头耷拉在下巴底下。

为了激励后代，先人们还自发组织了辩论会，三年举办一次，年满十八周岁的男子必须参加。先以家庭为单位选出优胜者参加家族辩论，再选出家族中的第一名参加决赛。一方把另一方驳得哑口无言，算胜出。

凡是在辩论会上不发言，或撒谎骗人者，舌头会自动消失。凡是没有独立见解，跟着别人学舌的，舌头会失去一半。

二丙是几十年来唯一受到惩罚的人。他是孤儿，老实，木讷。平时，你问一句，他哼一声。只要不问，一年半载也难开金口。在家族辩论会上，也有人试着引导他。徒劳。

半晌午，我们几个蹲在路口上议论二丙的时候，三婶走走停停，东张西望地过来了，还没到近前就问，谁看见一只公鸡了吗？她边说边比画，这么大，毛通红，闺女给拿的，没舍得吃，你看，一转眼不见了。

我们都安慰她，不能少，不定跑哪旮旯里去了，再仔细找找。

我们村古风犹存，好多年没少过东西了。

被三婶一搅和，我才想起来是去找乌木的。乌木家大门洞开，我站在院子里大喊，有人吗，有人吗？

没有回应。突然，厨房里传来轻微的响动。我走过去，一把推开紧闭的门，咯噔愣住了。乌木也愣了。他手里抱着一只没褪完毛的红公鸡。晚上，乌木请我喝酒，炖的公鸡肉。三杯酒下肚，乌木说，咱打开窗户说亮话，等一会儿我把鸡毛埋在二丙家门前，明天你就说是他吃的。

这……

这什么这，你不说我不说，谁知道，他反正不会说话。

这不是欺负人吗？

乌木脸一寒，酒杯一顿，事不大，你看着办吧。

我为难死了。乌木是出名的小诸葛，坏点子一眨巴眼一个，得罪他，我这辈子别想安生了。又怪法律太仁慈，如果抓住小偷就砍头，老子怕他作甚。又后悔得要命，干吗去那么巧啊。

天刚一亮，我就带着三婶扒出了赃物，还说得有鼻子有眼：昨天傍晚我路过二丙家的时候，听到砰砰的剁骨头声，偷偷伸头一看，案子下的鸡毛还没掩埋呢。

大家都深信不疑。

乌木先骂开了，二丙，看你狗日的平时老实巴交，原来是装的。

在我们这儿，偷盗是被认为最无能、最无耻的事情，全村男女老少都要往他身上吐口水，任何人都不再搭理他。

二丙张着大嘴，扑腾扑腾直跺脚。又啪啪地拍自己的大腿、屁股，眼泪像屋檐下的雨水，连成两条线。

三婶不忍，说算了算了，一只鸡，谁吃不一样。

其他人也软了心肠，反过来安慰二丙，你也是个苦人，一年到头不见荤腥，一时嘴馋也正常，算了算了。

二丙喘着粗气，泪珠依然滚滚不止。渐渐地，清亮的泪水变成了红色——他在流血。我的目光像受惊的苍蝇，仓皇地乱飞，两只手互相搓来搓去，嘴张开几次，又合上了。

当鲜血浸透胸前衣服的时候，二丙躺在地上，一动不动了。我终于受不了了，大声说，鸡是乌木偷吃的，他逼我赖二丙。我正要把昨天的事情详细说出来，忽然感觉发不出声音了，嘴里也空空荡荡的了。

一个孩子指着我大叫起来，舌头，他的舌头没有了。

我的头一懵。我不死心，拼命张嘴，依然发不出丝毫声音。我掐自己的肉，撕扯自己的头发，如果，如……果。

没有如果。

喊　　魂

丁大成

饭菜都端到桌上，奶先盛一碗放到那个固定的位置，架上筷子，然后歪歪倒倒地走进磨坊。

我紧跟其后，找出六粒黄豆丢到地上。

奶看一眼腰磨中间压住的一双布鞋，扯开嗓子喊："歪女子，回来，吃饭啊——"

奶苍凉的声音掠过小村，越过高山，群山回应："回来，吃饭啊——"

奶说，歪女子三大爷在外面忙大事，忘记了回家。把他的鞋压在腰磨里，吃饭时喊几遍，他就能回来。他的好几个同学都是这样喊回来的。

歪女子三大爷读完四书，又考上洋学堂，从金家垮的小学一直读到雯娄高中。高中还没毕业呢，日本鬼子来了，他投笔从戎，上了抗日战场，至今没有回来。

听娘说，奶喊了快40年。反正从我记事起，奶天天如此。奶喊一声，我捡起一粒黄豆。我捡起三粒黄豆，奶再也喊不出声，无力地坐到地上。奶失了中气。夜晚给奶捂脚，奶的脚已从脚心凉到小腿弯。娘说怕是奶的日子不长了，正在给奶赶制老衣。奶喘了会儿气说："孙儿，去把你娘叫来。"

我丢下黄豆赶紧去喊娘。娘放下针线来到磨坊。

奶指着腰磨对娘说："老姑，往后指靠你！"娘还年轻，窘窘地说："娘，我喊不出口。"奶说："想想你那一窝萝卜头！"娘想想那一窝萝卜头，个个都是心头肉。娘眼一红，找到了感觉："三哥，回来，吃饭啊——"奶摆摆手说："喊歪女子，他听习惯了。"娘重新喊道："歪女子，回来，吃饭啊——"

群山回应："回来，吃饭啊——"

奶满意地点头，我捡起一粒黄豆。等捡够六粒黄豆，娘扶奶坐到饭桌上方。一窝萝卜头挤挤挨挨的，那个固定的位置空着，却不准任何人坐。那碗饭呢，奶多半留给我半夜打偏手。奶说，我最像歪女子，机灵细腻，连走路歪歪扭扭的都像。

奶的饭量大减，只喝了几口米汤放下碗。她喘着气，起身从暗柜里端出个小木箱递给我，说："等歪女子你三大爷回来，给他。"我郑重地接过木箱。小木箱沉甸甸的，里面装的是三大爷的文房四宝。

不几日，奶念叨着歪女子的名字走了，眼睛睁得大大的，合也合不上。

娘将饭菜端上桌，先盛一碗放到那个固定的位置，架上筷子，风风火火地来到磨坊。蛮大个湾子，只有俺家还保留着古老的磨坊。娘扯着嗓子喊："歪女子，回来，吃饭啊——"

娘焦急的声音掠过小村，跃过高山，群山回应："回来，吃饭啊——"

娘喊一声，我捡起一粒黄豆。等捡到第三粒黄豆，我说："娘，不用喊了。要回来，他早就回来了。"我急着去找小秃玩。

娘说："那哪行！你奶吩咐我的事，她把我当亲生闺女。再说歪女子是你亲三大爷！"

娘打听到安徽黄泥塝跟三大爷一起上学当兵的杨舅爷从那边回来了。娘对我说："我跟你大去看看，估计晚上撵不回来。你可要记住，喊歪女子回来吃饭啊！"我说："记住啦。"

我摆好饭菜，来到磨坊。隔壁小秃家的录音机正在播放从那边流行过来的歌曲："阿里山的姑娘美如水啊，阿里山的少年壮如山……"声音太吵。她家种天麻当了万元户，刚买的录音机。

我走过去对正在写作业的小秃说："把录音机关了，我要喊歪女子回来吃饭。"小秃塞颗糖果在我嘴里，顺手关了录音机。小秃一点不秃，还长得怪排场。自从我俩玩过家家，她答应将来做我的媳妇后，事事处处关心我，"吃个蚂蚱留个腿，吃个鸡蛋留个黄"。

六粒黄豆丢到地上再从喊声中捡起，寓意弄丢的东西又顺利地找了回来。小秃笑着说："你那公鸭嗓没得你奶你娘喊得好。"并说，"男的声气没得女的声气高。"我灵机一动说："要不，你喊吧！""喊就喊！"小秃粉脸一扬，喊道：

"歪女子，回来，吃饭啊——"

小秃充满希望的声音掠过小村，跃过高山，群山回应："回来，吃饭啊——"

云上的饭店

袁省梅

张六九跳下三轮车，手里举着根麻花，说：

要是有钱了，我要在这儿开个城里最好的饭店。

话是说给他媳妇王凤凤的。王凤凤知道这是张六九的第一句话。每天到了麻花铺前，张六九说的第一句话就是这句。好像这句话成了他一天的开始。好像没有这句话这一天就没法开始。每天早起，张六九骑了三轮车收破烂时，第一个到的地方就是街头的这个麻花铺，买一根麻花给媳妇吃。刚炸出来的麻花，油呼啦啦的，飘着白腾腾的热气，老远就闻上了香。王凤凤喜欢吃麻花。王凤凤说，这世上没有比麻花好吃的了。就她的这一句话，结婚八年了，张六九给她买了八年的麻花。以前他们都在城里的大富豪酒店打工，酒店没有早饭，张六九每天早上爬起来，骑上车子，穿过大半个城，到城西这家麻花铺给她买根麻花，担心凉了不好吃，他就把丁零当啷的自行车骑出了摩托车的水平。

张六九说了第一句话后呢还有第二句。张六九的第二句话是：

开一个最有羊凹岭特色的饭店。

羊凹岭有凤凰岭，有状元坡，有百鸟朝凤和江山庙。羊凹岭的饭菜，能不好吃也由不了它。王凤凤也是这样想的。可是，今天，王凤凤嚼着麻花，想叫他别说了，天天就是这两句话，话说三遍都淡如水了，有这力气，多跑几个地方，年根了，家家扫尘，说不定能多收个东西多挣俩钱。可她嚅嚅唇，没有说，一声悠长的叹息却藤蔓般在心头爬，也无奈，也伤感。嘴上说说跟云在空中飘有啥两样？由着他吧。

说到饭店，张六九的眉眼飞扬开了。他说，肯定红火，你信不凤？肯定人人都喜欢。他的饭店在云中热闹了好一会儿，才骑了三轮车，叫王凤凤坐好，猛猛地大吼了一嗓子，走咧——王凤凤在车厢的编织袋上坐着，手边放着个拐棍。一次车祸中，王凤凤丢了半条腿，张六九坏了一只脚。肇事车至今也未找到。

张六九又指着麻花铺旁边的羊汤馆，说，咱可不开这种店，羊肉羊汤，呼呼啦啦的一碗，一点技术含量都没有，有什么劲？

这块地方张六九早就看好了，说是来往的人多，饭店生意肯定好。

当然是出事前。

出事前，张六九是大富豪酒店的厨子，王凤凤刷锅洗碗。面案、菜案上的活儿，张六九都能拿得出手。张六九说是攒够了钱，就开饭店，最起码不用雇厨子不用雇服务员吧，这就省了一笔。王凤凤问他钱呢？一说钱，张六九就没话了。张六九就低了眉眼，继续在饭店给人家打工。王凤凤心疼他，就说，给人家打工也好，少操心。张六九却不同意她的说法。张六九说，不想当将军的兵不是好兵，人活一辈子，不能没个想法。他说，要是咱自己的饭店，我就会开一张我喜欢的饭菜单子，我还会看人下菜，男人还是女人，老人还是孩子，做出不同的口味来，不高兴的人我要让他吃出高兴来，高兴的人我要让他吃出满足来，你信不凤。他们出车祸后，就再没去过打工的饭店。去，能干得了活？可是，张六九还是想开个饭店。张六九说，等过了年，咱手里的活儿一倒腾，就把这个麻花铺租下开饭店，麻花铺要搬到街头，不远，你啥时候想吃我啥时候买。张六九说，咱的饭店可不是一般的店……

寒风里，张六九突突地开着三轮车，和王凤凤说得也豪迈，也自信，是欢喜了。王凤凤呢，坐在车里，由着他云来云去，有时嗯一声，有时顾自看街上的热闹，也不理会他。张六九呢，满脑子都是他的饭店，走了好一会儿了，还在说他的饭店。

张六九说，咱的饭店就是卖馒头稀饭、油条豆浆，也肯定比别人家的好吃，有羊凹岭的特色呢，少说一天也能挣个二三百吧，一天二三百，一月下来能挣多少呢凤？你算算。

王凤凤没有算，她说，要是我的腿不坏，不至于二三百吧，咱还能多挣点。

张六九呵呵笑着，不怕，没事，慢慢来，再说了，多了咱也不挣，人活着，不是只图了个挣钱，你说对吧凤？

王凤凤怅然地叹息着，那咱也得先把借人家的钱还了啊。

张六九说，不急，急啥？过日子跟开车一样，低挡位起步，大油门爬坡，慢放离合，礼让三先，这样车才能跑快跑稳。

王凤凤乐了，可她却撇着嘴说，看把你能的，好像你开过车。

张六九说，三轮车不是车？

王凤凤咯咯笑了。

张六九听着王凤凤的笑声，他也乐了。街上人流车流，嘈杂热闹，可他看见自己的心哗地也豁亮，也轻松，是自在了。他就给自己也说了一遍，很重，很响。他说：

不怕，没事，慢慢来。

寒风里，王凤凤悄悄地擦了一把泪。

郑　大　脚

张中民

郑大脚刚嫁到村里时，除了脚大，谁也没注意到她有什么特别之处，之所以引起人们注意，是在她嫁来十几年后，当上牛马交易的中间人。

我们那里管牛马交易中间人叫"牛行户"，意指在牛马交易方面是专家。做牛行户须有过人眼力，既要懂市场行情，又要具有把握交易双方心理的能力，因此无论什么样的牛马牵到面前搭眼一瞧，就能估出这头牲畜的性情、口龄、干活出力情况，价值几何自然也就了然于心，只有这样才能在牛马交易中游刃有余左右逢源。做牛行户大多为四五十岁的男子，此类人多为牛把式出身，因在饲养牲畜过程中积累了一定经验，懂得牛马行情和性情。至于郑大脚是怎么入的这一行，没人说得清，不过当人们明白她的身份时，她已经成为当地有名的女牛行户了。

那两年，农村养牛户多，当牛行户是很吃香的。牛行户的收入一般按每头牛成交额的百分之三提，每成交一头牛，牛行户都能赚上二三十块交易费，一道会下来，一个出名的牛行户可以赚一二百元。

尽管郑大脚是女流，但在一帮男牛行户中，她照样可以如鱼得水地穿梭在牲畜中间，左看看右瞧瞧，一边看牲畜一边观察人，这样买卖双方就会围上来，要她出面。郑大脚也不推辞，甩着两片鸭掌似的大脚，拿眼抢着双方脸色，先听他们意思，然后把随手带的大檐草帽向下一遮，像身经百战的高手那样，伸出胖胖的指头拉住买卖双方，开始在草帽下进行讨价还价，三两下生意就成了。如果一时不能成交，她会拉住双方的手在草帽底下多"商量"几次，然后像个男人似的拍着双方肩膀，劝慰两句，一桩牛马生意就此成交。

农村牛马交易会多，差不多每月都有七八个，因此郑大脚每月都有一份不菲的收入。几年下来，她家添置了冰箱、彩电、洗衣机，就连空调和热水器这些只有城里人才享用的奢侈品也被她买回来，日子过得很红火！

后来随着外出打工的增多，农村养牛户少了，牛马交易也大不如前，加上两个孩子正在上中学，个个都要花钱，郑大脚不免有些焦躁。

当地牛马交易生意不好，外地情况怎样？郑大脚决定出去看看。那年收完秋，她就只身一人去了陕西。

两个月后，有人看见郑大脚风尘仆仆地回来了，还是那副样子，只不过身边多了个三十多岁的妇女。郑大脚对别人说，陕西那里虽然穷，但是牲畜交易还不错，她决定下一步要转战西北。有人问起身边的女人，她神秘地笑了笑，这是我在西北认识的朋友，听说咱这地方不错，想来看看，我就把她带过来了。再看那个妇女，三十多岁，白净皮肤，中等身材，人长得蛮漂亮，只是样子看上去有点儿痴。听郑大脚说自己，她转过脸显出害羞的样子。

郑大脚在家待了几天就走了，走时却没见到和她一起来的那个女人。

那年冬天，郑大脚又回来几次，她每次回来都带回一两个女人，她们年龄大小不一，其中两个还是十七八岁的小姑娘，郑大脚把她们带回来仅仅几天工夫就把她们给打发了，至于她们去了哪里，没人能说得清。

过年时，郑大脚家添了些高档家具，而且给全家人买了身新衣服，此外她还给自己买了部手机。有人没人，她都要拿出来看看，有时也会放在耳朵上，像模像样儿地打上一通，然后学着城里女人的样子，娇声娇气地对邻居们说，哎呀，有手机真方便，你看，几百里远的朋友，打个电话就把年给拜了，这东西神奇！

刚过完春节，郑大脚又出门了。不久她一下子带回来四个年轻女孩儿，这些女孩儿在郑大脚家只过两个晚上就走了，几天后，郑大脚又独自去了西北。不过这次走后大家再没见过她。

有人问她丈夫，王老大，你老婆这次去哪儿了，怎么走了这么久都不见回来？

郑大脚的丈夫看了大家一眼，不屑地说，她就是闲不住，临走时说这次准备去青海、甘肃和宁夏看看，她说那里牲畜交易市场大，这次打算在那里多待段时间摸摸行情，如果有可能，她想把那里的牛马往内地运，将来做牛马贩运生意。

啧啧，看人家郑大脚，不但会当牛行户，而且还会贩卖牲畜，真了不起！邻居们对郑大脚充满了敬佩。

然而没过几天，一辆警车带着辆大卡车开进村里，径直来到郑大脚家，接着从车上下来两个公安，他们指挥着大卡车上的几个人，很快从郑大脚家抬出冰箱、彩电、空调和沙发、柜子等物，装了满满一大车。临走时，其中一名公安教育郑大脚的丈夫，你妻子郑青枝涉嫌拐卖妇女，现已被公安机关抓起来了，我们今天来是没收她非法所得赔偿那些受害者。

听说郑大脚是人贩子，围观的群众不由面面相觑……

余婆婆的岛

赵悠燕

突然间，小岛上蜂拥着来了很多人。

这是一个逼近夏季的日子，上岛的人穿着短袖短裤，戴着凉帽，姑娘们穿着花花绿绿的裙子，白花花的胳膊和大腿晃得余婆婆几乎头都晕了。岛上清凉，余婆婆依然穿着玄色的长衣长裤。

自从儿子媳妇去城里打工后，这座岛上只剩下像她这样七八十岁不愿挪身的老头老太。

岛上变得越来越清净，白天，余婆婆做完田头的活，就去砍一些柴火回来。她的身子还算硬朗，所以拒绝了儿子媳妇要她跟他们去城里的要求，她知道他们过得也难，城里房子奇贵，他们那点钱只好租个房来住，她不去做他们的累赘。

鸟儿又唧啾起来了，余婆婆抬眼望去，青翠的松树上一只小松鼠快活地跳来跳去，看见余婆婆也不避。余婆婆对小松鼠说："你看看你看看，这些人打哪儿来的啊，这里有什么好看哦，就一些七八十岁的老头老太婆，就这么一座孤零零的岛。"

有人声传来，几个男孩女孩惊叫着："快来看哪，这儿有好多鸟。哇，还有只小松鼠呢。"

鸟儿见这么多人，唧啾了一声"扑"地飞走了。

"陆华年，去捉来送给我嘛。"

被喊作陆华年的男孩作势去抓小松鼠，男孩女孩兴奋地尖叫。小松鼠在树枝间跳来跳去，终于失却耐心，"嗖"地一下溜得无影无踪。

男孩女孩站在山头往下看，阳光下的大海宛若玻璃晶莹剔透，金黄色的沙滩像一只煎熟的鸡蛋饼。

一个女孩用嗲嗲的声音拉着余婆婆问："老婆婆，这些是什么树哦？"

她可爱清新的模样让余婆婆想起了自己的孙女，她笑眯眯地指点着说："这是铃木、野桐，那些是小槐花，你说那些草啊，这岛上都是啊，大多是茅草。姑娘，你们来这里干吗？"

"旅游啊。老婆婆，这里好美哦，空气好，景色美，我真不想回家，在这儿当一回神仙。"

"神仙？"余婆婆笑了，"我在这儿住了快八十年了，要成仙早成仙了。"

"哇，老婆婆，你有八十岁了，真看不出，你身子还这么硬朗，看起来比我妈精神多了。"

那些年轻人嘻嘻哈哈吵吵嚷嚷地走了。

过了些日子，在城里打工的一些年轻人陆陆续续地回来了，他们进岛出岛忙忙碌碌，岛上热闹起来了。

不久，儿子媳妇也回来了，他们跟余婆婆说现在这座岛被外面宣传为仙岛，那些大城市里的人被雾霾吓坏了，说在这儿可以洗洗肺呼吸新鲜空气，就像一部被锈蚀的机器来这儿擦锈上油呢。

他们把原来的老房子翻修了一下，然后隔成一个个独立的房间，在里面装了电视、空调，铺上地板，还有崭新的大床。

第二年的夏天，岛上又热闹起来了，余婆婆家的房间全被那些蜂拥而至的游客订满了，那些没地方住的人只好在岸边平缓的礁石上搭起了帐篷，余婆婆的儿子从批发市场批来一些帐篷卖给那些游客。

他们除了提供住宿，还供应饭菜，余婆婆平时在田里种的菜被当作绿色食品上了桌。余婆婆跟儿子说，海里捞上来的鱼虾，田里种的菜不该卖这么贵的价给人家。

儿子说，你瞧瞧，看他们吃的那个高兴样，有哪个嫌贵啦，咱怕还来不及供应呢。

岛上的旅游旺季一般从五月六月开始至十月底结束，所以，其余半年的时光，儿子媳妇就住在城里不回来，他们在城里买了房，还买了汽车，劝余婆婆跟着他们去城里享享福。余婆婆住了十天后就逃回家来了，她觉得住哪儿都不如在这岛上过的日子快活自在。

春天的时候，余婆婆忙完田里的活又上山去了，她已经有好久没看见那只小松鼠了。自从岛上涌入了那么多人后，她再也没有见过它。唉，真搞不明白，这儿有什么好看哦。

余婆婆想起以前过的清净日子，叹口气，摇摇头。她知道，自己再也回不到过去那样的日子了。

毕业季的最后一课

墨　村

这是远事，远在四十年前那个炎热的夏季。

城里的少年忽然心血来潮，要到大山里的外婆家体验一份清凉。

那年毕业在即，心情激动的我们喜忧参半。教授目光睿智地在黑板上写下了一行遒劲大字：自信和勇气无坚不摧！然后用惯常的语调悠悠开讲。

教授说，中巴客车在山中绕了半日，便卧在一个小镇上不走了。

终点站到了。

少年于街边匆匆吃碗米粉继续赶路。天已过午，还有二十多公里的山路，等待着少年的一双脚掌去一一丈量。

羊肠小道曲里拐弯，弯来弯去，一个下午就弯没了。

精疲力竭的太阳走了一天的路，已显病态，煞白着一张虚幻圆脸，卡在大山的豁口上，不停地喘息。一阵风起，数十只归巢的鸟群疾射而出，唰唰唰，从太阳脸前一闪而过，鸟群纷乱扇动翅膀的阴影，与呼儿唤女的嘶喊，惊得太阳身子一个侧歪，一骨碌便不见了踪影。

天，陡然就黑了。

四起的山风鬼哭狼嚎，引来了可怕的雷雨。

少年慌不择路，像一头受惊的小兽，借助刺目的枝状闪电，在狰狞的乱石与山林间，跌跌撞撞，左冲右突。

雨越下越大。跑丢了鞋子的少年浑身透湿，脸与手脚被无处不在的荆棘和比比皆是的尖石划割得鲜血淋漓。少年不管，早已迷路的他认准一个方向，只一味地奔走……

夜半时分，几近绝望的少年终于发现了一座亮着灯光的小木屋，爬卧在森林边。

少年踉跄着扑至近前，刚欲抬手敲门，忽然又犹豫了，素不相识，少年担心遭遇闭门羹，只好双手抱膝蹲在了屋檐下。

凄风苦雨中，少年又冷又饿，浑身发烫，嗓子渴得冒烟，痛苦不堪的咳嗽声终于惊动了屋主人。随着一声门响，一大片温暖亮色泼洒而出。

主人是一个黑瘦的老头儿，他把少年搀进了屋，一边给少年熬驱寒的姜汤，一边不解地说："我一个人在这深山里看护山林，你咋不推门进屋呢？我这门从来都不上闩……"

好了，教授说，我现在可以告诉你们了，多年前那位迷路的少年，就是眼下正在向你们讲述这个故事的我。教授说，生活中到处都是虚掩的门，人们在经过一番拼搏之后，往往缺乏自信和勇气，殊不知，你只须调整心态，鼓足勇气，就那么轻轻一触，成功之门就会应声而开！这，就是今天我要讲述这件早年旧事的理由所在。

腊月里，办大事

王东梅

刚进腊月就下了两场雪，一场下在初一，一场下在初二。下完雪，天更冷了，人站在雪地里哈一口气，那哈出的气立刻就被冻住了。吓得人们就不敢再多说话，生怕话说多了，一不小心会把舌头也冻住了。这种天最好的法子就是猫在屋里不出来，可偏偏这个时候俺爷死了。

俺爷是凌晨三点死的，死的时候闺女儿子，孙男娣女，一个不缺，都守在身边。俺奶说，老东西有福啊，这种鬼天，孩子们都是拼了命来看他最后一眼的。俺爷死得很安详，安安静静地躺在那，就像是睡着了。可是，一张嘴却张得老大，俺奶说，俺爷是在要上路的干粮。说着，俺奶就从点心匣子里摸出一块点心，塞进了俺爷嘴里。回身，对儿女们说：老东西走了，你们都哭哭吧。

一时间，哀声四起。

俺爷是临死前的头一天才被搬到俺家来的，在这之前俺爷和俺奶一直住在老叔院里。老叔是俺爷最小的儿子，年初才娶上媳妇。

俺爹说，搬我院里来吧，办大事，方便。

村里有不成文的习俗，看谁家日子咋样，得看他家老（死）了老人办事的场面有多大。那些年，俺爹是远近闻名的万元户。

磕了孝头，管事的总理就来了。俺爹和总理说要办大事，办村里最好的大事。棺材要松木的，巴掌厚。要穿大孝，子侄辈都要有孝褂孝裤。席面要十二八的大席，带全村的乡亲。锣鼓队要全台，纸车纸马要全套。停三天的灵。俺爹说，怎么好看就怎么办。总理一边听俺爹念叨一边掐手指头，完了，对爹说：还用你一家子商量商量不？俺爹说，不用，俺能做主。

总理吩咐下去，一会儿工夫，棺材拉来了，纸车纸马摆上了，锣鼓队也吹打起来了。灵堂里，男人们在左，女人们在右，白花花跪成一片，俺爷的大事就办起来了。

其实三天的大事，头两天只是吊孝和守灵。

头一天，俺奶坐在俺家炕上，喝了一碗俺娘亲手熬的粥。粥里有大米，有小米，有红豆，黑豆和绿豆，还有大枣和花生。俺奶喝完粥，对围在身边的我的几个姑姑说，不用管我，去陪陪你爹吧，他养你们一群不容易。你们要是有孝心，就多哭他几声。

那一天，吊孝的人来来往往，几个姑姑只顾哭得撕心裂肺。

可是，第二天一早，大姑就不哭了，看大姑不哭，二姑也不哭了。大姑对三姑和四姑说，爹是你们的亲爹，你们得多哭。

俺奶是俺爷的续老伴，大姑和二姑是俺奶从那头带过来的。

三姑和四姑听了大姑二姑的话，伤心地哭起来。

哭声惊动了俺奶，俺奶从炕上跳下来，抄着笤帚疙瘩追着俺俩姑满院子地跑。笤帚疙瘩雨点般落下了，俺奶的骂声也潮水般涌上来：没良心的东西，不是亲爹，供你们吃供你们穿，不是亲爹，养你们这么大。你们亲爹，管了你们啥？大姑和二姑羞得捂着脸，嘤嘤地哭，拍着棺材板，一声连着一声地叫亲爹。

那天的锣鼓班子竟吹了一出《百鸟朝凤》，师傅说，俺爷八十而终，是喜丧。

夜里天冷，姑姑们都去屋里睡了，灵堂里就留下俺爹和俺叔。哥儿俩靠着俺爷的棺材避风，俩身子挤在一块堆儿。俺爹问，冷不。俺叔说，不冷。

虽说是弟兄，其实哥儿俩却差着二十几岁。俺爹是俺爷先前老伴留下的，俺叔是俺爷和现在的俺奶老来得了的老儿子。弟兄俩，同父异母。

俺叔问，哥，花了多少钱了？

俺爹说，不用你管。

俺叔说，哥，俺长大了。

俺爹说，再大，也是俺弟。

烧过鸡鸣纸，俺爹对俺叔说，别和你嫂子说。

俺叔点点头，一串眼泪就掉了下来，趴在棺材边，俺叔和俺爷说：爹，你放心走吧，有我哥照顾我。

锣鼓班子吹过秦雪梅吊孝，就要出大殡了，俺奶却在屋里开了声。俺奶哭得老泪纵横，浑身抖成一团。俺奶哭俺爷，说俺爷心太狠，一撒手就啥都不管了，留下她老婆子，以后的日子可咋过。

闹嚷嚷的出殡队伍顿时安静了，目光一起聚向俺爹和俺叔。

俺爹从俺爷的灵前爬起来，跪在俺奶跟前：俺爹走了，以后您就是俺亲娘。

俺奶发出一声凄厉的哀号，喊一声，俺的儿啊。

出殡的队伍前，俺爹举起瓦盆重重地摔在地上，叫一声：爹，上路了。送殡的队伍随着俺爹手里高举的招魂幡浩浩荡荡向墓地走去。锣鼓班子跟在队伍后面，又吹起了《百鸟朝凤》。

俺爷死的那天是腊八，俺爷没喝上那年的腊八粥。

留守的三娘

薛培政

风乍起，天转寒，燕子又南飞了，留下了房梁上那个空空的燕窝。

房梁下，藤椅上，坐着孤零零的三娘，望着空了的燕窝痴痴地发呆。

三娘老了，真的老了，老得就像村东头那棵老空了树干的槐树。

三娘的家就在老槐树下，老了的三娘守着比她还老的那座宅院。

老宅是座青砖灰瓦的院落，院内房屋廊道相连，雕窗画檐，虽已斑驳老旧，依然显现着当年的辉煌。空旷的院落里，遍地长满了杂草，平时除了三娘进出外，很难闻到人气，看上去尽显凄凉。

守着老宅的三娘，越来越懒得动弹了。

头些年，白天天晴的日子里，三娘还喜欢挂着拐杖到老槐树下去扎堆儿，和那帮老头老太们唠嗑，听听村里的逸闻杂事，说笑间解个闷儿，倒也打发了些许时光。

可后来能扎堆儿的人越来越少了，今年又老了好几个。

偶尔走到大门外的三娘，手搭凉棚东看看、西望望，半天见不到个人影儿。除了有时能与隔壁贵他娘打声招呼外，一天里难得与人说上几句话，都快变成哑巴了。

"你们住的这个窝啊，是生俺石头那一年老燕子衔泥垒下的，还是添俺瓦块那年才有的？俺家石头属猪的，过罢年就五十七了，都当爷爷了。你们燕子啊，也是代代繁衍相传，可谁知道你们是第几代子孙哪——"到了晚上，山村里鸦雀无声，三娘越发觉得孤独，就对着房梁上的那窝燕子说话。

"唉，俺可管你们是第几代呢，反正每年回来的燕子啊，都是来和俺这孤老婆子做伴的，俺都把你们当成自家的孩儿一样亲哩。"三娘对着房梁上那对眨巴着小眼睛的燕子说完后，便呵呵地笑了起来。

三娘可喜欢燕子了。她说燕子最念旧情，即便是飞越千山万水，不论到哪里过冬，都能找到回家的路。每到春暖花开的时候，它就会准时飞回来。

每年燕子归来后，头几天里总要进进出出叼泥衔草修补旧巢，那个仔细劲儿，让三娘看得眼热："连燕子都这么恋家，为啥俺的孩儿们一离开家，就不愿回来了？宁愿在城里日子过得紧巴巴的，也不愿回到乡下来，多好的宅院啊，硬是没有人住了——"说着说着，三娘的眼泪就落下来了。

　　三娘的几个儿女，只有到年根了，才会举家带口像燕子归巢似的回到她的身边。那几天里，三娘快活得不得了，虽说腿脚不灵便，却总也闲不着，从早到晚就落个笑了。可这样相处的机会太少，一年里就那么几天，还没等三娘稀罕够哩，吃过破五的饺子，又会无奈地望着儿孙们，像过冬的燕子一样一个个又"飞"走了。

　　也许儿女们与三娘想的不一样，以前，儿女们也曾把她接到城里生活过，可她总觉得住不惯，过不上多少日子，就吵着要回家，不回家头疼的老毛病就会犯。往后，儿女们都拗不过她，就由着她住在老宅里了。

　　住在老宅的三娘，由这窝燕子陪伴，多少觉得有个依靠。每天清晨，三娘起床做的第一件事，就是将外屋的房门打开，好让燕子飞出去觅食；傍晚，吃过晚饭的三娘上门前，也总忘不了朝着房梁上的燕窝里看看，见到两只大燕子进巢入宿了，才插上门闩。

　　入夜，坐在床上的三娘，老眼昏花地望着房梁上的燕窝，听着燕子那声声呢哝，心情便如同过年那几天与子女相处一样，感到既温馨又踏实，就觉得屋子里充满了生机，又像个过日子的人家了。

　　从南方过冬归来的燕子，过不上多少日子，便不停地飞进飞出，三娘知道它们快要孵雏了。果然没几天，就见燕窝里叽叽喳喳露出几个小脑袋来，两只大燕子就更忙了，每一次归来，都把捉到的虫子喂给那一只只小燕子。

　　"唉——都是一样的心情啊！"每当见此情景，三娘就想到了她和那死老头子拉扯子女的不易，心里不免酸溜溜的，可叹老头子没福气啊。

　　花开花谢，燕来燕归。在燕子南归不久的一天深夜里，三娘就像一盏熬干了油的枯灯。弥留之际，老人那双空洞无神的眼睛，还在吃力地朝房梁上张望着，嘴一张一合的，像是在说着什么。儿女们都以为她还有放心不下的事要交代，一个个赶忙蹲下身子，把耳朵贴在她的嘴边倾听着，断断续续听到的竟是："来年——谁——给燕子——开门——哪……"

双峰寺传奇

吕啸天

　　梅城双峰寺是一座有着五百年历史的古寺。古寺建在双峰山上，山寺很小，只有一座大殿和两间禅房。最令人称奇的是数百年来，整个寺庙一直保持两人的格局，一位住持与一位僧人在度己度人度世之中奔忙。

　　清光绪三年三月，富豪海万富来到双峰寺求见住持笑痴大师。海家在梅城经营商号和盐业，年过半百的海万富在商海中打拼了三十余载，挣下了万贯家财。富甲一方之后，海万富结交权贵，常常仗势欺人。又先后纳了三房妾氏，在妻妾成群中过着纸醉金迷的日子。

　　"老夫每日吃着山珍海味，外出办事几十名家丁伴随左右，回到府上妻妾争相献媚示好，这本是许许多多的人梦寐以求的日子啊。"海万富叹了一声对笑痴大师道，"人心无度，这样的好日子一长，老夫也过得麻木了，找不到太多的乐趣。相反还有一种行尸走肉的空虚感在纠缠逼迫老夫的内心。与其如此，老夫决定换一种活法，就是想到贵寺带发修行一段时日。"

　　"施主有心修行，乃施主之福，梅城百姓之福。"笑痴大师宣一声佛号道，"只是敝寺自创立以来，已立下寺规只能容纳两人。施主有心修行可选其他寺院。"

　　见到笑痴大师婉拒了自己的请求，向来说一不二的海万富顿生不快，又道："老夫不会白吃白住，若能了了心愿，将会捐出一笔银两重修整个寺庙。"

　　"多谢施主美意。但是寺规代代相传，老衲断不能破例。"笑痴大师一口回绝。回过头叫弟子了余送客。海万富一张胖胖的脸变得无比阴沉。

　　送走海万富，了余回到大殿，对笑痴大师说："师父，您不是准备筹资重修寺院吗？答应了海万富的请求，再修寺庙就不用劳心费神了。"

　　笑痴大师却说："坚守寺规比重修寺庙重要千百倍。"

　　一转眼十几天过去了。这天傍晚时分，一个年近三十的男人来到寺里。男人神色慌张，身上的衣服沾了不少血迹，一进门就跪在地上大叫："大师，救我！"细问之下才知道中年男人是一个菜农，长期遭受菜市菜霸的欺压，忍无可忍持刀将菜霸砍成重伤。为逃官府特别是菜霸的追杀，只有遁入空门。

　　"恩怨无期，我佛慈悲。"笑痴大师为中年男人剃度，取法名了愚。

　　了余百思不解，对笑痴大师道："师父您这样做，不是破了寺规吗？"

　　"佛法圆融，救人为上。"笑痴大师向了余道，"自今日始，你下山当游方僧人。"了余遵师命下山化缘去了。整个寺庙还是保持两个人的格局。

　　十几天又过去了。这一天，有一个年过四旬长着一脸横肉的男人来到寺里，对笑痴大师道，他是在街边卖肉的张屠夫，酒后与同在街边卖肉的韩屠夫发生口角，失手把对方打死。官府在通缉他，韩屠夫家人也派人追杀他，扬言只要找到他就白刀子进红刀子出，走投无路，跪求大师收留。

　　笑痴大师与双峰寺面临一场严峻考验。笑痴大师思虑了许久，还是为张屠夫剃度，取法名了尘。然后他让才出家十几天的了愚代理住持。笑痴大师自己下山做游方和尚去了。整个寺庙还是保持两个人的格局。

再说笑痴大师下山之后，想方设法去找韩屠夫的家人，想为死去的韩屠夫诵经超度。但是苦找多时，却没有他家人的半点儿消息。笑痴大师年岁已高，在双峰山下化缘，风餐露宿，几个月后染上了风寒，病得很重。正在山下化缘的了余闻讯，在一处旧窑里找到了笑痴大师。了余又是难过又是着急，劝师父马上回寺庙养病。笑痴大师却回绝道："与代代相传的寺规比起来，师父这点儿病算不了什么。"

笑痴大师的病情加重时，海万富带着梅城的名医找到他，为他开诊问药。海万富一脸羞愧，对笑痴大师道："大师剃度的两位弟子是海某花钱雇请上山给大师出难题的。大师不辞劳苦不惜牺牲贵体以决绝的态度坚守寺规，令海某敬佩万分。"海万富于是让了愚、了尘还俗，又出资重修双峰寺，再把笑痴大师和了余师徒请回了寺里。

了余感到发生的这一切不可思议。他问笑痴大师："师父，这一切是不是因为严守寺规得到的福报？"

笑痴大师却道："万法归源，门规当守。"

死亡的预言

赵淑萍

我的朋友参加了贾医生的追悼会。贾医生生前是江城的一家私人诊所的坐堂名医。许多居民自发前往殡仪馆，他们都曾是贾医生的病人。

我的朋友跟贾医生的关系尤为密切，因为，他父亲最后的一段日子，就是贾医生上门治疗的。那是三十多年前的事了。当时，贾医生只是一名普通的医生。

病急乱投医，朋友的父亲去了多家医院，都查不出确切的病因。吃了好多药，打了好多针，都不见好转，索性卧病在家静养。有一夜，病发得厉害，就近唤了贾医生。

朋友的父亲在民间很有名望，一直搜集、研究江城的历史文化。包括贾医生的一些民间药方也是在他那里无意中学的。有一次，我那周岁不到的儿子，哭闹折腾了整整一夜，还伴有发烧。请来贾医生，他在孩子的袖子上别了一枚缝衣针，又让服了他自己配制的粉状药，不久，孩子就安静下来，还退了烧。

我想，那枚细小的针，相当于一把宝剑。我甚至还想，贾医生会点儿小巫术吧。

贾医生对我朋友的父亲无微不至地关怀，每天早晚都来查看病情，过问饮食。那时，我朋友尚未结婚，整天陪护着父亲。终于，有一天，贾医生悄悄叮嘱："准备后事吧，你爹一个礼拜后就要走了。"

朋友的父亲面对死亡相当坦然，一周后的早晨，朋友给父亲喂米粥，仅一调羹米粥，还没咽下，父亲就断了气，表情安详，没有痛苦。

之前有多位医生诊断、治疗，包括贾医生，都没能让朋友的父亲病情好转，但是，在朋友的眼里，这种对死亡准确的预言比之前所有的治疗都重要。起码，父子俩都知道了大限之期，在死亡到来时都表现得比较从容。

朋友的父亲按贾医生的预言"准时"走了，这证明了贾医生的能耐。从此，贾医生名声大振。朋友对贾医生，也由感激升华为敬佩。

贾医生病重时，我就想，他能预言别人的死期，对自己的死期能预言吗？俗话说："瞎子难算自个儿命，医生难看自个儿病。"贾医生诊治过无数名患者，最终，救治不了自己。

也像贾医生当初探望自己的父亲那样，朋友一早一晚都去探望贾医生。贾医生拒绝上医院，他对朋友说："一个礼拜后我就去跟你父亲相聚了。"

朋友向单位请了假，也像对父亲那样陪护在贾医生的床头。朋友是个孝子，他采用这种方式表达感恩之情。

一个礼拜后的早晨，贾医生突然有了精神。朋友希望贾医生的预言破灭，还以为贾医生病情有了转机，其实是回光返照。他的手已发凉，不过，他的眼睛，瞬间亮了，像一缕阳光照进了暗屋一样。知道贾医生要交代遗嘱了，朋友甚至拿来了纸和笔。

贾医生微微摇摇头，示意其他人出去，只留下我朋友一人。朋友说："贾老，您有什么话就说吧。"

贾医生说："我感谢你爹，我能有现在这样所谓的名气，全靠你爹。"

"不，我爸爸最后的日子，多亏您的医治和安慰。"

贾医生又微微摇摇头，轻轻地说："你爹比我高明，他感到了自己的死期，成全了我。由我向你发布了死亡的消息，所有的人都以为我很高明，其实，我是一个平庸的医生，我掌握了几个民间偏方，也只能对付一些普通的病。你爹用死亡的消息抬举了我，我也想不到，那以后，我会有那么大的名气。原来，人对自己的死亡，往往有预感。"

说完后，贾医生舔了舔嘴唇。朋友赶紧用纱布蘸水，给贾医生润一润嘴。

贾医生张着嘴，闭上了眼睛。他脸上的表情非常安详，在说出了这个积压多年的秘密后，他似乎如释重负，走得很轻松。

因为夏季天热，第二天早晨就去了殡仪馆，想不到，居然有那么多人已闻声赶至，而且，人们也提前获悉贾医生对自己的预言。我想，最后，贾医生又用死亡的预言加强和维护了自己的名气。

可是，朋友不那样认为。他说，他父亲死后的多年里，贾医生将他父亲搜集的资料看了个遍，包括好多民间的病案。

烙　饼

魏益君

那天，荷花正在烙饼，村里的张婶来串门儿。聊着聊着就说到了镇里的电子厂吸纳民间存款的事。荷花问："你存了吗？"

张婶说："我存了十万，半年后，光利息就将近两万呢。"

张婶走后，荷花就开始走神。这时，锅里的饼开始膨胀，荷花将饼翻过来，这一面已经烙得嫩黄油亮，散发着诱人的香味。荷花想，这攒钱不就像烙饼吗，你不烙它永远只是薄薄的一块面，只有烙了，才会变得又大又好吃。俺和男人这些年打工攒下了二十多万，如果都放进电子厂，半年利息不就是三万多吗，这可是男人在外打工半年的收入啊。

第二天荷花就来到电子厂一看究竟，这一看，还真让荷花兴奋了，她看到有不少人来存钱办手续。

出了厂子，荷花一咬牙，把二十万全提出来，存进了电子厂。

那以后，荷花总喜欢烙饼，烙饼时还眉飞色舞，看到一张饼被烙得由薄变厚，变成了好看的颜色，荷花就仿佛看到了花花绿绿的钞票。

冬天变冷的时候，男人打工回来了，又挣回来不少的钱。荷花接钱时就神秘地说："过段时间，我也给你个惊喜，咱家今年要发了！"

借款合同快到期的时候，荷花隐隐约约就听到一些关于电子厂不好的传言，听得荷花心惊肉跳。

这天，好容易等到存款合同到期了，荷花跟男人说了一声出去办点事，就忐忑不安地来到电子厂。走进厂子，荷花就有了一种不祥的预感，厂子里没有了昔日繁忙，财务室的门也紧闭着。打听传达室的老人，老人说工人都放假了，老板不知去向，派出所以涉嫌非法集资和欺诈正在找他呢。

出了厂子，荷花有点天旋地转。出了这样的事，她没脸回家，不知不觉来到村头的水库边。河面的风已经有了刺骨的凉意，荷花没有感觉到冷。她悔恨交加，不自觉地，腿向前迈去。

"荷花，你干什么呢！"男人冲上前抱住她。荷花看到男人，泪水再也控制不住，大哭起来。

过了一会，男人安慰荷花："钱没了咱再挣，可不能想不开啊！前几天听你说要给我惊喜，我猜你肯定把钱存电子厂了，今天见你神不守舍地出去，就知道你准有事。"

荷花脑子还是转不过弯："那可是咱十几年的血汗钱啊。"

男人说："行了，行了。别再想了，派出所不正在追查吗。我饿了，回家烙饼吧。"

荷花一听烙饼，像被毛虫蜇了般大叫："我不烙饼！"

男人诧异："你怎么了？"

荷花愣怔半晌：是啊，烙饼没罪啊，错的是我的贪心和糊涂。荷花说："对，咱回家烙饼，我要好好地烙几张饼，吃饱了咱使劲挣钱！"

荷花拉着男人向着村子的方向大步走去……

男人或女人

赖燕芳

深夜，我才下班，拖着疲惫的身躯，身影在淡淡的月色中显得格外孤单。公司内大堆的文件、大堆的材料好像永远都整理不完。没完没了的工作，毫无头绪的忙碌，致使我的家庭似是而非了。

回到家里，一头栽到床上，失魂落魄的躯体总算短暂的安歇。当我醒来时，感到全身轻松自如，有使不完的劲，整个人也变得兴奋莫名。

卫生间里灯不亮了，我一个人风风火火地扛着扶梯爬上爬下，更换好电灯泡；水龙头坏了，我拆卸了重新维修好。我把家里打扫得干干净净，只等着老公回来给他个惊喜。

门打开的一瞬间，老公却惊愕失色，整个人吓得身子踉跄着后退数步。

"你是谁？赶快离开我家！"

他颤抖地尖叫着，还拿出手机，手哆嗦地拨打着电话。

"我是你老婆啊，你开什么玩笑？"

"老婆？你疯了吧！小偷，你冒充我老婆也没用！"

老公一步步往后退，退到厨房拐角处，猛然抓起厨房里那把明晃晃的菜刀，对着我的方向乱晃。

我怀疑老公在外受到了极度刺激，大脑有些错乱。

"别，别，你听我说，你是李冬明，今年三十一岁，在电视台上班，是不是？"我顿时慌了，焦急不已地哭诉道。

"你这个小偷，了解得还不少，踩点踩得好，可你还是赶快滚吧，否则，别怪我不客气，我要报警了！"他眉头一皱，提高了嗓门，又瞅了我一眼，对我有深深的警惕和戒备地说。

我一听更急了，整个人不知所措，我突然孔武有力地扑向老公，边哭边拉扯他的领口，又紧紧攥住他冰冷的手心，他猛地用力把我推开，手中的菜刀几乎砍在我的身上。我的心倏地一疼，觉得老公可能是受到别人的蛊惑，谜团一时难以打开。我深深地凝视老公片刻后，只好怅然地离开这个家。

此刻城市的街道热得滚烫，昏昏沉沉，发闷，没有一丝丝的风，我失神地在街道上漫无目的地游荡，路人却用怪异的目光看着我。

我走到一家珠宝店前，锃亮的玻璃镜面映射出一个陌生而怪异的面孔，我惶恐不已，几乎要昏厥了过去：婀娜多姿的女性柔美身躯已消失殆尽，下巴赫然长出了胡茬子，喉咙处长出一个喉结，雪白肌肤变成古铜色。这难道是我？这个人是我？！我失声叫道。

一道粗犷的声音从牙缝中传来，这样的我老公怎么可能认得出来？！刹那间，我被不幸砸得晕头转向，只觉得整个人都孤独无助。

深夜，我只好到一家酒店栖息，关了灯我蒙着被子呜呜痛哭，泪水打湿了枕巾。我抬头凝视着黑暗，突然感到自己不过是被生活摆弄的可怜虫。原来的我也是小鸟依人的女人，在日复一日，年复一年的激烈竞争中，为了兼顾好家庭和事业，我在繁重的忙碌中喘不过气来，恨不得有三头六臂，慢慢成为女汉子。家庭料理妥当的同时，工作上更是老板倚重的得力助手。繁重的工作和生活，这一切都构成了我全部的生活内容，每天如芒在背，我想这就是我变异的原因吧，只怪自己活得太用力。

这个时候，酒店房间的电视上正播放着一则寻人启事：

寻妻，芳龄28，走失时身穿绿色外衣，短头发，西装服，如有见者速联系，重酬！

寻人启事还附有我以前女性时的甜美照片，那又如何，李冬明已走失了我，我整个人布满了死气，心被深切的悲哀所攫住，世界已容不得我这样的怪物生存了吧，已经没什么事值得我等待，不久我将悄无声息地离开这个世界。

我站在奔腾不息的江边，寒风刺骨地吹来，雨点扑闪在我的眉毛上，模糊了我的视线。

"这位先生，请问你有什么心事想不开吗？"一位白发苍苍，佝偻身躯的老伯在我身旁嚷道。

"我变成了一名男人，老伯，你看到了吧，而我原本只是一名女人。"我对这个老伯哭诉着，我猜他不相信我的浑话。

"男士，哦，原来你是女士？真的吗？"老伯掩抑满脸的惊奇，声嘶力竭地大声说道："我终于在这个世界上碰到你了，我一直在寻觅中，哈哈，我成功啦，再也没人敢鄙视我啦！！"此时，他的眼睛特别晶亮，唇边掠过一丝胜利者的笑意。

这个怪老头竟然相信了我的话，我的哭声戛然而止。

"我一直相信，随着社会发展，女人在不能承受生命之重时，会进化为男人，终于给我寻觅到这样的人了。"他拉起我的手，看我如看艺术品一样庄重。

几天后，电视中播报一则新闻：在一个世界人类研讨会上，著名的老科学家对着一名男士啧啧赞道，这个人是人类最早从女人进化为男人的，接下来将对他深入研究。

我成为一个名人，成为科学家竞相研究的对象。老公也认出了我，不过我已不需要男人了，从此切断了和他的一切联系。

一天，在大街上，一男一女从我身边走过，这个女人含嗔地娇斥着身旁的男友。我嫉妒那男的，真想上去揍他一顿！幸好他们没在我面前停留。顷刻，又看到一名美女路过，我忍不住向她吹了一声口哨。

想 坏 一 回

杜书福

王跛子和刘可儿过起了天天在一个屋檐下的生活。但这样的婚后日子过久了又感觉很平淡，王跛子就觉得少了点儿什么。

有一回，王跛子看到一本书上说，结了婚的男人，十个有三个经常做坏事，有三个偶然做坏事，有两个好想坏一回，有两个因病因老坏不了。

王跛子对着那本书想了好久，觉得自己还是那种好想坏一回的人。

王跛子好想坏一回，可是王跛子却没办法坏一回，因为刘可儿经常和王跛子在一起。

有一天，刘可儿所在工厂要派她出一趟差，至少一个星期时间。

王跛子就忽然兴奋起来，很高兴地帮刘可儿收拾东西。

　　刘可儿看着王跛子忙进忙出，就开玩笑地对王跛子说，你不是想趁我出差的时间去坏一回吧？

　　王跛子就说，哪会呢，我王跛子是那样的人吗？

　　刘可儿很不舍地抱了王跛子说，谅你也不敢，要是敢坏，看老娘回来怎么收拾你。

　　刘可儿就出差去了。

　　第一天晚上，王跛子一个人睡在大床上，王跛子想，到哪里去坏一回好呢？

　　王跛子从来没有坏过一回，王跛子就不知道要到哪里去坏一回。

　　王跛子正想着这些乱七八糟的问题的时候，刘可儿就打了王跛子的手机。

　　刘可儿问，你在哪里坏啊？

　　王跛子说，哪能呢，在家里坐着发呆想你呢。

　　正说着话，刘可儿那头却一下把手机挂了。

　　王跛子正要往刘可儿手机上打回去，床头座机电话却响了，王跛子接起一听，是刘可儿。

　　刘可儿在电话里咯咯地笑，说我要看看你究竟是不是在家里，算你还老实，可不许学坏哦。

　　王跛子和刘可儿说了会儿话，就迷迷糊糊地睡了。

　　第二天，王跛子起来，到饭厅坐下，这才想起刘可儿出差了。平时都是刘可儿煮了早点吃。刘可儿出差了，家里就没有早点吃了。

　　王跛子就到楼下巷子里的一个早点店里去吃。

　　刚坐下，桌子对面就坐下一个大眼睛的美女。

　　美女盯着王跛子看了好几回，问，你是不是姓刘啊？

　　王跛子摇头，说我不姓刘。美女就咯咯地笑，美女说，你怎么和我一个朋友长得那么像。

　　王跛子就盯着美女看，说，是吗？

　　第二天，王跛子又来这个早点店，又遇到了昨天那美女。

　　美女主动坐到王跛子这张桌。美女还借了个机会在王跛子的胳膊上捏了一下。

　　美女对王跛子说，昨天我不敢对你说，其实你和我的初恋男友长得真是一模一样。

　　王跛子就觉得坏一回的机会送上门来了。王跛子就也借了个机会在美女的胳膊上捏了一下。

　　美女说，我租住的房子钥匙丢了，就丢在刚才来的石泉桥下的深水里去了。

　　美女叫王跛子去帮她把锁撬了。

王跛子就跟着去了美女租来的房子。可是美女并没有丢钥匙。

美女开了锁，进门一把将王跛子抱了。

王跛子正想坏一回，美女却停了下来。

美女对王跛子说，你认识刘可儿吗？

王跛子问，你想干什么？

美女说，我问你想干什么呢？告诉你吧，我是你老婆刘可儿雇来试探你的，看看你趁她不在家的时候，会不会与别的美女坏一回。

美女又说，你想我在你老婆那里怎么说啊。

王跛子就懂了美女的意思，王跛子就给了美女一笔钱。

刘可儿出差回来，就去找了美女。美女说，你那老公真是个木头人，我都那样牺牲色相迷惑他，他却一点儿也不解风情。

刘可儿懂了美女的意思，刘可儿就给了美女一笔钱。

刘可儿回家一把将王跛子搂了，说，我的木头老公，我爱死你了。

王跛子长吁了一口气，说，这几天我都想死你了。

你的清炒我的红烧

化　云

那一年，我刚上大学——陌生的城市，陌生的人群。还好，宿舍和高中时差不多，也是八个人，只是来自不同的省份，普通话夹杂不同的地方口音。

八个几乎同龄的女孩子很快按身份证排好了顺序，这样的称呼简单亲切，大姐叫老大，小妹叫老八，我是老三。

三姐，我去打饭，给你带一份？红烧鱼还是土豆牛肉？老七嘴甜，从来不喊老三。

什么都好，辛苦你啊！我递过去饭票，窝在床上看书。

她回来，端着米饭和清炒瓜丝、土豆牛肉。

一起吃吧！

于是一菜一饭变成了两菜一饭，荤素搭配。

我去洗碗！她夺去饭盆，别跟我客气，咱们可是三七二"是"一！

嘴就是好使，巧用谐音的一句话，我们俩就好成一个人了。

这样一吃就是一个学期，她的脸蛋日渐红润丰腴起来。

老五说三儿啊，过日子要精打细算。我知道她指的是什么，只是笑笑，窝在床上看书。

寒假到了，我归心似箭，她却说不回去了，要打工。

你不想家？

有什么可想的？我好不容易从那个旮旯出来，再也不想回去了！

我不行，我想那个小村里的人。

开学了，来不及寒暄，老五就悄悄告诉我，非我莫属的奖学金易主了。

我愕然。

老五努努嘴，你知道她假期去哪打工了？给老班！免费看了一假期孩子！你得找老班说理去，看他怎么给你解释！

哦！真够不容易的，算了，也不是给了旁人。

她进来，三姐，我去打饭，你吃红烧肉还是红烧鱼？

随便吧！我把钱递过去。

我们依旧是饭友，依旧是她的清炒我的红烧。

新鲜过后便是无聊。联谊宿舍就在这无聊的日子里悄然兴起，我们宿舍也不例外，甚至那个老三对我这个老三有明显的意思。

那天晚上，整条街都停电，我们联谊宿舍约了到学校旁边的小公园去散步，那里有个人工湖，湖边泊着几条小船，朦胧月光下别有番韵致。突然有人从一条小船跳到另一条小船，他们便一个接一个地跳。

船板咚咚响，笑声一串串。

突然"扑通"一声，有人落水了！

老三！老三！我还没有反应过来，就看见一个高大的身影直戳戳地跳下去，抓住水里扑腾的人一下甩到小船上。

老三！老三！是那个老三爬上岸来不停地喊。

我在这儿！我才回过神来。

哎哟妈呀！是老七！我听到老大的喊声和老七的哭声。

我以为是你！他站在我的面前，浑身淋淋漓漓，不停地抖。

快别说了，别让老七伤心！我拦住他的话，手忙脚乱地帮他擦头上的水，不会水还去救人呢，你知道那水不深吗？

不知道，我真的以为是你！

我的指尖捂住了他颤抖的唇。

可是他成了老七的救命恩人，他们的关系在她的眼中是那么的理所当然。我要嫁给他！她说。

很快，我没了饭友，看着他俩出双入对。

台湾的一个公司在学校附近搞展销会，需要八个女孩做礼仪。学校很支持我们勤工俭学，精挑细选，我和其他班的七个女孩被选中。我听见她在主任办公室不停地央求，就让我去吧，我不要工资，我只要这个锻炼自己的机会，求求您了主任！

我们九个女孩拖着统一发放的行李箱，穿着统一的制服空姐一样昂首走过校园，你无法想象那是怎样的惊艳。

一周后，我躺在床上数着那七张红红的钞票，这站了一周的劳资，可相当于老妈给我的一个学期的生活费啊！

老七把两百块钱放在我的床头，三姐，我要走了，吃你那么多红烧，有机会的话我会加倍补偿你，我这儿的东西，你看什么你能用就用吧。

我不要！我把钱给她放回去，东西我也没什么需要的。

嫌弃就替我扔了吧！她起身，说，还有那谁，他人挺好的，你别错过了，当初他一心想救的是你。

呵！

据说她是做了那个公司老总的干女儿，据说那老总给她买了个大学的毕业文凭，据说在上海给了她一套房子，据说在上海的公司给了她股份和工作。我不知道是不是真的，只知道她走了，是坐飞机走的。

他来找我，一脸的憔悴说别怪她！她只是想生活得好一点儿！

我笑，她的个性，到哪里都能得到她想要的，我们跟不上她的步伐。

他走了，没有再来过，是怕见了我想起她吧。

毕业的时候，他来帮我托运行李。

老七回来了！

在哪？我突然发现我竟然没有想念过她。

在老家呢。她很不好！资产上千万，却得了淋巴癌。挺可怜的。我要去看看她，你去吗？

不了！相见不如不见，她肯定不希望被我看到她现在的样子。我的眼泪落下来，你去了也不要提起告诉过我。

直到现在，我宁愿她还是美丽的样子，还是那么得意地生活着——就让我当她是一切都好吧！

一 切 从 简

李汤波

丁副县长说这次调研活动可能会长些，结束了就在这里吃午饭。

周寨乡胡乡长高兴极了，连声说这是县长体察民情，体恤基层。

丁副县长说，不过要一切从简，吃就吃家常便饭，不搞特殊，下乡吃公务餐要交餐券。

胡乡长立刻为难了，怎么能让领导交餐券呢。

丁副县长说，领导也是人，怎么就不能交了？不让交就不在这儿吃了。

胡乡长赶紧说，那……交，交，交。

调研开始，胡乡长陪同。

在某养牛专业村，听完村长的工作汇报，丁副县长称赞，我们这里气候适宜，水草丰美，适合养殖，要不断拉长产业链条，做好牛肉深加工，提高农副产品附加值。

胡乡长连连点头称是，趁机说，丁县长，今天中午就用咱们村的牛肉招待您。

丁副县长说可以，多准备一些，吃不完我可以捎走，不过要付钱，算是替小胡的农副产品流通做贡献了。

很多人都笑了起来。

胡乡长说丁县长就是和蔼可亲，平易近人。

分管接待的吴副乡长不失时机地附耳过来小声问，胡乡长，我间隙去村里置办一些牛肉？

胡乡长掩口小声斥责，准备个屁，咱们的牛肉品相不行，有时候添加剂还超标，得外调，去邻乡的牛定庄弄牛头肉和牛膝骨来。记住，多弄些，县长捎走。

吴副乡长领命，赶紧派办公室人员前去准备。

在某驴肉加工专业村，听完村长的工作汇报，丁副县长称赞，俗话说天上龙肉，地上驴肉，要打好宣传这张牌，把我们的驴肉加工推介出去，走出县域，走向全省乃至全国。

跟随的乡干部连连称是。

吴副乡长又凑了过来小声问，胡乡长，我间隙去村里置办一些驴肉？

胡乡长又小声斥责，你脑子进水了不是，亏你还分包这个村，不知道咱的驴肉卤得不够筋道，弄回去你吃吗，反正还有时间，去邻近的未明县弄，也多弄些。

吴副乡长又领命，赶紧派办公室人员前去准备。

在某造酒专业村，听完村长的工作汇报，丁副县长称赞，杜康造酒，历史悠久。我们的酒文化源远流长，要借助文化，做足酒的文章。要从细处着眼，做精做巧，到那时可不是二十元一斤的问题了。

跟随的乡干部连连称是。

这次吴副乡长学乖了，仅仅问了几个字，胡乡长，中午酒……

胡乡长小声问，咱们价值三百元左右一瓶的杜康还有多少？

吴副乡长答，还有三件十八瓶。

胡乡长说够了够了，不过到村里买几个酒桶，把杜康倒里面。

吴副乡长满是狐疑地看胡乡长，不敢相信自己的耳朵，一般情况下什么事都是以次充好，怎么胡乡长以好充次呢。

胡乡长眼一瞪说，看什么看，尽管准备就是了。

午饭时间到了，胡乡长率领乡政府班子成员陪同丁副县长。

丁副县长说，小胡，非公务接待活动，工作日午间禁止饮酒啊。

胡乡长说，县长放心，我们执行得很好，今天不是公务接待嘛。

丁副县长说，行，今天来，学到了不少东西，你们周寨乡搞得不错，可喜可贺。

众人附和，都是丁县长领导有方。

丁副县长说，好吧，今天不喝高档酒，就喝你们乡那个专业村酿的酒吧，好了我也给你们宣传一下，毕竟是我分包的乡啊。

胡乡长给吴副乡长使了个眼色，吴副乡长提着酒桶就过来了。

吴副乡长顿时对胡乡长佩服得五体投地，心想，乡长就是乡长，技高一筹啊。

胡乡长趁机给丁副县长介绍，这个菜是养殖专业村的，那个菜是种植专业村的……都是我们周寨乡的土产品，严格遵照您说的，一切从简。

丁副县长连连说，做得好，做得好。这样吃起来才舒服，谁也不能搞特殊嘛。要把有限的资金用到发展经济、造福百姓方面嘛。

酒席在一种和谐的气氛中开始了，席间，乡政府班子成员一一给丁副县长敬了酒，顺便汇报一下各自的工作。

饭后，胡乡长率众恭送，同时把准备好的牛肉、驴肉装到丁副县长的车上。

当然，丁副县长也付了餐券。

在即将登车时，丁副县长停了下来，若有所思。

胡乡长赶紧凑了过来，丁县长，您还有什么吩咐？

丁副县长又从兜里掏出三百元钱，说你们乡这个酒不错，很像时下流行的杜康，高仿啊。不是二十元一斤吗，给我来十五斤，对，就是那种小酒桶装的，很原生态嘛。

胡乡长一下子蒙了，县……县长，这次准备得有些不足，也就剩下七八斤了，您看……

丁副县长笑着说，七八斤也行，我又不是不再来你这里调研了，钱先给你，下次记着再弄几斤。

胡乡长小步跑到吴副乡长面前，一边擦汗一边小声吩咐，快，快，把剩下的杜康全装小酒桶里……

花　道

谢大立

工段长季巍，绰号"老纪委"。季巍退休，党委书记问他愿不愿干纪委工作。他说，我是党员，党叫干啥就干啥。厂里一纸调令把他调到了纪委。

很快，他就领教了，以往对纪委两个字的认识是不全面的，工友们戏称他"老纪委"，除了谐音，也说他逢事较真、一根筋。纪委查案，是要得罪人的，他是躺在医院的病床上感悟到的。小金库查下来，被他查出了问题的部门头头儿们没来看他，没查出问题的部门头头儿们也没来看他。

看他的，都是总公司下属厂处的同行们，还是在一个不成文的规定下，集体来看他的。总公司纪检干部会上，书记说，有人不是说我们茅坑里的石头又臭又硬吗，我们就把自己往香里弄。纪检干部生病了，大家要相互探望，送吃的用的会授人以柄，就送花，送那些带有香味儿的花。

季巍出院回家，带回了两抱花。把花从车里抱出来时，离退休活动室里走过来几个人七嘴八舌地说，把这些快开败的花抱回来干啥？抱回来扔呗！你不会抱家吧？你家住五楼，今天抱上去了，明天就得抱下来，不嫌麻烦呀……

几个人退休前都是被他得罪过的，明摆着拿他当羊肉片子涮。他眼一瞪、脖一梗说，你叫我明天抱下来我就明天抱下来？我偏偏后天、大后天、大大后天也不抱下来。花还没有开完，你们就使坏让我扔垃圾箱，这不跟人退休了没用了，就直接去火葬场一样了？退休了，没用了，是几个老兄常挂嘴边的牢骚话。还真管用，驳得他们面红耳赤。

花抱到家里，确实是个麻烦。没地方放不说，怎样让花开到后天、大后天、大大后天，还成了心病。大话讲出去了，明天就让花进垃圾箱，太没面子了。当即他就到了花店，虚心请教花老板。花老板教的办法，果然非常奏效，花不光开过了第二天、第三天，第四天还没有凋谢的意思。

为了气气那几个整天待在离退休活动室里斗地主、斗气的老刺儿头，他把花抱进了离退休活动室里，香味弥漫时，好香的叫声此起彼伏。季巍住了几天医院，学会了养护花，就在厂里传开了。离退办主任还找他拜师学艺。主任常到医院看望老同志，买去的花都是很快就进了垃圾箱，他常被浪费两个字闹心。能让花多开几天，浪费的程度就缩小了。

这花道让季巍茅塞顿开——插在瓶里的花每天剪一次根部的腐茎，就能一直开下去，直到寿终正寝，人的政治生命何尝不是如此……恰逢经营副厂长为一些闲言碎语闹情绪住院，他就以纪委的名义买了一束花到医院探望副厂长。他把花放到副厂长的床头柜上，告诉副厂长每天把花茎的腐败部分剪掉一截，花的寿命就会成倍增长。他有意把腐烂说成腐败，说了还直愣愣地看眼副厂长。看得副厂长心领神会地说，一定按你的方法试试，争取让花的生命能延长下去。

第二天，副厂长夫人来季巍的办公室找他，说她瞒着副厂长收了一个供应商的包，没想到包里有钱，她已背着副厂长把钱退给了对方，并建议纪委干预，把这个单位从供应商的名单中剔除。季巍当即表态一定不负重托。副厂长的心病迎刃而解。经营副厂长是厂里的功臣，三千职工指望他吃饭，平时口碑也不错，季巍已想到问题大概出在他家人身上。

尝到了甜头，如法炮制，解决了一些群众总反映总查不出问题的问题。方法是到医院送花，到办公室谈花，启发对方……就这样，一年下来他们内部解决了无数个案子，年终他这个纪检副科长还被评为厂里的先进。听说是厂长、书记、经营副厂长"钦"点的。季巍不安起来，先进应该是评，由领导定，对自己这个站在风口浪尖的角色会产生什么影响？

这种不安延续到表彰会这天，季巍扯了个身体不舒服的由头请假缺席了大会，躲到水库里看人钓鱼看到天黑才回家。还没进家门，就闻到了一股百合和康乃馨混合的香味儿。进了家门他更是吃惊不小，茶几被花摆满了。老婆说，是厂里各个部门的头儿听说你病了来看你时带来的，说买吃的用的怕你查他们，他们说心意都在花里，祝你早日康复。

棋　局

付桂秋

华东大厦刘流董事长一个人坐在办公室，对面棋盘上一副残局，他双手托腮，苦思冥想。两小时后，刘流终于双眉舒展，合上棋盘，抓起电话，告诉办公室马上订一张机票，他要到南方度假，并叮嘱度假消息不可外泄。

刘流走后第五天，王海小舅子来了，见到他慌里慌张地说，姐夫，刘流那儿的工程款你结清了吗？刘流公司的人和法院的人都说他要破产了！

啥？！刘流破产？一听这话王海从沙发上弹了起来。

他这几年省吃俭用，还跟亲友借了四五十万给刘流送水泥，前后压货款一百五六十万呢。以前，刘流说拿楼房顶账，比售楼处价格便宜两百。可新区旁边一条臭水沟没改造，没人愿意去那里住，要了楼房就得砸手里，供货商都不同意。

刘流是承包华东大厦起家的，他把市里大小会议和各种招待全包揽了，赚钱后买下大厦。后来他贷款上亿搞开发，可新区"蓝色经典"竣工一年，还没卖出两成。自从严禁公款招待，刘流的华东大厦就立马歇菜，弄个度假村也搁浅了。贪得多嚼不烂，正所谓不作死就不会死。

其实，前些日子就传说刘流离婚了，王海还以为小二小三儿闹的呢，看来人家是转移资产，临死拉这些债主给他垫背。那些钱大的无关痛痒，对他这小门小户就是抽筋断骨。

王海媳妇都急哭了，追他赶紧去看看。没等动身，送沙料的老疙瘩电话打来，说华东大厦门口车都堵满了，你快过来。龟孙子要真破产了，咱的钱就打水漂了。

王海急忙来到华东大厦，见财务部和销售部都关着门，走廊里有二三十个面熟的人，办公室里还坐着十来个，老疙瘩也在。刘总和财务副总办公室门窗紧闭，刘流的电话也打不通了。

办公室主任李光是王海初中同学，王海就问到底咋回事？他摇头不语。

又陆续来了一些人，走马灯似的闹哄一下午。到晚六点，李光把盒饭分别送进财务部和销售部。他站在走廊里对众人说：你们都别等了。我只能告诉大家，建行把公司告了是事实。今天，法院通知把账目准备好，也是事实。里面的人得熬通宵。我就知道这些。要么你们明天再来，我得锁门了，我丈母娘今天还过生日呢！

众人听罢，面面相觑，看来不是空穴来风，破产八九不离十了。大家约定，明天还得盯着，欠款必须给个说法。

翌日八点，销售部就挤满了人，门口贴张 A4 打印纸：蓝色经典住宅每平方米起价 7200 元，门市 22200 元，欲购从速。

人们都在骂娘，以前算四千八都不要，现在比公开价还多出两千多元，这不是拿我们当冤大头吗？让我们也破产？！

到了下午四点，财务副总来取东西，被众人堵在楼梯口无法脱身。一帮人软硬兼施。她眼神闪躲。最后，她低声说：就这两天，资产账目一切冻结。说完，夺路而逃。

看来破产成铁定的事实了。按规定，供应商不属于弱势群体，法院介入资产查封可就坏了，大家呼啦涌入销售部。

王海故意撤后，看这些人真的三套两套订了合同，他才试着按下一套一百平方米的四楼。这个楼层好，就给儿子结婚用了。他留个心眼儿，想明天再观察观察，看看有没有转机，或者走其他路子。这房价实在太高，新区的房子更怕烂手里。

王海第二天七点就到了华东大厦。买楼的人已经从五楼排到了二楼，摩肩接踵，骂声不断。门玻璃、大厅镜子、墙上画框都被砸坏了，楼梯扶手也歪了。真不知刘流欠了多少外债。

就在他转悠探听消息的工夫，又有几个人加入了长龙。他只好老老实实排队。

这几年他一门心思揽工程，当初给刘流送水泥，不给钱还求爷爷一样。前年送水泥路上出车祸，差点搭上小命儿。这倒好，忙活三年，卖了楼还上欠债，老本儿都回不来，白忙活了。

昨夜，王海夫妻俩坐着躺下翻身起床再躺下再坐起，折腾一宿，绞尽脑汁商量的结果是：剩下的欠账兑换个小门市，把家里现在住的房子卖了还债。以后就开个小卖部赚生活费，再也不想挣大钱了。

王海如愿按下个三十二平方米的一楼小门市，回到家就一病不起。

不久，电视新闻说：我市房市稳中有升，新区"蓝色经典"楼盘销售一空。

刘流破产的事，再没人提了。

半年后，装修一新的华东大厦更名为"世纪经典"，承办大型宴席，老板依然是刘流。

你为什么在春天离开家乡

秦兴江

过完年，紧赶着就迈进二月了。那时樱桃树还没有冒出小嫩芽，男人也没有恋够家，可是村里见天都有背着大包小包往外走的男人。

富树也约好了人，要跟着他们一起出发。虽然女人反对，可富树坚决要出去。

"这两年种地不赚钱，养鸡养鸭也赔钱。你没听人说啊——养猪的人还不如猪呢！你说我待在家里干吗？"

富树的理由很充分，非走不可。

"反正那二亩地也流转出去，包给合作社了，走就走吧。"女人低声咕哝着。

"可还有半亩樱桃园，你自己……行吗？"富树又问。

"你要走就尽管走你的，不就那半亩樱桃园吗，瞎操什么心！"

"我是惦记……你能守得住吗——别让人家偷吃了樱桃。"富树说这话时，脑子里不停地闪现着村里各种各样的传言。

"滚你的！大狗、二宝、金山女人不都是一个人吗，人家男人都连着出去好几年了。"

"那翠花见什么人说什么话，还跟主任穿一条裤子来——你能行吗？"

"翠花是翠花，我是我……我也能行！"

女人一直在给富树收拾东西。其实也没有什么东西，就是预备几件换洗的衣服，可女人找来换去，总觉得带这件不合适，带那件也不合适。

"我自己来，不用你费神。"富树不耐烦地说，轻轻一拉就把女人扳倒了。女人不知道，在她说"我也能行"的时候，富树就已经被勾起了性子。他捉摸不透女人说"我也能行！"到底是啥意思。

第二天临走的时候，富树专门去了一趟樱桃园，还掏出手机给它们拍了照。当初合作社要"流转"他这樱桃园，富树一直没舍得。多好的一片樱桃树啊，怎么舍得给你们祸害哟。

富树恋恋不舍地走了。

到了工地，富树刚开始一天打好几回电话。后来嫌打电话太贵，就发信息。

"彩霞，樱桃树鼓嘴了吧？"

"嗯，快放花骨朵了！"

"彩霞，樱桃树放叶子了吧？"

"嗯，开始放叶了。"

富树就呵呵地笑。还大着胆子发过去两个字：想你。

女人回复：想你个头，好好干活。

富树就不笑了，就深深地长出一口气，就好好干活，就不再隔三岔五给女人发信息。但有时会摸出手机，翻一下里面的照片，对着手机说，樱桃——等着我！

可过不几天，男人还是忍不住，又发信息："樱桃熟了吗？今年的樱桃大不？"

"嗯，快熟了！樱桃再大你也捞不着吃。"女人说。

"我要回家吃。"

"不行！你刚走两个月，人家过年才回。"

"……"

富树想想也是。晚上开始使劲喝酒，一天比一天喝得多。喝多了就往床铺上一躺，就开始摸出手机看照片。可是每次刚打开那些照片，富树往往只看了一眼就一下子睡着了。手机被扔到一边。

第二天回到家的时候，已经很晚了。本来是一溜小跑，快到家门口的时候，富树突然放慢了脚步。他家靠近村外，他深深地吸一口气，田野里飘来阵阵麦子的清香。透过低矮的院墙，富树看见堂屋亮着昏黄的灯光，他好像还看见女人正坐在灯下等着他。

富树不急，他慢慢地靠近大门。他想学电视里那样，悄悄地给女人一个惊喜。可等他伸出的手刚要去撞击门环，却突然听到屋内有人说话的声音。再听又没了，好大一会没有动静。可刚要转身突然又会有一句说话的声音，越听越真真切切。来来回回儿番，把富树折腾得头皮炸毛，惊出一身冷汗……

富树醒来后，知道是一个梦，却怎么也睡不着了。

睁着眼熬到天亮，他拨女人电话，女人竟然没有接听。富树一生气，把手机摔了。

可手机摔了有用吗？好几天他想不明白为什么女人没接电话。还有那个梦，让富树整天心烦意乱。

等他修好了手机，女人打通电话第一句话就说，富树你个驴种你死了吗，这几天怎么不回电话！富树拿手机的手僵在那儿，女人的声音挠得他心里痒。他要等女人告诉他很多很多话。

"家里的樱桃熟了。"女人说，"今年樱桃又红又大，谁看了都馋得慌，就连那群破鸟儿叽叽喳喳都打不退，我见天都要到樱桃园去，不看紧点一不留神就被啄得破头烂腔，损失大着呢。"

"大中午的，多晒啊！那几个破鸟还能吃几个？"富树吼着，"赶紧回家吧，我还忙，挂了！"

"娘的，挂就挂吧。"女人收起电话，可刚弯腰钻进园子就被一个人拦腰抱住了。女人一惊，不用回头她知道那个人是谁。这几天那个人一直都从她的樱桃园经过，每次走过时眼睛都笑眯眯的，女人每次都感觉被瞅得脸红心跳，心里像揣了两只小兔子。

狗东西！女人使劲掐了两下那人的手就不再反抗，那个人抱得太紧了。那个人说，他富树不把樱桃园包给我，我也要吃他的樱桃。

女人被掀倒的时候，感觉整个樱桃园也被掀倒了，满天熟透的樱桃都随着自己的眼泪在转。女人在心里可劲地骂富树，为什么你要在春天的时候离开村庄，为什么你要在春天的时候离开村庄……

遗传的力量

肖复兴

遗传这玩意儿真的很厉害，因为杨家老爷子大杨拉一手好京胡，杨家老大、老二和老三，也都能拉一手好京胡。20世纪60年代初，他家门前总围着一群戏迷，凑着大杨和三个孩子此起彼伏的京胡声，嘶哑着嗓子唱京戏，成为大院一景。

北京城刚解放那年，杨家来了个亲戚，穿着军装，带着警卫员，见杨家居然有十个孩子，直皱眉头。亲戚对大杨说：你这么多孩子，日子过得紧巴，不如让孩子跟我当兵去！大杨是个火车司机，他家老大早就跟着他在铁路上干活儿了；老二和老三，也都十八九了，就真去当了兵。当官的亲戚让老二和老三都去当警卫员，老二愿意，老三不愿意。亲戚问他想干什么。他说想拉琴。亲戚一甩手说：那你就去文工团吧！

三年过后，老二和老三复员回到北京。老二分配到一家工厂当工会干事，老三进了一家歌舞团。工厂的头头儿是老二首长的老战友。没过一年，老二就被提拔当了工会主席。几年之后，工厂头头儿升职，提拔他当了工厂的头儿。老三在部队文工团时学了大提琴，到了北京的歌舞团，正缺一个大提琴手，算是人尽其才。回京后，老大老二前后脚结婚；第二年，各生了个胖小子。

老二当了工厂的一把手之后，就搬出大院；老三的歌舞团没房子，暂时还住在我们大院。于是，老三每天照样跟着他爹操琴，为戏迷伴奏。日子仿佛又回到以前。逢年过节，老二的司机开着吉普车送来大包小包的年货；而大院的街坊，也可得到老三好多赠票,不花钱看歌舞节目。这样的日子,如果没有"文化大革命"的到来,似乎能到永远。

但是,"文化大革命"来了。杨家的小九和老十,跟我年纪差不多,和我一起去北大荒插队。杨家老二和老三的孩子比我们小好多,但也没逃脱插队的命运。那时候,老三的日子好过些,歌舞团改演样板戏,缺一把京胡,老三的京胡又派上了用场。老二却走背运,正作为"走资派"在工厂里挨批斗。老二的妻子到大院找到老三说:就让我家小军跟你家小辉一起走吧,两人在一起,彼此有个照应。

小军和小辉一起去了陕西插队。这一去,两年多没回家,再回家时,小军的父亲杨家老二,因忍受不了每天戴着高帽子挂着黑牌子站在高凳子上被批斗,跳楼自杀了。老三给两个孩子拍电报时,没敢说实情,只说是"爷病重速回京"。小辉因自幼受父亲影响,也会拉大提琴,被当地剧团调去演样板戏,剧团不放他回家。小军只好一个人踏上返京之路——他哪想到,迎接他的会是这样的打击。

后来,小军梦想着回北京,却处处碰壁,心灰意懒后,和当地农民的闺女结了婚。谁想到第二年就粉碎了"四人帮"。如果他再坚持一年,等到知青大返城的到来——当然,如果他父亲不自杀,而是熬到落实政策,也会是另一种结局。好长一段时间,大院里街坊都这么说。

恢复高考之后,小辉凭着那把大提琴考入了中央音乐学院。说心里话,那时候,我真的感慨遗传的力量,居然能改变一个人的命运。

前两年,因为要写《蓝调城南》一书,我重返大院。大院正面临拆迁,大多人家已搬走,好不容易碰到老街坊,向他打听还有谁住在大院里。他告诉我杨家老三的小辉还在。我叩响杨家的大门,走出的小辉,让我认不得了,一脸病恹恹的样子。细问才知,他得糖尿病好多年了,从音乐学院毕业分配到一家乐团,开始的日子还不错,后来乐团被推向市场,他又得了病,日子每况愈下。乐团当年分给他的房子,给了孩子结婚住,自己和老婆只好又搬回大院,就等着和拆迁公司最后的谈判,争取多要点儿钱。我问他:还拉大提琴吗?他咧嘴苦笑道:还拉啥?琴早卖了。

乌　江　吟

梅　寒

正是烟花三月好时节,江水正碧,山花欲燃。一叶轻舟,载着他们夫妇二人,山一重,水一重,离那座让人伤心的江宁古城越来越远。

她屹立船头，目光悠悠飘落在水面，如同一具大理石雕塑。几乎从上船开始，她就立在那个位置，保持着同样的姿势。不动，亦不语。

那叶小舟，犁铧一样劈开碧绿的江面，迎风向前。风掀起她耳鬓的发，风掠过她紧抿的唇。风却无法挥开她满眼的痛苦与迷茫。

他走近过她几次，却几次都是欲言又止。

她不回头，也能猜到他想说什么。还说什么？说什么都晚了。一切都已经在那个火光冲天的夜晚注定。那一夜，城中叛军乱起，作为一城之守的他却被那阵阵汹涌而来的喊杀声吓破了胆。一根长长的绳子从城头垂下来，他像一枚腐败的果子，仓皇从枝头逃离。是的，从那一刻，他弃了自己为官的责任，也弃了一般堂堂男儿正气。他在自己原本光明磊落的人生画图上涂上了黑色的一笔。

面对她的震惊与绝望，他曾为自己辩解过的：我已不再是江宁长官，我只是还没前去新的任所上任，平定叛乱本不再是我的责任。他还说：如今山河破碎，从帝王到将相，都在忙着醉生梦死。可他说这话时，根本就不敢看她的眼睛。他其实是无法面对自己的良心。她懂他。所以从事发到现在，她没有一句埋怨。可她也无法给他送上一句和风细雨的安慰。她用一路的沉默来对抗着他几次要说出口的歉意。

从江宁乘船到芜湖，途中要经过和州的乌江县。船行至此，已是暮色苍茫。她的眼眸终于从茫茫水面移到青青岸上。她从船头回转身来。身后，那一双满含期待的眼睛，刹那被惊喜填满："去看看他？"

"去看看他。"

那个曾经叱咤风云的男人——那个让后世人一再凭吊感叹的西楚霸王项羽，他就在岸上，已在那里立了一千余年。

公元前202年楚汉战争中，项羽为刘邦击败，最后从垓下突围率一路残兵一路逃至乌江边上，乌江亭长把船停靠岸边，请项羽上船，并对他说："江东虽小，地方千里，众数十万人，亦足王也……"项羽却笑着拒绝了亭长一番好意："天之亡我，我何渡为……纵江东父兄怜而王我，我何面目见之？"

言罢，项羽转身又融入与汉军的赤身肉搏中，直到拔剑自刎，流尽身体里最后一滴血……

乌江水，这条长江上游的重要支流，已在此静静流了一千多年，滔滔江水早已将项王当年的斑斑血迹冲刷而去，可江水带走的只是他的热血，却不曾将他的温度带走。那一声仰天长啸，那一番掷地有声的肺腑之言，如今又随着猎猎江风在她的耳边回荡，也如潮水一样拍击着她的心。

站在项羽庙前，抬头就见"西楚霸王灵祠"几个大字，那是唐朝书法家李阳冰的篆额。她的呼吸忽然变得急促，一颗心也"怦怦"跳得欢，那一段金戈铁马的岁月啊，又穿越重重山水迷雾，呼啸而来。这座霸王祠，最早其实是项羽的"衣冠冢"，英雄的魂魄如今又栖身何处？

当年的乌江边上，项羽拔剑自刎，他身被十余处创伤的肢体被争功夺利的汉军分夺，他们分别带着他的头他的肢体去邀功请赏，这儿只埋进了他的分裂之余的残骸和血衣。后人在此地建亭纪念，代代相传，代代修葺扩建，庙内香火不断，慢慢就有了现在的气势和规模。

他是文物专家，任何时候他都不曾放弃过自己对金石碑刻的热爱。他来，是为唐代书法家李阳冰而来。她却与他的心思不尽相同。她是为着一份情怀，一种情绪，为着那个寂寞的英雄而来。

站在祠中，面对英雄的塑像，心中似有千军万马奔腾而过。霸王的气概一如往昔，但见他身体前倾，双目圆睁，一手执剑，一脚向前踏出，还是当年他征战的样子吧。孟郊、杜牧、王安石，这些前朝的文人雅士，他们都曾来过，并在祠中题诗以念。他们景仰拜谒当年的西楚霸王，端的是被他那股英雄气概所折服，亦为他的时运不济而叹息。可她想要说的却不止这些。她从那一双圆睁的怒目里，读出太多的执着与不甘。

生当作人杰，死亦为鬼雄。

至今思项羽，不肯过江东。

水墨淋漓，笔走龙蛇。一支纤笔，一曲《乌江》绝句，写就的却是让多少男儿亦汗颜的剑胆琴心。那哪里是诗，那是燃烧在纸上的熊熊烈焰。那一道道烈焰终是灼痛了他的眼睛："清照，你……"

"明诚，我想让他在我的诗里活下去！"扔掉手上的笔，李清照大踏步走出西楚霸王祠。

西天，一轮红日正慢慢向青山后隐去。

风起了，残阳如血，正慢慢铺向整个江面……

穷人的尊严

原上秋

那年我在县里读书。每到秋冬季节的星期一，我总是第一个与降临我们村子的黎明曙光擦肩而过。有时候到了学校，东方才起白色。我必须在上课铃响之前赶回学校。我去学校的十几里路程的感受，就是半条篮子玉蜀黍和红薯干面杂合干粮的重量。那是我一个星期的口粮。在我上学的第二年,这样的口粮也难以为继。

又是一个星期一的凌晨,我娘为我做干粮。她把面缸的底儿扫了个净,做了六个杂面馒头。她带着歉意说,不够吃半路再回来拿。我知道家里断粮了。那天,父亲的举动令家里的气氛一下子紧张起来。他进屋的时候,背上背着一个草篓子。和他一起进来的,是一股浓浓的植物香气。掏开篓子里覆盖的青草,露出几个青幽幽的玉米穗子。我和娘马上明白了,这是爹趁人不备,在生产队的地里下了手。我们心里一阵紧张。要知道,如果让看秋的抓住,是要被批判的。我爹呵呵一笑,装出很轻松的样子。他撕开几个穗子,放到了锅里。他说,一会儿带走几穗,在长身体呢,不能饿着读书。我和娘不说话,起身离开了。

我扛着杂面馒头篮子出门的时候,我爹拿着几个煮熟的玉米穗子往干粮篮子里填,被我挡在了一边。被拒绝的他没有发火,他的脸上带着尴尬的笑。他站立在那里,手里的热玉米一点点变凉。我觉得我爹的行为就是偷盗,我怎么能吃偷盗来的东西呢?

走的夜路多了,必定撞上鬼。后来我才知道,我爹自从那次以后,就没有收手,他的行踪被看秋的人掌握,抓住他是迟早的事情。

终于有一天,我爹的胸前挂着一个大牌子,在每天晚饭的时候游街示众。他敲着一面大铜锣,喊着"不要向我学习"的口号,在孩子们的簇拥中走过一个又一个街道。他那狼狈的喊声在羊各庄的上空整整缭绕一个星期。

我心里苦闷,我为爹的行为感到可耻。

两年后,我考上了郑州一所大学。爹提出要去送我一程,我说什么也不同意。我娘说,让爹送送你吧,第一次出远门。我说,我和他走在一起丢人,他没有一点尊严。

我娘听到我说的话,沉默起来。良久,才像自言自语说了一句:你知道啥是穷人的尊严?

穷人的尊严,这是我第一次知道尊严还有阶层。

在大学里,我拼搏学习。我的功课门门优秀,大学二年级还当选为班级学生会副主席,学生文学会会长。我把这些消息写信告诉了家里,家里爹娘很为我的出息骄傲。它成为我的爹娘与邻居们相见永远说不完的话题。

我也得知,家乡土地已经承包。家里不但吃的问题解决了,还允许做小生意了。我爹买了一辆摩托三轮车,奔跑在城乡的大道上,在为乡亲们服务的同时,也给自己带来经济上的实惠。

转眼暑假到了,我爹开着他的摩托三轮车,早早地等在了车站门口。老远,他就和我招呼。我看到他，心里还是有些疙瘩。我决定不坐他的车。我撒谎说我去一个同学家，你去拉客挣钱吧。爹呵呵一笑，说，你回来了，我哪还有心思去挣钱。

我还是没有上他的车，而是朝相反的方向走去。爹拗不过我，就任我而去。只听他在后面喊，我先回去了，你也早点回家啊。

我沿着早年上学走过的路，徒步回家。原先的土路，现在变成了柏油马路，路边歪斜的小树，已经长成了参天大树。我边走边看，一切都感觉亲切。正在这时，前方路上出现一片凌乱。是一个刚刚发生车祸的现场。一辆拉苹果的大车撞在路边一棵大树上，成箱的苹果散落一地。警察用警示条围了现场，一群围观的群众在窃窃私语。从他们的谈话里，我知道有一个骑摩托三轮车的人在见义勇为。

晚上，我从电视新闻里看到了我爹。他是第一个到达事故现场的人。新闻里说，面对散落一地的钱币和苹果，他不动心。两万多元的钱币经过他的手，一分不少地还给了车主，并配合警方维持秩序，还用自己的三轮车，把伤员送到了医院。

这是我爹吗？

在这一刻，我仿佛一下子明白了什么是穷人的尊严。当年他去掰生产队的玉米，是为了让孩子们活得有尊严。他不那样，活命都成问题，更不会有我的今天。这一次，是他用自己的行动，换回一个穷人自己的尊严。

暗　痕

桔　子

船上，莉莉的表情不算自然。

阴雨天，腹部有些隐隐的不适。也许是因为要到那个地方去接儿子，心情没来由地有些不好。儿子本是判给自己的，可他近期不知为什么烦人透了，莉莉一赌气就让那个男人过来给接走了。不料才走了几天，儿子就老是来电话，汇报他看见的一切，有一条很有价值：爸爸的屋里除了书还是书，没别人，是爸爸给我做饭的。

莉莉突然有了想去看一下的念头，刚这样想，那边男人的邀请就到了：如果，你不是太忙，能过来接孩子吗？莉莉说：恐怕没时间啊。语调上却露出了软弱的味道儿。

她承认自己关心男人的现状。

莉莉坐船到了男人所在的港口已是晚上了。这是莉莉喜欢的时间，她不想让熟人看见。

男人请吃了晚饭，到莉莉喜欢的那家大排档吃的。两人刚好上那阵儿，男人就迷上了文学，没什么钱，莉莉就常到这里，说这里的烟火气好。男人知道莉莉是想替自己省点。

吃过了，莉莉说想去看同学。男人知道莉莉要好的同学住在城里，就没说什么。

儿子不同意，他一再央求妈妈先去看看自己住的房间。

那就去看一下，莉莉说。一边强调了看过儿子的房间就要到同学家去的意思。

到了，发现男人仍然住在两人结婚时住的房子。从屋里的摆设上看，没有女人的痕迹。

这时儿子牵了母亲的胳膊不放，坚持让她陪自己睡觉。是套间。男人说他在另一个屋睡。莉莉坚持到同学家去的话已经不坚决了。最终，莉莉抱了儿子在这屋睡了。

想一想可笑，当初闹那么凶，以为世界上最重要的事情就是分开——分开了就一定幸福，在一起就必然痛苦，现如今居然又睡在一个屋子里了，离得那么近。

哪能睡安生呵，手抚了腹部莉莉又想起剖腹产的时候，她和他守着刚出生的儿子……这时，莉莉忽地听到卫生间响了一下，是男人的脚步。禁不住心里发紧了。从脚步声判断，男人似乎来到了这屋门口。

不知为什么，莉莉起身了，准备开门的当儿，男人却回自己屋去了。

这回莉莉下地，上了卫生间，还弄出些动静，等她出来时，见了男人在门边候着呢。

到我那坐会儿好吗？男人悄声说。

沉默了好一会儿，两人进屋了。男人的屋子里有一种久违了的味道，配上窗帘缝隙泻进来的月光，一切都幽静而且迷蒙。

都不说话，像在测试沉默的深度，或者说在享受这样的时刻。

慢慢地，他们坐床边了。

谁都不想触及过去，但过去还是起了催化作用，那些曾经的温存似乎带了不可遏止的激情回来了……在这样一个时候，他们的意识里只有过去和现在，没有将来。

年轻时多可笑，整天去想不可预知的未来，可未来来临了又怎么样呢？莉莉让男人有些始料不及了，肩膀微微抽动，小声哭出来了。

男人抱住了她，吻她的眼泪，一只温暖的大手犹豫着触到了莉莉的腹上，在疤痕的地方，莉莉用手压住了男人。

接下来他们做了那件事情，做的时间很长。

莉莉的皮肤一如既往的光洁、紧绷。男人的身体仍旧火一样热。然后他们就抱紧了睡过去了，睡得很沉。

天一透亮，儿子到这屋来了，说的话让大人一惊，儿子说：我喜欢你们在一个屋里。

还硬挤到两人中间来，伸开胳膊，一手搭一个人的身上。

阳光高了，不得不起来了。莉莉决定改一下日程，今天不回去。当然受男人欢迎。她看着男人一屋子的书，说：最近有什么大作？

男人说：写了一些小文章，你看看？

莉莉坐那翻弄稿子，男人加上了句：虚构的。

像以前那样，莉莉成为第一个读者了。

看了会儿，莉莉放下稿子，她不想过多地从文章中回忆。伸手接过男人送来的饮料呷着，一边看面前的男人。

他气色不错，记忆中他总是这样子，总是生活在将来的成就之中的样子。

莉莉把自己的想法说了出来，她用了一个词，说：你还是老想着"未来"？

男人说：浪漫主义也没什么不好。他说：我有时看看远方，但更关注现在，过好现在，充实着正在进行的时光才最重要。

儿子跑回来说变天了。

雨从开着的窗子洒进屋子里来一些，关上窗，莉莉忽地起了一阵说不清来由的惆怅，便叹了一声，很轻，儿子和男人却感受到了。两男人相互瞅了一下，见莉莉手抚腹部看了窗口，玻璃上的雨水正慢吞吞地淌。

旅　　途

孙晓燕

火车上的乘客，好奇地看着这对夫妻。

女人三十多岁了，脸上却有孩童般的甘美气息。她微笑地依偎着身边的男人。

男人看起来很与众不同，两颊深凹，动作迟缓笨拙。白色衬衣下的肌肉却很饱满结实。男人对这个世界像是在逃避。旅客们问他话。他好像在听，又不像在听。眼睛在看，又不像在看。只有当女人跟她说话时，他才显出很认真的样子。这夫妻俩给乘客的感觉，老婆是贴在老公身上的器官。老公通过这个器官跟外界联系。

其实如果不是那呆滞没有光泽的目光，他应该是一个英俊健壮的男人。

男人不停地咳嗽，一阵咳嗽结束，就是往地上吐一口浓痰。女人忙着把纸巾递给他，他却故意出其不意地躲过女人的手，让痰重重地砸在地板上。

附近的乘客厌恶地看着这对夫妇。女人紧紧挨着男人，笑着不好意思地解释着。说她男人烧了三天，三天没睡觉了，他是烧糊涂了。

到了夜里，原来亲密地挨在一起的夫妇，不得不分别在卧铺的中铺躺下。随着车厢灯光渐渐暗下来，男人不安起来。他嘴里含糊地说着什么。那一双本来模糊毫无光彩的眼睛突然燃起了渴求的火光。他大概觉得微弱的灯光下，乘客的眼睛是失明的。或者他自己干脆就看不到附近的乘客。

女人小声不好意思地催他睡觉。口气软软的，并不坚决。既拒绝又怜爱。像是面对一个要断奶的孩子。

男人像是听不到老婆的劝说。他弓起身子，哼哼着一个接一个地做俯卧撑给老婆看。看到男人的这种举止，女人话语由温柔变成严厉了。命令似的说："不行，这不是在家里……"

她的话让附近的乘客明白男人是要做什么。对他们两个人更加反感了。

男人已经顾不上老婆的反对了。眼睛里的火越烧越旺，嘴里发出肉麻的哼哼声。他的一只胳膊举起，另一只胳膊撑着床板。几次弓着背，想在中铺站起来，都被上一层床板挡住没能站起来。行动的失败，让他变得绝望了。他暴躁地用脚猛踹车厢，大声嚷嚷："9了！9了！我要站起来！"

车厢被踹得咚咚响，惊动了乘务员。睡眼惺忪的乘务员有些不耐烦，她在甜水里放进安眠药。女人还是微笑着哄着他喝。

男人仍然很兴奋。固执地没有节奏地翕动着鼻子。大声喊："9！我要站起来！"

有人对乘务员说："再给他喝一瓶安眠药。"听了这话，女人像被针扎了一样跳了起来："不能再喝了。"

乘务员走过去，扶着他的胳膊，想让他躺下。可是他像发疯了一样，非要站起来。

乘务员敲着中铺的栏杆警告着："再这样就叫乘警了。"

边上的乘客附和着："对，叫乘警吧，没法睡觉了。"

女人连忙说："他是头部受伤了，他听不懂你们说什么，他让人打伤的。"

"不是跟别人打架，他是拳击手，老板让他打假赛。"女人停了停，像是有点激动："那一场老板让他输给对手，我们就能得到好多钱。我婆婆的病用钱呢。前八场他点数还输着，第九场他的右眼角被打破了。流了好多血呢。""那一天不该带着儿子去。儿子在台下喊'爸爸'。"女人重复着："那天不该带儿子去。""他听到儿子喊他，就忘了老板的话了。人家是下了大赌注的。到了第十个回合，他就想击倒对手。""他半蹲着，要把对手打倒。"女人弯下腰模仿者拳击动作。"他一记左手拳，一记右手拳。接着左手重拳打在对手下巴上。对手倒在地上。他把对手打倒三次。"

女人有点兴奋了。"那场比赛，孩子爸爸赢得真痛快。儿子高兴得直蹦高。"

"可是他把老板惹恼了，老板找了六七个人打他。孩子爸爸就是性子倔，不服输。那几个人都拿着木棍铁棒打他的头。"

女人说着哽咽起来："他被打倒了，就自己喊着1、2、3、4、5……站起来。那几个人心真狠，可能是老板交代的，让把他打残。孩子爸爸又被打倒了。他又举着胳膊喊着1、2、3、4……摇摇晃晃地站起来。后来站不起来了，就举着一只胳膊喊'1、2、3……'直到好心人叫来了'110'。那伙人才跑了。他被抬上救护车，还在喊'1、2、3……'"

"孩子爸爸昏迷了20多天，保住了命，脑子坏了。总犯糊涂，以为是在打比赛。"女人对着下铺的一个五十多岁的男乘客说。

男人又开始烦躁不安，女人显得有点不好意思。"他要我数数，他才肯睡。"睡在下铺那个男乘客说："是个爷们，来，咱俩换换，你睡下铺。""这样就方便了。"那个下铺的男乘客又说："我们一起数数，让他站起来。真是个爷们……"于是，周围的几个乘客一起喊：1、2、3、4、5、6……

男人慢慢站了起来，先是弓着背，后来就站直了。女人走过去，举起了他的右手。男人笑了。嘴像存钱罐一样幸福地咧着。

女人说："好了，这下可以睡觉了吧。"

男人满足地看看周围的乘客，看看老婆。微笑着躺下了。

男人在妻子的臂弯中睡着了，而车厢里的人们却醒着……

韭　菜

余显斌

娘打来电话，问他现在在哪儿。

他轻声说："在医院。"

娘说："知道，听你爹说的。"娘接着哽咽着说，"儿啊，你怎么能那样，怎能捐献骨……髓啊？"显然，娘不理解什么是骨髓，说到这儿，明显地顿了一下。

他忙说："娘，没啥。"

娘说："你不听娘的，娘就死去。"

他急了，忙告诉娘，自己不是捐献骨髓，爹听错了，自己是想找人给自己捐献骨髓，自己有病。

娘一听更急了，问清了他所在的医院，和爹当天就打了车，匆匆赶去，在医院看见了他。他坐在病床上，护士在给他量着血压。娘一见吓了一跳，问道："儿呀，你怎么啦？"

他说："白血病。"

娘不懂什么是白血病，望着他。

他告诉娘，患白血病很难治的。看娘身子一颤，他忙说，不过，有骨髓配型成功的人愿意捐骨髓，自己就有救了。

娘忙说："配啊，砸锅卖铁也配啊。"

他叹口气，说："哪有那么容易的？两万多人中才有一对配型成功的。"

娘坐在那儿，眼睛直了。

他忙摇着手道，不过，自己很幸运，和一个女孩配型成功。

娘眼睛一亮："真的？"

他再次垂下头，告诉娘，对方不愿捐献骨髓。娘一脸灰白，许久，点点头道："是啊，身上的东西，哪一件不是跟眼睛鼻子一样，哪有多余的啊？多余的也不会长啊，谁又愿捐啊？"

爹在旁边嘀咕一声："听说，捐骨髓没事的啊！"

他沮丧地摇摇头，告诉他们，那个女孩就是不愿捐。

娘试探着问："真没事吗？"

他说："可能是吧，不过，这得问问医生。"

正说着，一名医生从旁边匆匆经过，娘忙一把拉住，如抓住救命稻草一般，可怜巴巴地问："医生，捐献骨髓对捐献的人有伤害吗？"医生望着她摇了摇头。看她有些不懂，医生就打比方说："骨髓就像韭菜，捐了又会长出来的。"农村里，韭菜不少，剪后生得更快更肥更多。娘懂了，娘脸上的灰白颜色没了。娘想了想，仍拉着医生的手不放，她有一个请求，希望医生能帮自己给那个女孩说说。

医生一笑，点头答应了。

四人去了另一间病房，见到了那个女孩。

娘走过去，一把拉住女孩的手，说："娃啊，大婶求你了。"

娘指着他说："我就这一个儿，请你救救他啊。"

见女孩不说话，娘猛地想起什么似的，指着医生说："医生说了，对你没损害。如果有损害，这个要求大婶也说不出口啊。"

女孩雪白的脸上流下两行泪，望望她，仍没有说话。

娘急了，说："娃啊，大婶跪下了。"

娘说着，准备跪下来。女孩忙一把拉住，流着泪说："大婶，我才是病人，这位大哥是捐献者啊。"说着，女孩指指他，对娘说，"求大婶了，救救我。"

娘站在那儿，愣住了。

不过，娘马上就明白了怎么回事。

娘拉住女孩的手，打量着女孩毫无血色的脸，许久许久，眼眶红了，对他说："去吧，娘不拦你。"

娘说："出来了，娘煮鸡蛋给你补补身子。"

他"哎"了一声，笑着望了医生和女孩一眼，忙向手术室走去。他知道，他的方法成功了，善良的娘，一旦知道捐献骨髓是怎么回事，一定不会拦他的。

他猜对了。

六个小时后，他捐献了骨髓，走了出来。

爹娘迎上来，仔细打量着他，见他没事，爹一笑，得意地道："小子，你答应了爹的，我劝你娘来，你回去可得陪爹喝几盅的。"

他一笑，手指一弹，嗒地一响。

娘这才知道，自己被骗来，是儿子和老头子商量好的。她回头瞪了老伴儿一眼道："啥出息？几盅酒，就让儿子收买了。"说完，拍着儿子的手笑笑，得意地道，"我儿捐了骨髓，救了一条人命，救了一个家，娘受一回骗，值啊！"

他望着爹娘笑了。

祝你生日快乐

崔永照

早上刚上班，李新正捧着冒着袅袅热气的茶杯喝茶，办公室进来一个扎着马尾辫的漂亮女孩，她左手拿着一个大蛋糕，右手捧着一束鲜花，甜甜地问："请问谁是李新先生。"

"我是。"李新慢条斯理地应了一声。

"生日快乐！"女孩柔柔的祝福，和着灿如鲜花的笑脸，风一样刮到李新面前，把鲜花、蛋糕放下，又是甜甜的声音："这是给您的，请收好。"同事们的耳朵全竖起来，目光齐射李新和姑娘。姑娘莞尔一笑，径自走了。

快嘴快舌的张丽莫名惊诧："哟，这李新唱的哪出啊。眼见一把年纪的人了，竟然在外有相好的了？这生日人家都记挂着呢。"

"这……"李新是丈二和尚摸不着头脑。

"哈哈哈……"有笑声飘过来，随之是腆着将军肚进来的公司办公室刘主任，"看看是谁送的生日礼物？"

"就是，就是。"办公室的同事们齐声说。

李新从鲜花中拿出一张精致的卡片，看了一眼，脸上漾上惊讶的表情。迫不及待的张丽，上前伸出梅超风一样的白骨爪，抢过卡片……

下午下班，李新拎着蛋糕，同办公室七名同事有说有笑地赶到了市海鲜大酒店，大家在雅间落座，争相传阅菜单，一顿丰盛的大餐上来，让大家大快朵颐。大伙儿喝得歪七扭八的，打着饱嗝，喷着酒气走出酒店时，斑斓的灯光在夜色中令人流连，让人眼花缭乱，神志迷离。"大家散了，散了。"刘主任挥着软绵绵的手吆喝着。

半月后，张丽收到了一个帅小伙子送来的一个大蛋糕和一束鲜花，大家又到大酒店海吃海喝了一顿。这下大家都盼着有人送来蛋糕和鲜花。真是盼望着、盼望着，蛋糕和鲜花来了，出去撮一顿的时间也就近了。

春天来了，夏天近了，秋天去了，冬天到了，科室的七个人都分别收到了生日礼物。外公司曾有人问起金凯公司员工间为何多了密切、默契的秘诀，刘主任笑而不答。

那个白蝴蝶翩跹的上午，又一位姑娘，给刘主任送来了蛋糕和鲜花，他把脸埋在花里，使劲地嗅着，半天才放下鲜花，笑得合不拢嘴。"小田，通知科室全体人员晚上六点到金帝豪酒店会餐，还有都必须带家属。"

刘主任在主宾位置落座，服务生上了生日蛋糕，点着蜡烛，大家异口同声地给刘主任唱起了生日歌，刘主任听得眼眶潮潮的，说自己好久没这样感动过了，许了心愿，吹灭了蜡烛，七名同事都给刘主任塞了红包。

"这是干啥，都收回去，收回去。"刘主任涨红了脸，撕扯了半天，七个红包一个也没退回去。刘主任很无奈，继而怅怅然，不知该干点什么，也不知该说点什么，他这顿饭吃的是味同嚼蜡。当饭后刘主任执意让去K歌时，大家高兴地答应好啊，好啊。

KTV里灯光迷离，回荡着或粗悍或温柔或奔放的歌曲，进了包间，酒水、干果上来，刘主任舞扎着手臂说："谢谢，谢谢大家为我祝贺生日。今晚我再请大家唱歌，目的只有一个，那就是一副对联：该吃吃该喝喝啥事别往心里搁，K着歌看着表快活一秒是一秒，横批——真是得劲。"

"欧耶、OK！"酒后的欢呼声、呐喊声让人听起来真实又畅快。刘主任连唱两首歌曲，蒙眬中又回到了年轻时的状态。大家是你方唱罢我登场，K歌时有的豪情万丈，有的柔情似水。喝起酒来爽快利索，聊起天来如遇知己，现场热闹非凡。

余强启开一瓶啤酒，失神地看着刘主任。李新的眼睛在镜片后面闪烁不定，似乎在盘算着什么。几个小时下来，很多人都有了醉意。刘主任要去趟卫生间，刚出门口，就听到李新和余强愤愤不平的对话。

"你说主任安的啥心，不就是过个生日吗，又送蛋糕又送鲜花的，生怕别人不知道。还说这是关心职工，以人为本，构建和谐单位，体现人文关怀，唉！"

"真是，他这一张扬，生日得请客吃饭。更让人受不了的是，咱还得给他送红包，他今晚带头K歌，明年咱过生日，吃了饭也得去歌厅，这不是变相增加别人负担吗？真是折腾人。"刘主任的身子不由得晃动了一下。

刘主任踉踉跄跄又回到包间，把酒瓶打碎了，竟然还拿玻璃把手割了长长的一道口子，鲜血汩汩地流，他哈哈大笑，没有一点痛苦的样子。大家慌了神，都说刘主任喝高了……

当又一个春日悄然而至的时候，李新的生日又到了。早早上班的他收到了一条手机短信——"祝你生日快乐！金凯公司贺。"他深深地叹了一口气，半天没缓过神来。

坐他对面的马丽，看着怅然若失的李新，随手拿过公司刚下发的不再给员工送生日礼物的通知，边看边嗑着瓜子，噗噗吐着瓜子皮，很用力的样子。

不时有风从半开的窗口吹进来，屋子里就笼上了一丝寒意。窗外有小鸟在叽叽喳喳地叫着，欢快地飞来飞去。

手　术

程丽娥

"妹妹，姐姐遭难了，你一定要救救姐姐啊。"子涵进了我家门，就抱着我哭了起来。我和子涵是多年的好友，我连忙问："姐姐怎么了，快告诉妹妹。"子涵勉强抑制住哭泣，把她的体检单拿给我看。我看了半天也没看出子丑寅卯来，子涵又哭了起来，她一边哭，一边说："我嗓子检查出息肉来了。"我对医学不是太懂，也不知道这种病严重到什么程度，就劝慰她说："我听说好多人嗓子都有息肉，没事的。"她大叫一声:"谁说的,没事? 我百度了,最后会发生癌变的! "

我领着她去找我的表哥,表哥是市医院的骨科主治医生。子涵见到我表哥,就问:"我是不是应该马上做手术? "表哥看了她的体检单,建议她多去几家医院检查,看是良性还是恶性的,等确诊后,再做决定是否需要手术。

听了表哥的话后,她觉得自己的就是恶性了。一路上,她已经站立不起来了。我劝慰道:"医生说话都喜欢往大的说,就像裁缝给别人剪裤腿,总是留长一点一样,他让你多几家医院检查,不是说你一定有病,只是为了更加保险而已。"

过了几天,他老公忧心忡忡地来找我,我问他:"检查结果出来了吗? "他说:"去了好几家医院,有的大夫说没关系,是良性的;有的大夫说是在良性和恶性之间;有的大夫说以后也可能转化。子涵已经吓得倒下了。她不去上班了,整天在家哭,我也不知道怎么办。你领我找找你表哥,我想让他出出主意,也想让他帮忙在医院找找大夫。"

过了几天,子涵的妈妈也来了,她哭肿了眼睛,也要我领着去求求我表哥。因为我近期太忙,领导不给我假,我每次都是偷跑领他们去的,所以领他们见到我表哥后,我就赶着回来上班,但是我感觉表哥是不太赞成子涵做手术的。

前几天,我从国外出差回来,听说子涵做手术了,我急忙去医院看她,看到子涵痛苦的样子,我很心疼。子涵看到我,泪眼婆娑。她妈妈说:"手术切片检查是良性的,亲朋都说不应该手术。"我连忙安慰她说:"手术也好,这样放心了。"她妈妈又说:"是啊,她说单位的人很多都检查出结节来了,她担心她以后也会有,这次她要求医生一起手术了。"我望着插满管子不能说话的子涵,不知说什么好了。

子涵的老公从医生那儿来了,他说:"等子涵嗓子的手术痊愈后,准备做子宫切除。"我大惊失色,问:"为什么? 有问题吗? "子涵老公说:"子涵的单位好多女的得了子宫癌,未雨绸缪,子宫切除了,就不会得了。"我说:"你同意吗? "他说:"生命要紧,我哪敢不让她做? 我准备把家里的房子卖了,筹措手术费。"我生气地说:"很多人得胃癌,肠癌,她也要把胃和肠子割去吗? "他老公连忙示意我不要说,担心她听到了,也要做胃肠的手术。

从医院出来,我去了表哥家,表哥留我吃晚饭,喝了几杯酒,表哥的脸红了起来,我问表哥:"你虽然不是耳鼻喉科专家,但是你也应该知道,子涵不应该做手术的? "表哥叹了一口气说:"我已经阻挡不住了。"我说:"为什么? "表哥一口喝干了半杯红酒说:"她老公和她妈妈塞给主治大夫好多钱,不给子涵做手术,主治大夫于心哪能忍? 人都讲良心的。"

父亲和那道坡

宋向阳

秋生的家在柳河村最北头的山根下，绕过一道胳膊肘子弯儿的土坡，才能过去。

秋生开着新买的轿车回家，道窄，只好停在十米外的巷口。他怕车子被剐蹭，一个劲朝那边望。你对车倒挺上心啊。父亲徐老套在饭桌上叨咕着，还用稀奇古怪的目光扫他。秋生低声地解释道：我三年的工资都花在车上了，那道坡忒堵。

秋生两口子一走就是两个多月，隔三岔五往回打个电话。一次，隔壁的小东把一包羊肉送到了他家。小东说：叔啊，看看你儿子多孝顺啊。徐老套的脸上像结了霜，瞅都不瞅一眼。

小东走后，媳妇问老套：你绷着脸给谁看呢？不识抬举。

徐老套愤愤地说：他徐秋生是在救济困难户吗？连个面都不照，好大的架子啊。

媳妇叹了口气，说：谁让你找个猫不拉屎的地方盖房，拐弯抹角连个车都不得放。

徐老套大步来到院外，望着那道十多米长、五米多高的土坡，使劲哼了一声。他蹲在那儿，点着一根旱烟，猛地吸了几口，脸蛋憋得像下蛋的母鸡。

徐老套去集上买了几把镐锹，还叫人焊了一个铁斗子的推车。除了下地，他把很多时间都用在了修路上。

日头还没升起，徐老套就站在了土坡下，挥着大镐刨。土质很硬，他一镐下去，便击出一颗颗金星来。徐老套拿出了年轻时开大山的劲头，抡圆膀子干着。汗水很快浸透衣服，紧紧贴在了他的身上。媳妇看着心疼，帮他往车子里装土。

徐老套一把夺过铁锹说：去，这事儿不用你管。

媳妇说：你悠着点，别累坏了。

徐老套嘴里应着，却不歇手。媳妇给他沏了一壶浓茶，端了出来。徐老套嗓子眼儿里发干，放下家什坐在了凳子上。他喝着茶，眼前浮现出儿子小时候在土坡前和他捉迷藏的影子，心里不禁七上八下。

胳膊肘弯儿的土坡一天天变小着，徐老套手上的老茧一天天变厚着。累的时候，他都会朝远处望一会儿。他想看到那个熟悉的身影，可是却一次次失望。媳妇劝他找几个帮工，他却说啥也不答应。

这天，徐老套正在门口忙着。村书记大成走了过来，喊道：老套哥，你儿子给你捎钱来了。徐老套没有抬头，仍然在干活。大成说：都啥年头了，你还想当愚公啊。徐老套这才停手，冲他干笑一下。大成把钱递了过来，说：上午我在城里遇到秋生，他让我给你们。徐老套一把拨开大成的胳膊，说：这钱我不要，你退给他吧。

亲儿子的钱，不要白不要。大成说。

徐老套哼了一声，说：徐秋生凭啥不自己回来？他不认识柳河村的路吗？

大成说：可能，他有点忙吧？

徐老套说：一个小科长比县长还忙吗？

媳妇见他九头牛拉不回来的样子，便从大成手里接过了钱。徐老套瞪了她一眼，说：这钱你自己花吧，我一分不沾。媳妇用手点了点他，回屋里给大成去找烟卷。

我让你堵！我让你堵！徐老套举起大镐，用力地朝土坡刨了下去……

三个月后，秋生两口子还没有回来。一天，他突然接到家里的电话。母亲在那头颤巍巍地说：儿啊，你快回来，你爹……病得可不轻啊。没等秋生说话，母亲就嗖地放下电话，任凭秋生怎么回拨，都没人接。秋生吓出一身冷汗，带着媳妇急急忙忙撵了回来。他的眼里冒着火，把车开到家门口没等停稳，就跑进屋去。可是，父亲却满面红光地坐在炕头，没有一丝病意。他疑惑地瞅着母亲说：妈……

徐老套笑眯眯地说：儿子，你的车放哪儿了？

秋生眨巴眨巴眼睛，说：就放门口了。

徐老套拽住儿子的手说：那道坡还有吗？

秋生的呼吸顿时急促起来，泪水在眼里打起了转转。

藏

胡天翔

吃过晚饭，月儿已升上树梢了。锁上院门，王玉章老人正坐在堂屋里看天气预报呢，院门被人咚咚咚地敲响了。老人出了堂屋，向院门走去。

谁？

我啊！爹！

是儿子？开锁、拉门，果然是儿子。儿媳妇也回来了，开一辆黑色的轿车。打开后备厢，儿子往外搬东西。一箱苹果、两提牛奶、三盒月饼、四条香烟，这都是给老人的。儿媳妇从轿车后座上提下来一个黑色的箱子，拉着进了东屋。儿子还从车里抱出来一捆卷轴。是装裱的书画。老人知道儿子喜欢收藏字画。有的是他用自己的字换的，有的是买的。儿子给老人说过，钱花在收藏上，既陶冶性情，又积累财富，比吃喝嫖赌挥霍强多了。

老人和儿子进了堂屋，两个人吃起了月饼。月饼是莲蓉蛋黄芯的，外酥里嫩，又甜又香。一会儿，儿媳妇也过来了，老人给儿媳妇也拿了一块。

天黑了，路怎远还开车回来。老人说。

爹，后天就是中秋节了，回来看看您。儿媳妇说。

爹，我加入中国书法家协会了，您看看我出版的作品。儿子递来一本装帧精美的"厚书"。

儿子自幼喜欢书法。儿子上小学时，村里人请知青写对联，七岁的儿子也拿着毛笔写字，人家就教儿子练握笔、立姿势，没想到儿子一点就会。见儿子有灵气又爱学，人家就鼓励儿子坚持练习书法；读初中、上高中、念大学，没有丢过书法，献之羲之、颜筋柳骨、草圣张旭、苏黄米蔡都有涉猎，在全县、全市、全省的书法比赛中都得过奖哩！大学毕业，儿子被分配到市政府，书法好又会写文章，先后给副市长、市长当秘书。那时，没有电脑和打印机，领导的报告全靠秘书手写。儿子用正楷写报告，一笔一画像印出来一样——领导们看得清清楚楚、明明白白，都夸儿子有才。就这样，儿子从"小王"写成了"王主任""王副秘书长"；十五年后，三十八岁的儿子成了全市最年轻的"王县长"。从王县长到王书记再到王副市长，儿子又用了十二年；两年前，儿子又成了"市委王秘书长"。现在，儿子还加入了中国书法家协会，成了一名"书法家"。老人真替儿子高兴。

聊着聊着，月亮落了，夜已深了。

儿子说明天一早就走了，早点休息吧。

儿子和儿媳回了东屋。那捆字画也被儿子抱进了东屋。

第二天吃过早饭，儿子和儿媳要走了。儿子对老人说，爹，我们走了，十月底再回来接您。

可是，到了十一月，儿子的轿车还没来。老人打去电话，儿子说这段时间忙，让老人再等几天。这一等，就到了腊月。腊月初七的下午，飘了小雪，老人穿着棉袄在院子里看落雪，门口来了一辆轿车。也是黑色的。不过，下车的不是儿子，是两个陌生的男人。一个戴眼镜的中年人，一个挎公文包的年轻人。

你们是？

您是王玉章老人吧？我们是省纪委的，我姓刘，这是我的证件；我们是为王世杰的事情来的。中年人说。

我儿子，他咋了？

王世杰涉嫌受贿正接受组织调查。据他交代，他有些东西藏在东屋，我们是来落实的。年轻人说。

老人打开东屋的门。屋子里只有一个梳妆台，两把椅子、一张床、一个衣柜。年轻人径直拉开梳妆台的抽屉，拿出两把钥匙。打开衣柜的一扇门，取出衣架上的衣服，年轻人抱出一个硬纸盒子——掀开盒子，里面是一沓沓现金。又打开一扇衣柜门，看到了那捆字画，年轻人把它们抱出来，放在床上。

老人家，你见过你儿子拿钱回来吗？中年人说。

没有啊！这咋有恁多钱哩？

这些字画也值一百多万哩，有人买来送给你儿子的。中年人说。

啊！我儿子说他用字换的！

他用字换的？他加入中国书法家协会，还是一个开发商出五十万去协调的！不是图他手中的权力，人家会拿上百万的东西和他换？这些都是他涉嫌受贿的证据！年轻人说。

老人明白了。他颓然坐到床头，拍打着衣柜：儿啊，你藏的不是字画，是罪孽啊！

空空的衣柜，发出咚咚的回音。

洗　　手

高淑霞

曹婶站在青花瓷洗手盆前，望着镜中的纤细手指，无奈地笑笑，"唉，一个月了，这双手让女主人折腾得好苦啊！"镜中仿佛闪出女主人漂亮的小脸，"怎么，不服气吗？就知道你们这些北京贱民心高，心高有什么用？心高没钱，照样当用人！唉，你也真笨，洗个手还得反复教！"

女主人很高傲。住别墅，开豪车，出入会馆，和阔太太们出国购物打牌喝茶，是该骄傲啊！

骄傲的女主人生活讲究：穿衣服一定要大牌；喝咖啡一定要自己磨；洗衣服必须用手搓，然后再投洗六遍；洗菜要先洗两遍，再泡30分钟，然后再洗5遍。

曹婶提醒女主人，泡 30 分钟，农药就会泡到菜的里面了。

女主人撇撇嘴，"你懂什么？没知识！"

曹婶有时候感觉女主人太浅薄，浅薄得有些可笑，那次女主人端着刚煮的咖啡，冲曹婶显摆，"这咖啡必须现煮现喝，透过袅袅的水雾，翻看过往，苦涩的生活就变成了另一番模样。"天啊！她那矫揉造作的模样差点让曹婶吐了。曹婶真想提醒她，"喝咖啡时不能用小勺舀着喝，那小勺是搅拌咖啡用的。搅动完，要把小勺放在碟子上。"话到嘴边，又咽了回去。她不想扫了这个凄苦女孩的兴。

是的，在曹婶眼里，女主人挺凄苦的，她生在湖北的一个山村，靠自己的努力考上了大学，打工赚钱完成了学业。为了给妈妈治病和供两个弟弟上学，她当了二奶。这些都是女主人喝醉时对她说的。她一想起女主人瞪着血红的眼睛声嘶力竭地叫喊："我是二奶，二奶！连生孩子的权利都没有啊！"一切就烟消云散了，可昨天女主人真把曹婶气坏了。

昨天，曹婶在卫生间搞卫生，女主人走了进去，劈头就喊："怎么回事，我说了多少遍，洒 84，洒 84，你就是不听。这臭味，熏死人啦！"

曹婶说："洒了，我早晨洒过了！"

"早上洒了，就行吗？洒三遍，每天必须洒三遍！"

"84 用多了有毒，会污染室内空气。"

"什么？84 有毒？医院成天用 84，我也没听说过毒！"

"那是医院，什么都得有个度，这么小的空间，84 用到一定量，人体就会中毒。"

"什么？度！你知道什么是度啊？"女主人急了，一个用人也跟她讲什么"度"，臭显摆是吧？她指着曹婶的鼻子嚷道："你们这些下岗工人，穷了巴唧，还挺清高。不就是想显摆你是北京人吗？还有，你说这么小的空间？哼，这么豪华大气的卫生间，你见过几个？小？"女主人耸耸肩，一摊手，"这还算小，哼，没见识！"女主人一摔门走了。

走了也没解气，女主人转了一圈又回到卫生间，沉着脸说："过两天，就到月底了，月底我多给你点钱，你走吧！"

曹婶接过话，"你不用多给我钱，付我一个月的工资就行了。"她正想走呢，她的手早就抗议了，她一辈子也没干过这么多活啊！

曹婶洗完手，对着镜子里的自己笑笑，扯下镜子旁边那张女主人专门沾上去的洗手 8 项规则，走出卫生间……

女主人站在二楼阳台上，看着曹婶远去的背影，竟有些失落，信步走到一楼的用人房，看到桌上放着那张"洗手 8 项规则"笑了。笑刚爬到嘴角又缩了回去，她看到了旁边的书，"哼，用人还看书！"她拿起书翻看，"啊，白冰，曹婶是女作家白冰？"

是的，作者照虽然年轻时尚，但那眉眼，那嘴角的笑是曹婶特有的，也是一直让女主人不舒服的。

书里夹着一张纸，纸上写道：你好，我是白冰，知道你在网上看我的长篇连载，很高兴。送你一本我早期的作品，希望你喜欢。不用奇怪，我的下一部小说，需要一些用人的素材，所以我来到了你家，谢谢你给我的一切！

女主人愣了，呆呆地站立着……

打　分

赵　欣

吴世雄好不容易谋到了一份工作，在一所大学里当助教，试用期两个月。父亲格外高兴，儿子赋闲一年多了，总算有了事业，而且是教书育人，正是他所期望的。从中学校长的岗位上退休二十年了，父亲仍然关注着学校教育。

眼看着试用期就要满了，吴世雄喜滋滋地谋划着未来的人生。系里小张老师，与自己同龄，也是未婚，但人家已经是副教授了。他很喜欢她。转正后，他就有勇气向她求婚了。

这天，系主任交给他一个任务，让他批阅一个班级的毕业考试卷。系主任郑重地说，小吴啊，可不要大意啊！批卷的要求很多很具体，一旦有重大失误，就是教学事故啊！吴世雄明白主任的意思，这是对他的一次考核。

拿着卷子回到办公室，小张老师关切地提醒他，吴老师，您千万好好阅读批卷的要求，有的失误是没有办法挽回的！小张老师这样一说，吴世雄就更加重视了。他仔细阅读了评卷须知，还真是细则繁多，要求严苛。但他只须按要求操作就行。

按规定，这项工作可以在家里进行。正好赶上休息日，他决心出色地完成任务，周一一早就交给主任。不过这批卷子是个细致活儿，特别是简答题和论述题需要领会问题实质，酌情打分。不巧的是，吴世雄突然感冒了，头昏脑涨的，一天下来，他才完成不到一半的工作量。

第二天是周日，他在父母的房间里找到几片感冒药吃了。母亲对父亲说，孩子发烧了。父亲说，要不去打针吧。吴世雄说没事儿。中午母亲喊他吃饭，他说，你们先吃吧。母亲望着他伏案劳碌的侧影，眼里流露出疼惜。母亲特意炒了好几道菜，但是吴世雄勉强吃了一点又回到书房。批着批着就感觉浑身发冷，后来就打战了，找出体温计一测，快 39 度了。看来是坚持不下去了，只好去医院。

离开的时候他的目光还黏在那一摞卷子上。父亲和母亲就说，别急别急，身体要紧。卷子必须保持清洁，禁止有任何多余的笔迹，他想告诉父母千万别动卷子，可是一想，又觉得是废话，他们怎么会动他的卷子呢。

从医院回来，已经黑天了。母亲喊他吃晚饭，他则直奔书房，拿起笔正要批卷，忽然感觉异样，他眨眨眼睛，把一摞卷子翻看个遍，脑袋轰了一下，脊背蹿上一条小蛇——所有的卷子都打分完毕！还要更惊恐的是，简答题和论述题的空页上，密密麻麻写着鲜红的评语！

在卷子上写评语，这是父亲当老师时惯常的做法，为了针对性地指导学生的学习。可是，这是大学试卷，绝不可以画蛇添足啊！他欲哭无泪。

这时父母笑吟吟地站到他面前，母亲轻松地说，儿子，去歇着吧，你爸帮你完成了！吴世雄一肚子懊恼和无奈，但是又能说什么呢？他镇定一下，说，谢谢爸！这是我自己的职责！

父亲说，你不是病了吗？时间又紧。

这一夜，吴世雄失眠了，他知道他又要重新找工作了，还不能让父母知道失掉这份工作的原因。

第二天一上班，他就把卷子交了上去。小张老师不无担心地告诫他说，吴老师，你要不要再检查一下，这可非同小可啊！他苦笑着摇摇头。早交晚交都一个结果，交吧。

吴世雄继续协助小张老师工作，暗暗四处投送简历，四处参加面试，都没有收到好消息。

这天，学校召开全校阅卷工作总结大会。会前，吴世雄发现同事们都避开他，有几个人还在身后意味深长地笑着，窃窃私语。他有一种不好的预感。果真，校长站在高高的主席台上问道，吴世雄老师在下面吗？

他脸红红的，趔趄地站起来点了一下头。他求救似的把目光投向小张老师，但是她避开他的目光，神情颇为严肃。

校长加重语气，说，我们要向吴老师学习！吴世雄以为听错了，但是后面的话清清楚楚的。校长说，批卷子是为了什么，不是仅仅为了打分，而是要发现问题指导问题。吴老师的卷子，大家看看吧。在窸窸窣窣声中，校长展示了一份考卷。每份试卷都有这么详细认真的点评，这是一个多么负责的老师啊！

试用期限一到，吴世雄就被正式录用了。但他再也不敢把卷子拿回家了，至于在卷面上写评语，他也不敢盲从。而对小张老师，他已经打消了那份念头。人生没有那么多的幸运，一切还是循规蹈矩的好。

把　柄

袁有江

每年清明给先祖上坟，点燃纸钱后，父亲总要拿出一沓纸钱，走到不远处的一座孤坟跟前去，坐在地上，抽完一支烟再回来。母亲也总会对着父亲的背影，窃笑着跟我们说，你们看，全村就你父亲把老谢当人看。

大半辈子活得卑贱的老谢，年轻时当过乡干部。后因爱上一个不该爱的人，被人毒打使坏，还送进了大牢。刑满释放归来，他又成了矮人一大截的瘸子。晚年，只好当了村里的五保户。父亲将老谢看成人物，是欣赏老谢的一手绝活。老谢在父亲开养牛场时，帮过很多忙。

在我十岁那年的秋天，父亲允许我站在厢房门口，第一次观看老谢的绝活。比我小的孩子，都被奶奶赶鸡雏进笼一样，赶进了厢房里，闩上门看管着。

秋风很凉，树上的黄叶零零星星地飘落。父亲不断地捡起来，以保持清扫过的院子，除了白生生的浮尘，就只有浮尘。院子中央，钉了一根粗大的槐树桩。那头浑身棕色毛发的公牛，被拴在那里。它一边吃着竹匾里的黄豆饼，一边不时地打响鼻。好像在感谢主人突然的厚待。黄豆饼是精贵饲料，平时是舍不得喂它的。也许它在咀嚼时该有所警悟，但它毕竟只是一头牲畜。只一门心思地享受着少见的美食。

"吱呀"一声，老谢推开院门，一瘸一拐地进来了。他紫红色的光头，矮下去时只齐牛屁股。他嘴巴上粘着纸烟，压低嗓门跟父亲打招呼。烟卷仿佛长在他的唇上，一上一下，跳动得很好看。他提着装工具的羊皮袋子，对父亲夸牛养得好，对牛夸父亲时间选得好。他歪着脑袋说，天凉快了，伤口不易发炎，牛会少遭罪。

随后，陆续进来的，是十几个壮汉。他们进来时都不敢高声语，脚步也很轻。父亲嘱咐我站在门槛后别动，他迎上去给他们一一敬烟。公牛还在那里埋头吃黄豆饼，悠闲地摇摆着尾巴，驱赶着围绕它嘤嘤嗡嗡的苍蝇。父亲指指他放在猪圈里的绳子、铁甲等刑具。两三个汉子，去将东西拿出来整理。父亲轻抚着公牛的背脊，嘴里念念有词，慢慢将公牛的四条腿，逐个拴上结实的绳子。绳头一端引出老远，交给一个壮汉。父亲在拴公牛左前腿时，公牛很不耐烦地踢蹬一下，像一个人睡梦中被戴上脚镣手铐，不小心碰疼了手臂。那手下意识地抖动了一下，但很快又睡熟了。

院子里弥漫着一股烟草味。父亲说，都准备好了，可以开始了。

"扑通"一声巨响，公牛的四蹄被强行分开，整个躯体像一堵墙，掼倒在地。一股洪水破堤般的哞叫，一团连一团地从公牛的鼻腔喷出来。前一团叫声还没来得及展开，就被后一团撞翻，厚重混浊。在公牛还没弄明白怎么回事的时候，几个壮汉就将沉重的铁甲，扣在它身上，一起压了上去，令其动弹不得。

站在屋檐下的老谢，像踩死一只臭虫一样，踩灭烟蒂。他麻利地拐到公牛的尾部，跪下来，熟练地掏出公牛的阴囊，摸实睾丸，垫上铁砧板。然后，他左手轻柔地抚摸，右手举起黑油油的铁锤，对控制公牛的壮汉们喊一嗓子：都压紧了！黑色的闪电般，手起锤落……呛人的膻腥味霎时氤氲开来。惊天的哞叫，有地震之感。我吓得差点哭出来。公牛在铁甲下奋力地挣扎着，险些将天盖掀翻。但最终，它只如大海中的鲸鱼，向海面奋力一跃，很快就在粗粝的喘息惨叫中，力度越来越小地沉沦下去，只剩下全身肌肉的痉挛。

老谢的这一锤，颇有些讲究。倘若砸偏了，轻者牛不能撒尿，重者丧命。倘若下锤过重砸碎了囊皮，就不能结痂留饼。砸得过轻或打滑，会因留饼厚薄不均，造成骚性不能断绝。此术，又务求一锤定音，补锤很难成功。最难处，是举锤者要不惧断子绝孙。老谢在公牛完全停止挣扎后，才处理锤砸的部位。他先缝合阴囊处的裂口，后又泥墙般涂油腻腻的药膏。我第一次看见，公牛的血液是黏稠的，黑红色的。

院子里覆盖着一层巨大的，黏滞的血腥味，和迟钝得不像样的哞叫声。汉子们放开了手脚。由被锤骟的公牛起头，说到人，说起一堆色情笑话。院子里渐渐成了一锅沸腾的开水。只有老谢独自一人，坐在角落里默默地抽烟，一句话也不说。

我远远地看着公牛被铁甲扣着，躯体颤抖着，四肢撕裂般伸向四个方向。那牛头对着门口，两只眼睛仿佛在向我求救。我感觉全身冷飕飕的，抖缩成一团。公牛的两只眼角，淌下两缕泡沫一样的眼泪，连接到阔大的嘴巴四周。我想过去看看牛尾，但挪不动腿。一个汉子看见我惊吓的样子，指指我的裤裆说，以后不听话，也锤了你的鸡鸡。说完哈哈大笑。一瞬间，我感觉裤裆凉丝丝的，夹起尾巴，赶紧跑进屋里。

多年后，我才明白，对公牛施行锤骟，是为了它能长得膘肥体壮，更加老实厚道地耕地、拉车。因为它已"去势"，没有了放纵的欲望，就再不会反抗人的驾驭。为什么要锤骟，而不实行切除手术？我问父亲。父亲说，让它带着"把柄"，可以终生驯服。

这瘸子老谢，也真下得去手。我感叹。

父亲幽幽地说，老谢就是被人下过死手，带了把柄的。

周 庄 毅 梦

非花非雾

毅站在沈厅的廊子上往外看去，夜幕降临，雨丝如纱。远近店铺门前的红纱灯都亮起来了，夜色更加朦胧，诱人遐思。

透过对面多宝斋的木格橱窗，看到那一面壁上，错落着大大小小的极精致的聚宝盆。毅慢慢走过去，一只只审视那些聚宝盆。身着月白旗袍的江南女子走过来，吴侬软语："先生，带一只回去吧，保佑您财源滚滚达三江！"

"真的吗？"毅兴致好起来，笑着调侃。

"真的。"江南女子莞尔一笑，并神秘地一挤右眼。她大概也被这位来自北方，身材挺拔又温文尔雅的帅哥打动了芳心。

毅研究生毕业，全省统招进了市政府做公务员，是中原古都女子乘龙快婿的不二人选。但是，每次恋爱到了登门拜见未来岳父母的关口，都被卡住了。他来自农村，一个人在市里工作，租房而居，要想靠工资买到一套住房，不知要等到猴年马月了。世风如此，毅只能徒叹奈何。

"有只聚宝盆就好了。"毅想，不觉说出了口。江南女子微微一笑，纤纤素手把一只不大不小的聚宝盆捧到毅的面前。毅看到盆底，一张真真的百元钞票。

毅看了一下价格，点头："就这只吧。"

江南女子又是一笑，打包的时候，取走了那张百元钞。

毅也笑了：哪有那么好的事！

……可是，好事真的发生了。毅在自己的睡房拆开包装，想把晚上品小吃找回的硬币放到里面，竟然发现那张百元钞还在！

他取出那张钱，盆底上隐隐又出现一张，越来越清晰，最后，又变成了一张真真切切的百元钞票。

毅取出那张钞票，又一张出来了。他就那样不停地取呀取呀，天亮时，旅行箱已经装得满满的。他累得喘不过气来，数了数，五千二百万元！

他把皮箱放到床下，不动声色地跟着旅行队伍。微博上一则消息说一家投资担保公司老总携五千二百万元资金外逃，那些钱都是老年居民一生的积蓄，有人存了二百万元，有人存十多万元……一群老人穿着"还我血汗"的 T 恤衫，跪在大街上，痛不欲生！

五千二百万元，是巧合吧？毅想。心中一直沉甸甸的，一路的好风光也无心观看。晚上他悄悄买了一只大旅行箱，回到住处，便关上房门，取出聚宝盆。一张百元大钞正诱惑地躺在盆底，于是，毅又开始取钞，一直辛苦到天亮。他几次累得想停下来的时候，都禁不住一张张取钞票的快感诱惑，拼命地一直取着。尽管他因为那笔钱数的巧合而心生疑惑，但又祈祷侥幸。

第二天，他收拾好这笔钱，五千三百万元！然后，他马上打开腾讯新闻，第一时间看到西北发生了大地震，同胞纷纷解囊相助，有一笔捐款却下落不明，钱数正好是五千三百万元！

第三天晚上……

毅不得不承认自己的每一笔巨款都与一场人类惊心动魄的罪恶息息相关！

他找了个借口悄悄离开旅游团队，分别在几座一线城市购买了豪华别墅和高级轿车，像那位江南女子一样美的姑娘纷纷投怀送抱，只要他愿意，他可以用十几个户口和十几位不同年龄不同肤色不同身份的美女结婚，还可以包养任意多他愿意包养的女孩。

为了不引起注意，他在工作的中原古都依然租房而居，低调地上班，低调地谈恋爱。他悄悄在北京三环租了一间一居室的民房来放他的聚宝盆和钱钞，搬张小凳子坐在码满钱的屋里，他像发疟疾一般，一会儿冷一会儿热：超级享受与良心拷问轮番折磨着他：他知道每一笔钱的到来，都意味着一场"掠夺"！

一直到他看到报纸上一名白血病患者因家属丢失了救命的十万元而丧生，看到电视上一位农民工讨不回一年的血汗钱而跳楼殒命……他再也坐不住了。

他又一次悄悄来到周庄，来到多宝斋，把聚宝盆递到那位江南女子手上，女子又是那样莞尔一笑，一甩手，把聚宝盆扔到沈万三水下墓的水池中，池水荡漾，金银浮动……

毅舒了一口长气，发现自己伏在桌上睡着并做了那样一个长长的梦，手心额头都是冷汗。他忙找出聚宝盆打开包装。盆底哪有百元大钞，只有一张那江南女子的名片。

窗外，灯火已阑珊，一笼烟雨中的周庄美若画卷！

锁 三

林庭光

县城最繁华的那条大街，总能看到一个配钥匙的摊子。一个胡子拉碴的老头坐在一张破烂的藤椅上，似睡非睡地看着自己身边的摊位，上面摆满了各种各样的钥匙和钥匙坯子。老头脸上到处都是疙瘩，像癫蛤蟆的皮，路过的小孩子都会被吓哭，他——就是锁三。

锁三不但脸上都是疙瘩，就连稀疏的头顶上也长满疙瘩。虽如此，但锁三配锁的手艺却是这个小城里最好的。一般配钥匙的师傅，必须拿出原来的钥匙才能够配上，可锁三对着锁就可以配钥匙。所以，那些丢了钥匙的，就可以拿着锁去找锁三。锁三配钥匙价格公道，也就是一条钥匙两块钱，这么多年，价格就没有变过。

和锁三做邻居的是霞妈，对人非常友善。霞妈虽然已经五十岁了，可看上去一点也不像，特别有精气神。她的店就在锁三摊位的后边，只要经过，你老远的就能看到"霞妈翠屏"装潢的大招牌，她是卖窗帘的，经营多年，也算是这个小城最有名的。

锁三的摊位是城管局分配的，这是照顾当地街坊，同时也是照顾锁三的生活。锁三是一个孤身老汉，家里没有其他人，独自一个人住在一间即将拆迁的老屋里。锁三每天早早地开工，他还带着一把大大的扫帚，把窗帘店面门前人行道打扫一遍。另外，当地的街坊，谁要是找锁三帮忙，锁三从来不推辞。锁三除了配钥匙，还会一些修理家电的手艺。比如那些手机啦，还有老年人的收音机，经过锁三一捣鼓，很快就能修好，大家佩服不已。

锁三和霞妈虽是邻居，但说话的时候并不多，因为锁三知道自己太丑而霞妈太过漂亮。霞妈是街道出了名的大美女。社区走动，霞妈虽然热情，但从来没有正眼看过锁三一眼。倒是锁三，看霞妈的眼神，总是那么蒙蒙眬眬的。有人会问锁三："三儿，你们是不是……"锁三见问话人那一脸暧昧的神色，脑袋急忙摇晃得和拨浪鼓一样。于是，大家都开心笑起来。

找霞妈的人都是很有头脸的人物，锁三知道，这些人之所以有头脸，那都是经常上县城电视台的。锁三认识他们，可他们却不识锁三。你不要看锁三闭着眼睛，靠在藤椅上，谁从这里经过，谁去了霞妈那里，他可都一清二楚。虽然与锁三无关，但锁三心里其实也是酸溜溜的。

一天，锁三照常开工，他惊奇地发现，霞妈的门市没有开门。接连几天，霞妈的门市一直关着，不知为啥，这让锁三心里空落落的。锁三不由自主地想，到底怎么了？虽然霞妈的门市上，有一个他从来没有打过但已经很熟悉的电话，但锁三没有勇气拨打那个号码。锁三知道，霞妈来不来，这不关自己的事，但总是吃不香睡不好。

不知道过了多少天，霞妈回来了，样子一下子老了很多，脸上也多了许多皱纹，而且头上也多了许多不该出现的白发。霞妈坐在自己的门市里，悄悄地抹眼泪，这让锁三很是心痛，但是他不敢走过去，只能悄悄地看着霞妈。在他眼中，霞妈依旧是那么好看。

锁三瞌睡的时候，闻到了女人身上的那股香气。锁三睁开眼，就看到霞妈坐在自己身边，这是霞妈第一次和锁三说话。霞妈告诉锁三，自己的男人进了大牢，霞妈哭诉男人怎么会背叛自己。"我辛辛苦苦地挣钱，就是为了这个家，可他在外边却拈花惹草。还贪污，贪污的钱都给了那些狐狸精，害得我也跟着蹲了几天大牢。"霞妈说完，大声哭起来。

锁三这才知道，这些天霞妈为啥没有来，那些他认识的有头脸的人物为何没来。锁三这才知道，霞妈的爱人就是个锁三听说过的那个做大官的人。锁三看着哭泣的霞妈，觉得她好可怜，想伸手去抱抱她，给她安慰。锁三知道自己的身份，终究没有伸出手抱。锁三也跟着哭起来。

霞妈的门市关了，锁三也莫名其妙地病了。之后，锁三再也没有去出摊，小城里便多了很多废锁。人们后来发现，锁三挨门挨户地贴广告，锁三被一家开锁公司聘请走了。

以后的日子，在这条繁华的大街，没有最丑的锁三，没有最漂亮的霞妈，大家的生意却依旧兴隆着。

燕　子

葛　勇

父亲病危，我不回去他是闭不上眼的！大哥在电话里告诉我。

父亲在我们村里当了一辈子的小学老师，在退休的那一年母亲因病去世了，这么多年来，父亲一直自己独居。大哥已经成家，在家务农，我大学毕业后留在省城教书。我总想把父亲接到省城，可他不肯过来。实在想我了，也只是偶尔在冬季来我家小住一下，便又急匆匆地赶回去。近年来，父亲患上阿尔茨海默病。俗称"老年痴呆"。前几年还能独立生活，可这半年以来基本卧床。

明天就是五一劳动节了，但北方的天气依然很凉。当我赶到家时，看到父亲侧卧在土炕上，几乎没了呼吸，一双混浊的眼睛一直望着窗外。满满一屋子人，大多都是屯亲。看到我回来了，不约而同地舒了一口长气，个个如释重负，好像在说，你可回来了，老人可以安静地闭眼了……

大哥轻轻地将父亲的身体挪转过来，看到的依然是那双混浊的眼睛。此刻，我的内心涌起一阵酸楚……

大哥对着父亲说道：爸，拴柱回来了！

父亲仿佛没有听到，却用力地扭动自己的身体，再次固执地把自己的一双眼睛挪向窗外。

你都回来了，咱爸怎么还看着窗外呢？大哥一脸疑惑。

傍晚，亲属们逐渐退去。我对一直照顾父亲的村卫生所所长和大哥说你俩都回去吧，今天晚上我来照顾父亲。我独自一人坐在炕沿上，抚摸着父亲干柴一样的手，父亲的双眼依然瞪着，看着漆黑的窗外。

半夜时分，我被一阵寒意袭醒，火炕早已经没有了温度。我来到灶坑前准备点火烧炕，一本厚厚的日记本已经撕得零碎不堪，那是父亲的日记。我从小就知道父亲有写日记的习惯，只是从来没有认真阅读过。我蜷缩在被窝里，了无睡意，翻阅着父亲残存的几页日记。

2003 年 7 月 25 日　雨　星期五

老伴，今天是你去世一周年的日子。非常巧的是今天中午有一只雏燕被雨水拍打在院内的水坑中，我把它捞起，放在屋内晾干，天晴了，我把它放了出去。我现在一直在想，燕子，它是你吗？

2003 年 7 月 26 日　晴　星期六

今早，我一睁眼已经六点多了，天为什么还是黑的？推开窗户一看，院子上空飘浮着黑压压一片燕子，根本看不到蓝天。它们欢叫着，起伏不定翱翔着，一年了，我的心从来没有这样的愉悦过。我知道，它一定是你！

2004 年 4 月 30 日　晴　星期日

早晨，我听到有敲窗的声音，抬头一看，燕子们从南方回来了，我打开了窗户，它欢快地飞了进来。不停地在家里盘旋着，出出进进，并开始叼泥建窝了。

2004 年 6 月 7 日　晴　星期一
四只小燕子破壳而出，它们的叫声很悦耳。

2004 年 8 月 6 日　晴　星期五
第二窝小燕子又诞生了，又是四只可爱的小燕子。

2004 年 10 月 3 日　晴　星期日
燕子，你走了，傍晚，我看到空落落的燕巢时，心中有多少的酸楚啊！明年的春天你早点回来行吗？

正看着日记时，突然，我听到父亲喉咙里发出"咕噜咕噜"的声音，他吃力地抬起一只胳膊，眼睛放着光彩，用力地指了指窗外。窗外，不知从什么时候开始，一只只燕子像黑色的精灵在飞舞着。

父亲的脸憋得通红，似乎想对我说什么。我清晰地听到他说："开窗！"当我推开了窗子时，看到上千只燕子在院内上上下下飞舞着，它们把天空挡得严严实实，如若一片黑色的森林……

父亲挣扎着要坐起来，我便将父亲扶起揽入怀中，看着窗外的燕子，父亲笑了。燕子似鱼跃般地在窗户内穿梭着，父亲的笑容一直挂在脸上，手却慢慢地向下垂滑，此时我才恍然大悟，父亲是在等候从南方飞回来的燕子啊！

窗外，燕子的身体几乎贴在地面上盘旋并悲恸地哀鸣着。此时，眼泪顺着我的脸颊慢慢地滑落，我没有呼唤父亲，而是将他抱得更紧。我不想吵醒父亲，是想让这微笑永远凝固在父亲的脸上。

在送父亲火化的路上，已近七十的小舅告诉我，我母亲的乳名叫燕子。

从天而降的鱼

葛明霞

这事还得从阿强的母亲说起。老人家临终前几天，特别想吃鱼。秋风瑟瑟的下午，阿强拿着渔具去池塘边钓鱼。蹲了将近一下午，连个鱼影也没见着。阿强想起了阿龙。即便是在大冬天，阿龙也能在深塘里弄上几尾鱼。

阿强去找阿龙时是在第二天的早上。阿强心里七上八下，去年玉兰与阿龙娘为鸡争吵的情景一直在他眼前晃。阿强硬着头皮走进阿龙家说明来意，阿龙望着阿强"咯咯"笑，除非，除非让玉兰做一回我怀里的鱼。阿强扭脸就走。

阿强想去城里买鱼，沿着山道走到通车的地点需要两个多小时，再坐一个小时的客车，来回花费六个多小时。这六个小时里，他不知娘会不会与他生死永隔。

回到家里，阿强耷拉着脑袋一声不吭。玉兰迎上去问鱼的事，阿强摇摇头不说话。玉兰仰着脸问，要不，我去向阿龙解释一下。阿强眼一瞪，你要找阿龙就别再进这个家！很少被阿强吼过的玉兰有点不知所措，她理解阿强难过的心情，也没往心里去。

等到阿强要去城里时，玉兰拦住了他，强子，还是我去吧。妈就你一个儿子，这个时候你得守在这儿。阿强说，不行，那么远的路。玉兰望了一眼躺在里屋的婆婆，放心吧，我识得路，沿着北坡小路一直朝前走，走到芦苇荡那里朝左拐，再走一个多小时的山路就能看到客车了。你放心，我现在走，下午四点前准能回来。阿强想了想，又叮嘱了几句，将钱和包递到了玉兰的手里。

一个钟头不到，玉兰就回来了。阿强望着玉兰手里的鱼脸色开始阴，你找阿龙了？玉兰说，没有。鱼从哪儿来的？玉兰笑了笑，天上掉下的。玉兰瞬间即逝的笑让阿强想起了阿龙。阿强起身去了屋外。玉兰看见他的脸色不对，心里开始自责，婆婆都到这时候了她还笑。她觉得阿强怪得有道理。她慌慌张张地杀鱼洗鱼煮鱼，没顾得上认真告诉阿强鱼的来历。

阿强躲在屋外看着远处的池塘发呆。他恨不得将那里的水全部舀干，将所有的鱼弄死才干净。玉兰不是一个会撒谎的人，从天上掉下的鱼，鬼才相信。这个时候，十里八乡除了阿龙，谁也弄不上半尾鱼。她是不是已经做过阿龙怀里的鱼？阿强这样想时吓了一跳。玉兰会不会早就对阿龙有意，不会纯粹为了娘吧？阿强在屋外的想法，玉兰一点也不知道。

玉兰做好鱼端到婆婆面前，仔细地将鱼刺剔下，将鱼肉一点一点地送到婆婆口里，之后再用小匙送一小口汤。婆婆的脸上由衷地露出了笑意。半个小时后，玉兰端着碗从婆婆的屋里出来，阿强正好撞上她手里的碗，碗里的汤和鱼刺弄了她一身，碗掉到地上，成了碎片。阿强看也不看，直接进了娘的屋。玉兰的嘴唇动了动，埋怨的话又咽进了肚里。

阿强一晚上都在婆婆的屋里没出来。玉兰进去瞧时他连正眼都不看，玉兰有点莫明其妙。玉兰提起鱼的事情时，阿强就摆摆手，指指母亲，意思是让母亲静静吧。直到婆婆去世，阿强都没有给玉兰讲述的机会。

婆婆走后，阿强再没有对玉兰笑过。玉兰体谅阿强，认定他是悲伤过度引起的反常行为。一天天过去，早该恢复正常的阿强却再没有像从前那样疼过她。

她本想对阿强笑，一看到阿强的冷脸笑就发挥不出来。她想对阿强撒娇，看到阿强一反以往的冷漠，忽然就变得怯生生起来。这更加重了阿强的怀疑，阿强对她的态度一日不如一日。就连热衷与她的床笫之欢，也都变了味。玉兰开始偷偷掉泪，却怎么也想不出变化的原因。

一个人的时候，玉兰会咬着嘴唇一点一滴地回忆从前。她不由自主就会想到那个买鱼的下午。走到芦苇荡边时，一只翠鸟"叽——"地从她的头顶飞过，前面的草地上就出现了一尾鱼。她想着前辈们讲的关于翠鸟带来吉祥的故事，没想到她的幸福却戛然而止。

一直到老，阿强都没有让玉兰再提起那个买鱼的下午。每次玉兰要说时，他就将话题岔开。在他的心里，事实就是事实，他不需要玉兰虚假的解释。一直到老，玉兰也没明白阿强改变的原因，阿强是那样爱她，怎么可能怀疑她的忠贞？

阿强和玉兰更不会知道，世上有多少夫妻的幸福，就这样毁在了"从天而降的鱼"的偶然里。

专 业 人 才

林永炼

我们这个地方人才济济，特别是专业人才，遍布大街小巷死胡同。

在城中村一杂货店门口，一个人蹲着，面前放着废纸皮做的"广告牌"，字体歪歪斜斜，内容应有尽有，什么清洁、装修、通水沟、通厕所、家教、家电回收、收旧报刊……最引人注目的是"专业搬家"四个字。真是受不了，什么专业，样样都做，有何专业可谈？再说，随便拿一张旧纸皮用小学生还不如的字来写"广告"，这也算是专业？更不专业的是"广告"的主人，一个瘦小的中年妇女，这种人会搬家，会干力气活，是哪个部门授的专业证书？

平时路过时，总不以为然，今天得试试其专业性了。家里要换新沙发，原来那套旧的亲戚要，妻子说让他们来搬，我觉得"有心送神就送上天"，还是让他们搬去吧。

我走到瘦小中年妇女面前，向她说搬沙发的事，特别问真的很专业吗？

"Yes！"一句地道的英语终于从中年妇女口里吐出来，真的好专业耶。

怎么个专业法？我问。

"你知道爱因斯坦的相对论吗？"中年妇女望着我，"所谓专业就是相对非专业而言，你要了解专业，就得先清楚什么是非专业，要不要先看看非专业？"

"这个……怎么看？"

中年妇女递给一张马扎让我坐下，从蛇皮袋取出一个旧平板电脑，用手拍几拍，再按一个键，出现了以下视频内容——破旧的货车下来一高二矮三个中年人，他们爬上八层楼的人家。高个子看了一长两短的沙发后说，要撤掉铁门。主人问，真的需要？一个矮子说，如果不撤掉，我们无法搬，说后就要走。主人说，好吧，铁门页是活的，只要向上一抬就可卸下来。

他们三个人将铁门页卸下，开始搬长沙发，两个矮子一个人在前，一个在后，高个子瞻前顾后，将沙发扛出门后，下楼梯时非常吃力，转弯时沙发差点碰到壁上，主人对他们喝道，小心碰坏。

他们三人将沙发放下来，高个子拿出香烟点上，两个矮子一个喝矿泉水，一个就地坐下喘着气。高个子丢下烟头，他们三个人又开工，东倒西歪，气喘吁吁，才将沙发搬下去……

歪歪斜斜间间断断的视频结束后，中年妇女对我说：细算起来，这次搬沙发，从八层楼搬下到再上六层楼，他们三个搬的加上司机，不到一公里的地方，整个过程足足花三个半小时，收费350元，这说明非常不专业。

那么，有没有专业的视频？我感兴趣。

"你是要搬沙发还是来看视频？"中年妇女有点生气了，"派个专业的跟你去，视频你自己拍吧。"

因为那非专业的要350元，专业会不会翻倍，我担心："这要多少钱呢？"

"120元，一口价，搬不搬？"

啥，我以为听错了，她又将说过的话回放。

"OK！"

我先回到家，五分钟后，门铃响了，是一个穿着"××搬家公司"一米八高的大汉，他先看了看长沙发，我问要不要卸铁门，他走到铁门，用手量了量后对我说，NO，如果你有空，到下面帮我开防盗门就中。汉子用一条白布带绑在长沙发的中间，将沙发竖起来，两手抓着两条布带头，像中学生背着一个长书包，哼着歌儿，出门后一步一步下楼梯，不到十分钟，将沙发放在下面人货车上。搬短沙发时，胖子两手往后抓住沙发后面两只脚，背靠背，像一个父亲背着自己的孩子那样，蹦蹦跳跳出门下楼梯。

"OK，到哪里请带路吧。"汉子让我上车，他发动了车向我指定的路驶去。前前后后只有汉子一个人，花了不到一小时。

拿钱给他时，汉子说不能收钱，我问为什么，他说我们是专业公司，要直接交领导，我只好跟着他到公司，没想到是杂货店，他对蹲着的中年妇女说，老婆收钱。

中年妇女问我，你说这个人专业不专业。我说，真的很专业。

"OK！有你的赞，给你优惠20元，对了，不收现金，请用微信支付。"中年妇女说完后，递给我一张印有二维码的名片。

为 虎 写 传

郭金龙

半年前在老家一婚宴上，我与发小虎不期而遇。

记忆中，小我半岁的虎调皮捣蛋，不爱学习。每次考试，我俩都是全班第一，差别是一前一后。这一差别导致我俩走上不同的人生路。

虎小学没毕业就回村当了农民，"文革"中靠造反当了队长；改革开放初期，一度靠在邙岭上盗墓、倒卖文物暴富，在村里盖了首幢漂亮的二层楼，后被抓进拘留所，听说交了罚款就被释放了；再后来，听村里人说他在城里开书店，还给村小学捐过书——

我小学毕业考上市一中，虽因"文革"也辍学返乡，但凭自学积累的知识，后考上大学，当了市报记者。

这次席间交谈方知，虎的益智书店开在图书城，赚的钱已达土豪级：他开一辆奥迪A6，儿子一辆东风越野；在新区买了套300平方米的别墅——虎脸上带着志得意满的笑邀我有空到他家坐坐，还说想请我这个"大记者"给他写个传，出本书。

听到虎的车、房档次都比我高，竟有点羡慕嫉妒恨，哪还有给他写传的心事，但面子话还得说，钦佩，钦佩，没想到老弟生意做得如此成功！改天到你书店看看再说写传的事。

这些年耳闻目睹了不少少小读书不努力、长大发财成富翁的例子，但我一直认为这些只是市场经济初期的个例，不能因此动摇"知识是人类进步的阶梯"的信念。不过，像虎这样的"个例"，却对社会上的年轻人起到了极不好的导向——我听说老家周围村子里不少孩子都以虎为榜样，初中一毕业就不上学了，小小年纪就进城打工闯荡——

不想给虎写传，却想了解其致富经历。这天，我专程来到益智书店。店里买书人挺多，一个看相貌就知是虎儿子的小伙子和两个女营业员在招呼买书的顾客，坐在老板桌前的虎看到我，忙起身迎上来握住我手说，欢迎大记者光临！这里说话不方便，咱去旁边茶社。

来到茶社，品着龙井，虎打开话匣子，哎呀老哥，早就想跟你喷喷了！年轻时倒卖古董的事，吃亏就在我不好读书不懂法上！唉，那一页就翻过去不提了。那回从拘留所出来后，我就想着来城里办个书店，正正经经赚钱，有空也多读几本书。

虎说，正赶上市里建图书城，对租店经营的个体户免三年工商管理费和营业税，他就买了两个门面，一个专卖文学名著及各种热门图书，一个专卖中小学生的课本及课外阅读图书兼卖光碟。虽然他对这个行业不熟，一开始走过一点弯路，后来他靠"薄利多销"的半价书吸引客户，生意一年比一年好。赚了些钱，他就想着得回报社会，给贫困山区学校捐书，也给一些灾区学校捐书。

虎说，他明年六十岁准备把书店全交给儿子干，自己想闲下来读读书，国内国外游游转转——在退下来之前有个心愿，请人给自己经商致富、回报社会的事写本传记，给儿孙们留点精神财富。他认定我是写传的最佳人选。

说到最后，虎端起茶杯说，以茶代酒，先敬老哥一杯。改天再请你喝酒！

听虎的谈吐和思想境界，竟让我产生"士别三日当刮目相看"之感，和他碰杯后说，好，尽管有不少企业家想让我为他们写歌功颂德的传记，我都回绝了，但谁叫咱是发小呢？！这样吧，我回去把你说的在脑子里梳理一下，先列个提纲，下周六咱再深谈一次。

虎激动地抓住我手说，好，下周六晌午到牡丹大酒店，咱边吃边喷！

然而，"下周六"虎却失约了——虎儿子电话告诉我，他爸因多年前卖盗版书和盗版光碟几天前被抓起来了，想让我帮他爸说说话，他们早就不再干违法的事了——

我说了记者不能采访干预正在审理过程中案件的规定，建议虎儿子请律师，走法律渠道。

三个月后，案结了：虎因侵犯著作权罪、行贿罪被判刑5年，并处罚金200万元。

说心里话，直到此时，我潜意识里对虎的羡慕嫉妒恨方才彻底消失！

虎入狱后，我去看他。

虎情绪沮丧，向我简述了犯罪过程：书店开半年后，他就禁不住暴利诱惑，销售盗版光碟和图书，七八年获利数百万元。5年前被同行举报，他用50万元行贿工商局长摆平此事后，就开始规规矩矩做生意、做善事。没想到，在反腐风暴中，因众多商户举报的工商局长在被双规时交代出了虎的行贿款——

虎感叹道，在江湖上混，早晚都是要还的啊！

我安慰他好好改造，争取早点出狱。

告别时，虎突然说，老哥还得给我写传记。原想叫你把我写成成功商人，这俩月我想明白了，要写，就从我盗墓、倒卖文物到卖盗版光碟、图书等丑事不遮不掩地写，给儿孙们留下一部反面教材。

我感动、沉思，然后郑重地说，放心吧，为了后代子孙，我一定写好你的传记！

指南针还在晃时我等你

麻洲萍

张小新，我班的刺头男生。留当下最时髦的发型，每只耳朵上各打三个耳洞，原本戴了六个耳钉，被我狠训了一通后撤掉了。功课不用说，当然是一塌糊涂，初考之后被他有钱的老爸硬塞进了本县这所重点中学，原本在初二（2）班，各科老师都基本放弃他了，班主任更是被折磨得不行，找到我，说我有耐心，并讲尽好话，反正就是哀求我收他。这学期张小新转到了我的六班。

上课迟到，课上要么睡觉要么聊天，从来不做作业，偶尔打打架——这是张小新的标签。不过有一点，他不旷课，到得再晚，他也会到。有一次课间休息，在楼道我远远看见张小新停住脚步给一位科任老师让道，并说"老师好"。科任老师点点头微笑走过，我却若有所思。

次日，张小新又迟到了，我罚他在教室门口做一百个抱头起蹲，走回座位时，张小新累得直喘粗气，两腿微抖。检查作业，又是张小新没交，放学后我把他带到办公室，盯着他补做作业。这时办公室灯管突然灭了，我鼓捣了半天灯也没亮。张小新说："老师，我试试？"

一米七的初二男生张小新在我质疑、担心、警惕的目光中，短短几十秒就让灯重新亮了起来。我由衷夸奖："张小新你不错啊！"他竭力掩饰得意，做出"小事而已"的表情。我又说："下周班队活动，教室的灯光你负责一下吧。"那天张小新的作业补写很顺利。

在我的紧盯之下，张小新的面貌有了一些改变，但坏习惯与坏习气盘踞的时间终究要久得多，不到三周，张小新又原形毕露，这天的化学课上他迟到了十五分钟，被批评后还和老师顶嘴，一张破嘴把年轻的化学老师都气哭了。

放学了，张小新又成了我办公室的客人——埋头于桌子，写一千字检讨书。怕作文怕得够呛的张小新憋了半小时憋出三行字，肚子明显地"咕咕"响。他放下笔哀号："老师您就放过我吧，我知道您是为我好，这些事以前的班主任也做过，没用，我就这样了，您就别管我了。"

我斜他一眼："那么多废话，快写。饿死了。"

张小新苦着脸还想讨价还价，我起身走到窗边，点了根烟，背对着他，慢慢地说："指南针在还没有找到南方时，指针是晃动的。指南针还在动的时候，我决定保留对你的判断。教师的本分不是教育，是等待。"

身后静默了好一会儿，不知何时，书写的声音又悄悄响起来……我望向窗外，湛蓝天空干净如洗，望着望着，天际竟然浮起一张熟悉的面庞。那是我当年初中时的老班主任，他在微笑地看着我，当日的声音浮起在我耳边：小子！指南针还在晃时我等你。

其实当日的我和张小新差不多，不，更甚。

"老师，写好了。"思绪被打断，我回转身，掐灭烟头，接过稿纸。清秀的字一丝不苟地排列在纸上。

"老师，可以了吧？从小到大我写过那么多次检讨书，就数这次写得最认真。"看我好像要举起稿纸打他，张小新头一缩，嘻嘻笑："老师，您刚才说的指南针……其实指北针也是这样……"看我这次是真的要打他，张小新忙冲出办公室，冲到门边又停下，向我敬了个礼，返身消失在拐角处。

那次之后，据科任老师们反映，张小新上课乖多了，虽然大多时候大多课程他也没在认真听，但至少，他不说话了，也极少迟到了。物理老师甚至说，物理课上张小新听得很认真。他动手能力特别强，做电路电阻的实验时，总是一次到位，并且还能帮助周围的同学。

有一次自习课，我看他在座位上发呆，可等我走近时，他又突然察觉，慌慌张张往抽屉里塞什么。而我也假装没看见。

当我们专心地做着一些事情时，时间是过得很快的。中考眨眼间说来就来了。班里的孩子们个头蹿得极快，张小新更是蹿到了一米七八的个头，瘦得像根移动的竹竿。有一次他到隔壁班帮忙摆弄灯管，那么高的天花板，他连课桌都不需要，踩在椅子上就完成了工作。手指修长，动作熟练，神情专注，弄得女生们仰头看得入迷。

中考过后，原班人马几乎都上了本校的高中部，只有一两个学生考去了其他学校的高中部，按照张小新的意愿，我给他推荐了一所中专学校，学电工专业。张小新的爸爸对我千恩万谢，把一沓钞票夹进一条软中华塞到我办公室抽屉里，又被我退了回去。

新学期开学不久，我收到了一个来自广州某技校的快递包裹，拆开来，先是一张电工证的复印件，证件上张小新很严肃的表情。复印件下是一个精致的指南针，指针在滴溜溜地晃，一会儿后，指针停下，牢牢各指着南北两端。我笑了。这臭小子！

药　方

邱宇林

春夏之交，原本是农忙时节，大家见面往往凑一起聊聊东家耕种了多少田亩、西家又雇用了多少短工的话题，可今年这个小镇上，大家聊的却是谁家某某害病，高烧不退。起初，镇上的老中医黄伯还不太在意，只是四处走走给瞧瞧病，开开小处方。可没过十天半月，几乎家家都出现患病的人，老人和小孩更是病得不轻，病情也很奇特。

镇上人心惶惶，做生意的也不敢外出进货了，碾米榨油的小作坊也无心开工，镇上好多小店也店门紧闭。年长者纷纷说，怕是厉鬼在作祟，遭瘟疫了。

郑氏也歪在床上几日了，汤水未进；黄伯也来看过，摇摇头无可奈何地走了。

桥西郑氏，寡居无子，去到哪里总有一个十几岁的小丫头跟着。那小丫头生得眉清目秀，勤快伶俐、做事利落，只是不爱说话。

病怏怏的郑氏拖着小丫头的手，语不成句："孩子，你我……母女一场，为娘的也……也没什么好留给你，这个玉镯你拿着，当个念想吧。"枯瘦的手已经笼不住镯子了，丫头止住了她，像是下定了很大的决心似的，毅然说："娘，您安心躺着，一定等我！我去去就回！"

郑氏已是昏昏然，顾不上说什么。等她闻到一屋子的草药味缓过神来时，已是几个时辰后的事了。丫头在屋里洗洗捣捣，细心地用药熬了一煲浓浓的汤药。盛好一碗在瓷碗中，放凉后慢慢地一勺勺喂给郑氏。

郑氏浑浑噩噩，脑海中浮现出三年前的一个光景：那是一个寒冬，无雪的岭南也飘起了霰雨，刚推开门，一个约莫十岁出头的小丫头蓬头垢面，倚在她门口。郑氏毫不犹豫地收养了这位可怜的小丫头。从此两人相依为命，情同母女。

第二天，守了一夜的丫头还迷迷糊糊地睡着，听见一旁传来细小的声音："丫头，娘肚子饿了。"丫头高兴地起身做吃的，知道娘亲已无大碍了。娘俩喝完粥后，丫头又为娘亲细细地把脉，摸摸她的额角，从昨日摘回的一大筐草药中另捡了几味，配好来熬药。

这么两三天下来，郑氏彻底痊愈了。"娘，我给您治病的事，对谁也不能说！"丫头郑重其事地对郑氏说。郑氏还在遗憾这么个孩子一身的医术要埋没了，却再也问不出什么来。只得连连点头："我就瞧你不似普通人家的孩子。唉，可苦了你这孩子……"

"镇东头的老王家死人了……"大家惶惶然，小镇上越发冷冷清清。

丫头更加沉默寡言，眉头紧锁、闷闷不乐，眼泪汪汪，郑氏望着她，欲言又止。

"郑大娘，你的病好了，又出来洗衣了。"

"给说来听听，怎么好的？哪个大夫给瞧好的？"

郑氏唧唧诺诺、躲躲闪闪。

刚到家门口，看见丫头一身紧身装束，又是镰刀、又是绳子，背上了家里最大的背篓。郑氏又是欣慰又是伤感，抹了一把泪："娘跟你一起去！"

母女俩采药、熬药、分药；更多的人一起采药、制药、熬药，镇子里始终飘荡着浓郁的中药味道。

等大家伙簇拥着赶到郑氏家，想感谢丫头高明的医术救了全镇，却早已不见了丫头的踪影。却见郑氏呆坐在桌子旁，连不迭地说着："这孩子心头一定藏着不得已的苦衷，我偏偏逼她。"手边是跌落的一笺药方：青蒿、黄芩、杏树皮、柴胡、地骨皮、漆大伯……

村子后山弯弯曲曲的山路，丫头茫然走着，不知该去向哪里……

慢慢地，镇上传出，那个小丫头来头不小，是当今太后的贴身宫女，医术了得，不知怎的得罪了太后逃出了宫外。也有人说，丫头出身御医世家，从小读药方、闻药香长大，因家族获罪而流落穷乡僻壤……

多年后，郑氏从旮旯处翻出一张发黄的朝廷令：前御医段哲用药不慎致太后发损，罚家产籍没入官，充军西北，责世代不许行医，违者斩！

我的名字叫 1002

吴鲁言

我的名字叫1002。

我是位于滨江市 A 区新城黄金地段杨梅小区第 15 幢第一单元第十层楼的一

套商品房，是这个高档小区 1200 套房子中的其中一套，我的建筑面积 160 平方米，属豪宅，实用面积为 130 多平方米。

我诞生于 2004 年，上月，刚刚迎来十周岁华诞，但没人为我庆生，从落成至今只有 6 个人到过我这儿。

第一个人，就是建造我的建筑工人之一，在我的整体组合完成以后，他因无处可去，在这里偷偷地住了一个月。虽然，他住在我这里时，根本并没有家的感觉，但我至少给他遮挡了风雨。他在这里放了一条凉席，凉席上铺一条破旧的棉絮，上面是一条盖得发黑的棉被，当时正值寒冬，他除了身上裹的那些衣物，再无多余一件。还有一个小小的电饭煲和几个碗，但因当时房子不通电，无法使用电器，他每次都从外面吃完饭回来倒头就睡。偶尔，他也给家人打个电话，寥寥几句便挂。后来有人发现了他，要把他赶出去。我记得他们的那次对话。他恳求："王经理，这房子空着也空着，您就行行好让我再住一个月吧，我保证不弄脏任何角落。等交付时，如期搬出。"那王经理回复："这么多房子都空着，照你这么说，都得先让工人们住一段时间过把瘾？"他低声地解释："我家里上有老，下有小，父母都八十岁了，两个小孩在念初中，正是长身体的时候，钱实在不够花。老婆在市区打工，已经租了一间房子，我想这边工期也快结束了，想省几块钱，您，再容我几天，好吗？"但王经理依然皱着眉，答："绝不可能的！像你这样的打工者多了，我们照顾得过来吗？"最后，他叹了声气，默默地收拾了简单的行李，出了门。这个男人，四十多岁，或许实际年纪还要小许多，但看起来十足是个中年人了，他是在我这里待的时间最久的人，我至今记得他走时的那声叹气。当然，我也记得进入这里的第二个人——盛气凌人的王经理。

第三、第四个人是一对中年夫妇，先进来的是女士，应该是我的女房东，记得她烫着个金黄的爆炸式发型，身穿紫色连衣裙，脚蹬白色高跟凉鞋，很时尚，也有点俗。她第一句话："这房子不错，放一段时间肯定会涨，还能看到江面，爽！"接着跟进来的是位男士，应该是我的男房东，他接话："老婆大人的眼光向来准，肯定又是一个潜力股啊。上半年上海买的那两套这几天开涨了。"除了我，我不知道他们手上到底有多少套房，但我深信，房东是有钱人。

后来我一直寂静地待着，两年里没有人来过。

而我对面的 1001，在这几年内可风光了。女主人是一个年轻的姑娘，男主人是一个大腹便便略为秃顶而脑门却油光发亮的中年男人。女主人第一次来，还未进门时叫中年男人为王书记，我不知道他是哪门子书记。后来，房子装修好了，女主人再来时，改男主人为"亲爱的"。这两年里，只见女主人进进出出，男主人很少来，一星期偶尔一次，来时也多在晚上。我想，他可能也不止一套房子吧。

可女主人为什么天天住在1001呢。次年，女主人生了个男娃，漂亮又可爱。

也就在那个男娃生下后的第二个月。某一天，我这里迎来了第五、第六个人，她们是一对六十多岁的姐妹。一开门，她们就异口同声地发出赞叹声，其中一个羡慕地说："姐，你真好福气，生养了这么个有出息的儿子，瞧，多大的房，窗外的风景真美！"另一个，本来在笑的脸却一下子忧伤起来："这么大的房，我一个人住有什么意思呢？还不如住老房子。打扫起来也方便。若住这房，会更想我儿子的，难道我每天打越洋电话过去打扰他们吗？"听了这话，另一个也无语了。她俩在这空房里转了几圈，除了几声赞叹，再也没说什么。

反正，直到今天，十周岁华诞，我这里再也没有进来过第七个人，只有一些蜘蛛和蜘蛛网荡来荡去。

而我对面的1001，前几天被贴上了一张封条，上面还有几个红印章。

其实不想走

刘向阳

今天是小年，马上就要过大年了，咱不能总这么耗着，是疖子也该出头了！东北来的黄大牛瞪起了牛眼珠子，有话快说，有屁快放！

憋了足有半个钟头，安徽来的乐二虎抬起了头，冲着河南来的万三思说，你不是号称小诸葛吗，该出主意的时候，咋也瘪茄子了呢？

万三思眨巴眨巴眼睛，对着山西来的高拴子嘀咕了一句，你说说，要是口干，我给你拿醋去。

高拴子叹了口气，说，牛犊子走独木桥，进退两难哪！

没有闲工夫磨叽了，或死或活，都给个痛快话！黄大牛的鼻子直喘粗气。

就我吧，这回咋的也该轮到我了。乐二虎咬咬牙说。

你不中！你奶奶都奔九十了，还能见你几回面？黄大牛一句话给否了。

还是我吧，排号也该我了。万三思狠了狠心说。

你不中！你那病歪歪的媳妇等着你回家呢！黄大牛又给否了。

高拴子有点发红的眼睛扫了一圈，低下头后说，定下吧，我。

你不中！都当上两个月的爹了，还没看上儿子一眼呢！黄大牛说着，将蒲扇大的手往桌子上一拍，就我了！

不中！三年了，哪能回回你摊上呢？乐二虎急了。

不中！前两年我们都依了你，这回，你咋地也得听我们了！万三思说。

不中！别看你是头儿，我也不服从了！高拴子说。

我为啥不能留！黄大牛的眼珠子瞪得更大了。

你奶奶也是奔九十的人！

你的媳妇也一直病歪歪的！

你的儿子都两岁多了，还没见着爸爸面呢！

黄大牛被说得眼睛有些发潮了。用手抹了一下脸，想想说，这不中，那不中，总归得有个留下的。黄大牛从桌子抽屉里拿出一张纸，折了两折，用手一撕，撕成四片。又从抽屉里拿出笔，背过身去，鼓捣了一会儿，回过身说，为了公平，我做了四个阄，有三个阄写的是走字，抓到走的就必须走。黄大牛说着，将四个纸团放到了桌上。接着，又带头抓了起了一个纸团。

乐二虎迟疑了一下，也伸手抓了一个。

万三思犹豫着拿过来一个。

剩下一个，自然是高拴子的，高拴子拿到了手。

乐二虎忐忑地打开阄后，嘴角现出了隐隐约约的笑意。

万三思打开阄后，原本腾腾跳的心跳得更欢了。

高拴子看到乐二虎和万三思的阄后，已经懒得打开自己的阄了，怀着一种自己都说不出来的心理迫使自己打开了阄后，高拴子惊讶了。

极其短暂的兴奋后，三个人骤然收敛了绽开的笑容，面面相觑后，又齐刷刷地将目光盯住了黄大牛紧攥着的手。

就在黄大牛企图将手背到身后的瞬间，三个人不约而同地牢牢抓住了黄大牛的手腕子，又齐心协力地掰开黄大牛紧攥的手，夺过纸团，发现那阄上同样写的是走字。

三个大男人，谁都忘了自己是男人，泪唰地一下流下来了。同时呜咽着问，头儿，你咋骗我？

谁让我大你们几岁！谁让我是头儿呢！就这样定了，我留，你们走！黄大牛将两只蒲扇大的手一齐拍到桌子上。

万三思说，要不，要不咱都走。

乐二虎立马赞同，对，咱都走！

高拴子也跟着响应，来年开春咱回来时，这儿不要咱，咱去别的地儿找活，照样挣钱。

胡说！是这么简简单单的事儿吗？黄大牛不乐意了，咱拍拍胸脯想想，把全小区三十栋楼的安全放到了咱哥四个肩上，那是一千零八十户业主对咱的信任。信任是啥？信任是金！比金子还贵，无价！

你说的我也明白，可一年到头了，谁不想回家团圆去呀！

谁不想回家给爹娘拜个年，磕个头哇！

谁不想和老婆、孩子吃顿年夜饭哪！

你们都想，我就不想吗？可你们想到没有，咱们走了，这一千零八十户的三千六百五十二口人就过不上安稳年了！黄大牛掏心掏肺地说，咱虽说都是庄稼人，大道理咱不懂，可哪头轻哪头重，是能够掂量出来的！

甭掂量了，都走！物业公司经理笑哈哈地推门进来了，半月前借你们的身份证连同火车票都还给你们。

那小区的保安咋整？

黄大牛的话音没落，门再次被推开，齐刷刷进来十来位大爷大妈。领头的赵大妈拍着胸脯说，孩子们，有我们新年治安联防队在，你们就放心地回家过年去吧！

奇 特 募 捐

李忠元

仲夏，一场台风逞强肆虐，席卷了贫穷的大坝村。突如其来的洪灾几乎把村头的村小学夷为一片平地。幸亏是周末，师生都在休假，才没有人员伤亡。

学校根据上级的指示，只得放假待命，可学校刚考完期中试，还在授课期呢，新课还没有讲完，所以解决一千多个孩子的上学问题成了当下的重中之重，燃眉之急！

李琼县长带着病从医院里跑出来，已经亲自来学校好几趟了，他望着眼前千疮百孔的一片废墟，望着眼前一个个"嗷嗷待哺"的穷孩子，百感交集，眼睛里闪动着晶莹的泪花。教育是头等大事，要放在首要位置来抓！可解决之道还是费思量啊，校舍重建需要用钱，可这钱一时半会儿上哪儿筹去呢？李县长拧紧眉头，一筹莫展，最后不得不悻悻地回了县城。

李县长无奈，抄起电话找上级，可这场百年未遇的洪灾真是洪水猛兽，别说本省，就是附近相邻的几个省都受到了重创，经济损失相当惨重，灾后重建资金短缺都很严重，一时谁也顾不上。上面说得明白，国家的支援还没到，困难要靠自己解决。

远水解不了近渴！

李县长一时蒙了，他把自己单独关在办公室里，索性抽起了闷烟。

烟瘾是做知青那阵落下的。那时活重而累，每天起早贪黑的，还因此得了风湿性关节炎，膝关节一遇阴雨天气就疼痛难忍，为缓解疼痛压力，李琼就抽起了当地的蛤蟆烟，还别说，随着自己喷云吐雾，腿上的疼痛真的得到了缓解，就这样他养成爱抽烟的坏习惯，每逢腿疼他都会叼起烟卷，其他的知青见他叼起烟卷都说，这天又要下雨了！

烟，李琼可是好几年不抽了。李琼返城做上了官，生活条件改善了，渐渐地就戒掉了烟瘾。可今天遇到这让人头疼的大事，他还是叼起了香烟。

烟雾缭绕，就像李县长此刻纷乱的心情，李县长茫无头绪。

筹不到资金，李县长一番踌躇之后，还是连忙找来秘书赵波，让他安排向各单位下文募捐。

赵秘书问李县长，是硬性指派呢，还是只发出自由捐款的倡议？

李县长说，现在都什么社会了，不好下硬指标，你就先发出个倡议吧。

倡议很快发了出去，可一周后，响应者寥寥无几，捐上来那点可怜的资金更是杯水车薪！

李县长很焦急，一时拧紧眉头，陷入了久久的沉思。怎么办？那么多孩子可都等待着上学呢。思来想去，李县长终于抹去额头上的汗珠，叫上秘书，又忧心忡忡地去大坝村小学视察，并找有关人员商谈校舍重建问题。

没想到，回来的路上，天上又飘起了小雨，李县长受了些风寒，做知青时落下的腿疼病发作，走到龙凤崖时停了下来，捂着膝盖就不走了。谁也没想到，恰恰在这时出了个不小的意外，李县长一个不小心，就滑下了山坡，受了伤。出事后，李县长被赵波火速送到了县医院进行紧急治疗。

躺在病床上，李县长仍旧坐卧不宁，心事重重的，眼前晃动的、心里边念念不忘的还是那些没了教室的孩子。

报社、电视台的记者闻讯蜂拥而至，把李县长勤政爱民、受伤住院的消息通过网络、报纸、电视荧屏三位一体的交叉途径，铺天盖地地发布了出去。很快，李县长视察大坝村小学受伤的事迹在小城妇孺皆知。

李县长躺在病床上，望着那些踏破门槛前来探视的各机关单位头头脑脑们，脸上渐渐地露出了笑容。

几天后，大坝村小学终于顺利兴建。

一个月过去了，一栋新楼拔地而起，蔚为壮观。

剪彩当天，李县长望着大楼，很是兴奋，他在噼里啪啦的鞭炮声里揭开了操场上、演讲台边那方一直用红布盖着的石碑，石碑上赫然刻着一张援助建校资金明细表。

李县长站在主席台，热情洋溢地发了言，他代表全县人民向各机关单位的负责同志表示感谢。而后，李县长又环视了一下整个会场，高声问，你们去医院给我扔下的礼金是不是都刻在石碑上面？有没有数目不符的？

石碑上，密密麻麻的字迹，写满了县里各局、各机关单位，各乡镇领导的名字，名字的下面还详细注明了不同金额的数字。

自打李县长揭开石碑那刻起，台下一时鸦雀无声，大家都盯着那块石碑，每个人脸上都露出了一种奇怪的表情。

后来，不知是谁挑的头，台下猛然爆发出一阵阵经久不息的热烈掌声。

其实，李县长那次摔伤根本不是一个意外，而是他自导自演的一出苦情"募捐戏"。

李县长滑下山坡并没有大碍，只是受了点皮外伤！

梅　花　烙

张俏明

唐末，江南。

三月。烟雨迷蒙。

枫叶桥上，跳跃着一朵梅花油纸伞，沾着烟雨，飘进了桥侧的静弘轩。

可否为我家小姐绘画一幅？伞下，妙龄女子吐气若兰。

青年画师收笔，抬头：当然可以。

女子莞尔一笑。

顿时，鸟语花香，盖过案台上的缕缕檀香。

一言为定，半个月后，月榕庄见。

女子玉臂轻扬，款款而去。留下半锭白银，和一屋子的香。

半个月后，画师精心挑选自制花汁颜料、上好宣纸，还有恩师静弘和尚馈赠的湖笔，前往月榕庄。

郊外，月榕庄前，青山水榭，门环锈绿。画师拭去额角微汗，正欲敲门，朱门竟不推自开，芳香拂脸，正是日前那女子。

踩着女子细碎的莲步，绕过画廊，在绮翠楼前止步。女子脆生生通报：小姐，画师到了。

师傅请进，香茶侍候。楼内传来莺莺软语。

佩环叮当作响，楼门开处，幽香弥漫。

画师惶然，低头作揖：小姐香闺，岂敢随便进出？

莫须忌讳，进来便是。小姐应道。

待香茗奉上，画师已摆好笔墨纸砚。小姐环抱琵琶，慵懒地倚在美人靠上。只见她一身淡雅的紫色轻纱长裙，袅娜及地。裙摆下，露出如意红凤珠绣鞋尖，斜开的低襟领口翻出小半截雪白绸缎里衬。此女面若初雪，唇似樱桃，一颦一笑间，眉目流情。眉心处，那朵小指甲大小的红梅傲然绽放。

画师惊愕：这红梅？却又半刻也不敢怠慢。只三盏茶工夫，一幅色彩柔美、栩栩如生的烟雨芭蕉美人图跃然纸上。

小姐细看画像，良久，命人再奉上半锭白银。

遣退下人，小姐从案台的锦盒内取出一对小巧玲珑的素胚鼻烟壶，端到画师眼前：

你看，画在这儿，成吗？

画师仔细端看，成竹在胸：小姐放心！

小姐命人取来上佳天然钴料，再从香案处取来一锭金元宝。画师连忙摆手作揖：不敢不敢，十天后遣人来取便是。

还有，壶底切勿落款！

回到画轩，画师关门谢客，沐浴，净手，焚香。袅袅檀香中，那朵红梅萦绕心头，画师内心有如骏马脱缰：数年前，恩师静弘和尚的好友江南大学士沈冰，因弹劾本朝文太师贪赃枉法草菅人命未遂，被其诬告，招致满门凋零。沈家小姐梅婷至今音信杳然，听闻梅婷小姐眉心处亦有一朵梅花烙印，恩师圆寂前曾千叮万嘱若他日得见沈家小姐必当全力相助。

他摸索出莲花佛珠，口中喃喃，怅然若失。

十天后，当一缕晨光钻进画轩，画师已伏案沉沉入梦。

蒙眬间，幽香弥漫，头颅似是被人轻轻托起，张开唇，一股热泉缓缓入肚。

画师慢慢睁开眼睛：自己竟偎在那月榕庄小姐怀中。心中大惊，旋即跪下，小姐却咯咯笑出声来：师傅是怕了我吗？那声音似玉磬般，敲得画师心如鹿撞。

你是，沈家梅婷小姐？

小姐并不接话，从怀中取出一只黄缎锦盒，把勾线完美的鼻烟壶，小心翼翼放进了锦盒。

是年夏至，晌午时分，江南小镇临江大街上，一骑骠红色蒙古骏马长鬃后挣，如闪电般绝尘而过，蹄声浑雄密匝如战鼓擂鸣，在月榕庄前吁吁勒住。

秋初，小镇上鼓乐喧天，原来是文太师纳妾！

不久，小镇被一条消息闹得沸沸扬扬：早前迎娶月榕庄小姐的文太师卒于洞房花蚀夜，口吐白沫，面目狰狞。捕快在龙凤枕上寻得一枚带血的凤头绣花针。

月榕庄小姐却不知所踪！

没人发现，床底下的那只合卺酒杯内，残留了些许褐色粉末。

画师再次来到月榕庄，但见眼前楼亭荒弃，莽草葳蕤。

莽草，果实形似八角，研成粉末，其色褐，俗称：见血封喉！

莽草丛中，一袭白裙快闪而过。画师快步追去，白裙早已了无影踪，但见杂草丛中，淡蓝生辉。画师俯身拾起，竟是一只小巧的青花鼻烟壶，勾画的正是那幅烟雨芭蕉美人图！

壶底处，一朵别致的五瓣梅花赫然在目！

鉴　画

肖曙光

相国春一直在找寻失散多年的古画——唐伯虎的《清溪松荫图》。这也是他父亲的遗愿。这幅画是他家祖上开古玩店时的镇店之物。"文革"中，家被抄了，收藏的古玩和这幅画都被抄走了，从此杳无消息。江城人都知道，这是他家心头的痛。

江城是座古城，前些年由于房地产过度开发，古建筑遭到破坏，原本古色古香的城市变得面目全非。相国春上任后想把古建筑保护起来，打造旅游文化产业，让古城重新焕发生机。但因此触动一些人的利益，他不仅处处掣肘，还要时时提防各种引诱。

这天，一个叫宋玉轩的人，双手捧着一幅画轴，走进他家。

打开画轴，相国春愣住了——唐伯虎的《清溪松荫图》。时隔多年，终于又见到这幅画，他激动不已。仔细鉴别，没错，就是当年那画。

他按捺住内心的喜悦，问："这画从哪里得来的？"

宋玉轩笑道："这个你别管，反正费了不少周折。"

相国春点点头，又低头看画。

"不错，好画！"他越看越喜欢。

"我已找专家鉴别过了，就是你家的那幅画。"宋玉轩说。

"那，你这是……"相国春不解地望着他。

"我想完璧归赵啊。"

"完璧归赵？"相国春诧异道。

"是啊。"宋玉轩轻轻把画卷起来，递给他，"这么多年，你不是千方百计在寻找吗？拿着吧，这本来就是你家的。"

"这，这……"相国春握着画，一时语塞了。

望着宋玉轩的身影，相国春心里猛地一颤，想起他刚才说想要承包那个工程的话，一下清醒过来了，忙上前一把拉住他："等等，我还没把画鉴别完呢。"

"还需要再鉴别？"宋玉轩问。

"是的。"相国春再一次打开画轴，又看了一遍，然后指着画上的一处印章，说，"你看，这里被人处理过的。"

"不会吧？专家都鉴别过了。"

"我刚才太激动了，没仔细看。再说，专家也没我熟悉这幅画。是赝品，你拿走吧。"相国春语气坚定地说。

几天后，在苍松翠柏掩映的公墓园，相国春正要去拜祭父亲，却看见一辆轮椅缓缓地向这边驶来，轮椅上座着一位慈祥的老者。推车人竟然是那天送画的宋玉轩。

相国春眉头紧锁，那天送画不成，今天又搭上个老者，到底要耍什么花样？

一见宋玉轩，相国春就义正词严道："不要再费心思了，那幅画我不会要的。"

宋玉轩说："相市长，能替老伯完成遗愿为何要推辞？难道你要老伯死不瞑目吗？"

相国春被激怒了，厉声道："这是我的家事，不要你操心。父亲在天之灵会理解我的。"

"好！好！难得啊，这说明你不是贪婪之人。"轮椅上的老者大声赞叹道。

看着相国春疑惑地望着老人，宋玉轩说："这是我父亲，省古建筑专家宋启东。"

相国春一听，顿时肃然起敬，一把握住老人的手说："失敬，失敬，早就听说先生是力挺保护江城古建筑的学者啊。"

老人淡淡一笑："可惜，我一介书生，我的建议都付之东流了。"

"您老的建议很有见地。"相国春说，"以后，还需要您多支持。"

"我会的。"老人哈哈笑道，"送画的事，是我让儿子去做的。"

相国春恍然大悟："先生，您是拿画考验我？"

老人感慨道："鉴别一幅画容易，鉴别一个人难啊。"

"先生所言极是。"相国春恳切地说，"做一个堂堂正正经得起考验的人，父亲当年就是这样教诲我的。"

老人赞许地点点头："果然有好家风啊。"

这时，宋玉轩从轮椅上拿出画轴："相市长，这幅画……"

相国春微微一笑:"当然是真迹,我故意那样说的。"

"难怪呢。这是我父亲当年从一名红卫兵手中收购的。现在送给你,可以告慰老伯在天之灵了。"宋玉轩把画轴递给相国春。

相国春接过画轴,快步走到父亲墓前:"父亲,终于找到那幅画了,您安息吧。"

相国春转身向老人深深鞠了一躬:"先生,虽然我寻找它多年,但它已不属于我,它属于江城人民。明天我把它赠给市博物馆,让更多的人认识江城古老璀璨的文化吧。"

老人慈祥地望着相国春,相国春挺直的身板就像一株挺拔的青松。

澈

马金章

至今,她还没有一架照相机,不仅没有单反的,卡片的也没有,只是在心情好时,看到了动心的场景,会掏出她的手机,拍下存念。这样看来,她顶多算个摄影发烧友。但她在"黎阳摄友"圈里却蛮有名气。究其原因,不仅在于她模样长得俊俏,令人爱慕,更在于她爱看别人的摄影作品,还总像评论家一样,直率而温和地点评别人的作品。

昨天,她和七八个摄友骑行到淇河边狂拍半天。淇河春美,但不同的人拍出的片子内涵却天壤之别。看吧,摄友圈里,肯定已粘贴不少淇河题材的图片。果然,她一登录微信,日落的色彩就传上一张名为《春到黎阳》的片子。这张《春到黎阳》,构图不俗,大半图幅被水中倒影占据,几缕抽着嫩黄孢芽的柳丝和数珠苍黑树干的岸柳,在碧水中摇曳抖动。

图倒挺美,命名俗了。

她打出这样一句评语,发进圈里。旋即,日落的色彩回应一张伸着长舌的惊讶头像。显然,他挺在乎她的点评。

接着,她飞动手指,手机屏幕上噌噌跳出这样一串对《春到黎阳》的读图心得:

> 如一首童谣,单纯简洁而不乏内涵;如一场梦境,朦胧恍惚而又那么清晰。

嫩黄的苞芽，点燃一派晨光；柔韧的柳枝，摇绿满河春水。

日落的色彩回应的是一个微笑。好像受到鼓励似的，日落的色彩又发进群里一张《淇河融冰》。她对淇河风景的记忆，被这张照片一下子唤醒：两岸水边还没有融尽的冰凌碴子。游水嬉戏的群鸭。她很快发上读图感悟：

七九河开。

尽管河边的冰层还没融尽，畅游的群鸭，已摇曳出一曲早春歌谣。

岸上，早春寒风里的树，颤抖着身子，试探河水冷暖。

日落的色彩离开群发，给她的微信发来一张名叫《欲飞》的图片。当然，还是昨天的收获，但这个情景，当时自己怎么没有注意到呢？她看着图，久久凝视：两只欲飞水鸟，红掌在水面上踩出几簇洁白晶莹的浪花。旋即，一圈圈涟漪，起伏着向外扩展……岸边树木倒影，便搅得水面一片迷离……

她抬起拇指，想回应。双鸟欲飞，很贴切的名字。但他为什么不发进群里，独独发给自己呢？她触到键盘的拇指停了下来。她揣测他的网名：为什么叫日落的色彩呢？或许是来自他那张叫作《日落的色彩》的照片吧？那张照片，虽然早被卷进群友信息的汪洋大海中了，但她印象颇深，仍是淇河背景：落日将淇水染成橘黄。淇水中，大大小小的鹅卵石如画家在橙色的宣纸上随意泼洒的墨点，墨点的意趣便显出无尽……

日落的色彩发来一个问号。显然，他在等待她对《欲飞》的回应。她回避点评，发去这样一个疑问：为什么叫日落的色彩呢？她随即看到他发来的一个皱眉挠头的头像。

老气横秋。不喜欢。她自语着，并将这句话发给他：老气横秋。不喜欢。

那就，请你给我起个你喜欢的名字吧。他回复。

她情不自禁地仰脸一笑，随后，发去这几个字：就叫小蹄子吧。

我喜欢。小蹄子。一个笑得很得意的头像出现在她手机的屏幕上。随着，他发来一张这样的照片：淇水纯净得像婴孩的眼睛，河底的家私，游鱼、贝壳、砂石什么的一样样清晰可见。

她沉默。许久。

他耐不住沉默，发来问号。

又一个问号。

她迟疑着，打出一段文字，又反复斟酌。终于，在小蹄子又发来一个问号时，她给他发出了这段文字：

面对岸上的你，河底透过澄亮的没有一丝涟漪的河水，柔声软语地说：我没有秘密。或者说，我所有的秘密，对于你，都无可保留地坦露出来了。这，便是"澈"吧。

发过，她将手机往茶几上一丢，仰躺在了沙发上。不知怎么的，她竟哭了，叫声小蹄子后哭了。

老　闷

班琳丽

老闷是个"义士"。名声响得很远，香远益清，像莲。

老闷跟老蔫对门。两家的女人好比两家的鸡鸭串门，出大门，进对门，方便得很。男人们又都不爱说话，她们便同命相怜似的，觉着投缘，也就好得跟姐妹一样。聚一块免不了发牢骚，叨唠最多的，当然是她们的爷们儿，说摊上这样的活哑巴，比树叶还稠的日子就像咸饭不咸，淡饭不淡，没滋味透了。

其实老闷跟老蔫不同，老蔫没话，因为他蔫；老闷没话，则是因为他有话不说。老闷像个舞者，好的是肢体语言，乐意将话附着在行为上表达。

那次他的二小子虎子偷了李寡妇家一兜酸杏，被李寡妇骂骂咧咧找上门来，好一番数落。等李寡妇颠着小脚走后，老闷将儿子扔进粪堆的青杏疙瘩一个个捡了出来，拿手捧了往儿子面前一撅，嘴巴紧紧绷着，手指着"赃物"，眼瞪着儿子。他儿子就乖乖地一个一个拿了往肚里吞，小脸跟眼睛挤一块了，挤出好多的泪珠儿，和着酸口水，流了一肚皮。

老闷不说，或者说他那肢体语言已告诉儿子：小子，"青疙瘩"吞多了，你脑瓜里跟种庄稼似的，自会长出道理。

还有一次，邻庄上一个愣头儿青掂着砍刀来庄上骂街，庄上的人没伸头的。恰好老闷从城里送货回来，赶上了，他东西朝地上一丢，紧前两步，铁塔似的在小青年面前站成八字，瞪圆眼睛，指指自己的左脸。那愣小子被老闷的眼神激怒了，举起砍刀"呀呀"着就照老闷脸上砍去。再看老闷，还是铁塔一样立着，那小子却像扳倒的木头桩子，横地上了。老闷的颧骨跟凸额头上因此贯穿着一条长长的刀疤，像搭在眼帘上的一根紫藤。

老闷的长相原本就有个性，头顶早早败了，头皮光滑得像脸面，脱落的头发倒像大面积移栽于嘴巴四周，耳下腮边，郁郁葱葱，很是丰茂。起初他还每天刮，可越刮脸越发青得杨树皮般不说，胡子反倒更旺盛了。奶奶的，天要下雨，娘要嫁人，由它去吧。不管了，抛了荒了。村里人戏说，老闷是"一头好脸，一脸好头"。

"一头好脸，一脸好头"的容颜上不离不弃地悠荡着一根紫藤疤，这让老闷看上去特别像个奇人物。初次跟老闷交往的人都心生畏怯，自觉不自觉地就质疑到老闷的人品。

老闷是个生意人，少不了跟五行八作的人打交道，没话可不行。老闷也知道不行。他说，只是说得极其经济、简约，比如这事成，就说：好，中，是了；不成就是：球，别，散了。可但凡跟老闷合作过的人，总是后脚拎了重礼来求老闷八拜为兄弟。

常跟老闷合作的有个陈老板，这人为事巧诈、世故。他欺老闷是乡里巴人，眼力短，路子窄，就经常在老闷的货物上采取地毯式寻"刺"，借机压价。

自己的货自己心里有数，砍不下价你不乐意，本里头我也不乐意。老闷的交易有一条底线，在他的成本与同等货物市场价格的中间画着。生意嘛，讲究双赢，我不多赚，绝不亏本；你不多占，绝不吃亏。

说是一天下午，陈老板将货物验了四个多钟头，价格一压再压。老闷烦了，脸上的疤像一条暴突的血管，他突地站起身，一挥手，示意跟车的几个人装车走人。陈老板慌了，拉他到背静处，说明缘由，说他老母亲要换眼角膜，手术费十几万，他一时手紧，才出此下策，实在没别的。

老闷的神情缓了，但坚定地举出四个指头，那是这一车货的触底价。陈老板心疼地把四万现金交到老闷手上，挥手谢客。没想到老闷一把抓住陈老板挥过来的手，将刚刚过到自己名下的四捆"老人头"啪地拍回上面，再紧紧一握，点点头，转身走出门去。陈老板诧异了许久。他过后懂老闷了，刚才是你的钱，现在是我的钱；刚才叫交易，现在叫帮忙。本质不同，心情不同。事后不久，陈老板就提重礼上老闷的门了，执意要拜老闷为大哥，并许诺老闷的货物一律免检。

老闷做事，"义"字当头。大人不蒙，小孩不欺，权富不攀，贫贱不压。义士！

村主任"闻香到"死后，村里再没人敢接任，怕呗，他家里还有五只虎呢！最后村民推举老闷，一是老闷有领大伙致富的能力和资本，二是老闷不怕"五虎"，是"五虎"怯他。

"好！"老闷说，此后便上台了，扎扎实实领乡亲们致富。事实上等于把他的生意拓展到各家各户，收益大伙有份。老闷给各家张罗生意，就像给儿子张罗婚事。他老婆嘴一撇："傻种，没听说狼多肉少的理儿，不怕人家争份儿？"他眼一瞪，"一头好脸，一脸好头"上是佯吓，娘们儿家，懂球儿？老闷古道热肠的行为，许是表达这样一段话：狼多肉少，也可能是另一种情况，狼多了，地界大了，猎物也多，天宽地阔。

后来，有记者想把老闷推成美丽乡村建设路上的领军人物。老闷给来送信的乡通讯员只一个连挥两下的手势。那通讯员闹了个红脸，对着老闷的后影一连说："你看你老闷，你看你这个老闷！"

有人说老闷那手势是：别来这一套。

还有人说，老闷的意思是：跟着学就是。

老闷就是这样一个让人费琢磨的人，可琢磨透了，也许就像老单说的，老闷是个火炉，可以供你烧饭，也可以让你取暖。

罪犯李叁

意 达

常万看见悬赏五万捉拿杀人犯李叁的通缉令后，兴奋得一夜没合眼。常万对着镜子照着自己那张经常被李叁叫作"猴腮"的脸说：李叁啊，李叁，谁叫你当年日子过得红火的时候，我找你借五万块做生意，你都不肯借呢。这是天在助我啊。

第二天一大早，常万就去了刑警队。

队长听说常万是来提供线索的，反倒把他当罪犯似的，一双眼犀利地盯着他问："消息可靠吗？"

常万从嘴角边上硬生生地把肌肉往上一推，"呵呵！呵呵！"干笑几声说，"可靠。绝对可靠的。他就藏在我东北老家，现在改名叫王焕了。"然后从口袋里掏出他平时舍不得买的红塔山向队长递过去。

队长稍许抬起手腕摇了摇，没有接过他的红塔山，而是继续问："你怎么向我们确定他现在还在那里。"

"确定。确定。是我送他去的。连他老婆也不知道他藏在哪里。一切都是通过我单向联系的。你们不会算我窝藏罪吧？呵呵！"

"窝藏肯定算窝藏。不过，你主动提供线索，我们可以算你将功补过。只要情报准确，五万元我们也一定兑现。事不宜迟，你马上给我们带路。"

常万没有给队长带路，而是画了一张详细的地图交给了队长。

队长一行千辛万苦地找到了那个东北偏僻的小村，和村长交涉了半天，村长硬是不肯放人。村长说："王焕在这里是个好人。三年了，干活像牲口一样卖力，在村里还义务教娃们文化。菩萨不说过吗，放下屠刀立地成佛。再说，王焕才多大一个人啊，年轻着呢。把他带回去活生生地毙了，我有些心痛。"

队长说："您说的是这个理。可蓄意杀人这事天理也不容啊。更何况还是在严打期间。"

村长不再接话，坐在炕上一口一口地抽烟。深秋的阳光从窗外温和地照进来，那颜色晕晕泛黄。队长知道时候不早了。他突然问村长："你们村的丘霞现在还好吧。"

村长一愣："你咋知道她？"

"我当然知道。她被人贩贩卖到湖南，正是我参与的解救工作。当时村民不肯放人，把警车团团围困住……"

村长还没等队长说完，便打断了他的话说："中。带他去吧。能从轻发落就从轻发落吧。王焕本质不坏。"

队长找到李叁的时候，李叁正在一棵树下教一个娃娃写字。深秋的夕阳把他两只单薄的耳朵映得又红又透。"把他带回去活生生地毙了，我有些心痛。"队长想起村长的话，突然不想打断他。

李叁抬眼看见几个陌生人朝他走过来，他敏感到捉拿自己的人终于来了。便缓缓地站起身来，对写字的娃娃说："你先去玩吧，叔有朋友来了。"娃娃"嗯！"一声走了。李叁朝着队长他们走过去，他一眼瞄见了队长皮带上镶嵌的警徽，膝盖不由自主地扑通一跪，便号啕痛哭起来。

队长默不作声，等他情绪平稳得差不多了，队长问："李叁，既然如此，你当年何不自首呢？态度好还能判个死缓或无期啊。"

李叁抽泣得身板子一起一伏的，他把头压得跟沉甸甸的稻子似的说："我追悔莫及，天天做着噩梦。这三年，是村子里的人收留了我，不问我的来处，让我混了一口饭吃。村里的人都是好人，善人。他们的大恩大德，我只有来世再报答了。"

李叁对犯罪事实供认不讳，也服从判决，没有提起上诉。行刑之后有一天，监狱转交了李叁的一封信给队长，说是要队长替他转交给他的兄弟常万。

李叁在信里说想把后事交代一下，说除了赔偿死者家属以外，他还有二十四万块存款是老婆不知道的。这二十四万里面，再给十万给死者的儿子，十万留给自己的儿子。一万给常万，感激他当年仗义把他藏到自己老屋。剩下三万给收留他的村里建个希望小学。说他死后老婆肯定会改嫁，这笔钱就全权交给常万替他打理保管。

队长读罢信，然后小心翼翼地照原样叠好，塞进信封。过了一会儿，他又重新抽出来再读了一遍。他望望窗外，窗外正是草长莺飞的季节，他突然相信人一定是有来生的。

爱

远　翔

上大一不久，一桥便喜欢上了同班女同学飞雪。

在一桥眼里，飞雪具有其他女同学没有的稳重、成熟。她的聪慧、才气和她的美丽容颜，让他觉得她远远超过了许多影片中的明星。

可以说，飞雪已经是他心目中的女神了。

而飞雪也喜欢上了一桥。闲暇时，俩人经常漫步在校园。被同学称为"数学家"的一桥，在散步时为飞雪讲解数学题，让飞雪受益颇多。

春天到来时，俩人一起合种一棵樱花树作纪念。

时光荏苒，岁月流水一样过去了。经历了阳光雨露，他们当年种下的树，已经苗壮。又值春暖，樱花开放，一簇簇挂满枝头，团团的一层又一层，惹得人想拨开它。一桥站在树下，忍不住轻轻地抚摸它，柔软如江南的丝绸一般，他感觉飞雪就像这如雪似云的美丽樱花。

即将告别大学校园生活，被打造成了国家的有用之才。樱花树下留下了他们多少美好而又苦涩的回忆啊……

那天，春寒料峭，一桥一只手撑在那棵已长得粗壮的树干。飞雪倚着树干，一桥凝望着她，她如瀑布的长发随风翻涌着点点阳光色彩的黑，犹如一片流动的镶嵌着点点金沙的墨色云母碎片。一桥对飞雪说，以后，无论天涯海角，我们都要天天在一起！

飞雪仰脸看着一桥，脸颊像樱花雪白中泛起红晕，心潮像初绽的花瓣泛起的朵朵微波，两双对视的眼睛中都有了对方。她把他另一只垂下的冻得冰凉的手握起，放进她胸前的棉衣里，顿时，一种从未有过的温暖幸福流遍一桥的全身。就在那天晚上，学校外面的一家快捷酒店里，这一对年轻人把彼此交给了对方。

又一天，还是在老地方，满脸兴致的一桥看见飞雪手里残缺不全的两张电影票，一切都明白了。他想到那天他去邀飞雪看电影时，被她妈妈拒绝在她家门外没让进门，电影票是飞雪她妈撕坏的。

飞雪妈从一开始，就看不起一桥这个相貌不出众，家境又穷的农村小伙子。

有一天，飞雪妈拿着一桥写给飞雪的信，气势汹汹地找到一桥，质问一桥在信里还写什么"一桥飞架南北，天堑变通途"，真是癞蛤蟆想吃天鹅肉呀！还告诉一桥，你就死了这份心吧，只要我在，你这个癞蛤蟆就别想爬进我家的门！

一桥听完飞雪妈的话后，自尊心受到极大伤害。他双拳紧握，恨恨地走开了。

飞雪见到一桥解释说，我父亲在我很小时就去世了，妈一个人带着我过日子，很不容易，她是穷怕了。

后来，飞雪妈为了阻止两个年轻人的交往，在女儿大学旁边租了房子住下了，监视阻止飞雪和一桥他们见面。

毕业典礼那天，一桥托同学交给飞雪一张纸条，上写：雪，我去创业，等我回来！飞雪扔掉纸条，疯狂拨打一桥的手机，手机号码成了空号。

飞雪无心参加毕业典礼，朝那棵樱花树园跑去。背靠樱花树，飞雪默默地坐了一下午。飞雪的眼泪扑簌簌地滑过双颊，无助的眼神凝望着远方，她的心渴望和树上的鸟一样自由飞翔……

从此，飞雪变得每天都无精打采，目光呆滞，像祥林嫂那样，天天重复着一句话。心情苦闷，日久生疾，飞雪患上抑郁症。

终于有一天，当飞雪妈打开门回到家时，才发现飞雪已带着怨恨和绝望结束了她年轻而灿烂的生命。

几年后，成功后的一桥，从南方一个城市飞回，当他知道飞雪已去了天堂，便抱着那棵樱花树捶胸顿足、悲痛欲绝。

一桥对着樱花树说，飞雪你知道我为什么没带你一起走吗？因为我爱你，就不想难为你。我当时是憋着一口气走的，不成功不回来。可如今我成功了，你人却不在了……微风吹过，花瓣徐徐凋零，哀思阵阵袭来，豆大的泪水再次涌来。

一桥再次离开这个伤心的城市。离开时，他把患了精神病的、满大街疯跑的飞雪妈也带回南方城市。

一桥把飞雪妈送到一所精神康复疗养中心治疗。节假日，一桥经常来探望，搀着飞雪妈在阳光下散步。

荇　菜

佟惠军

海航集团第一分厂是个上万人的大厂。厂长老张和书记老姜一起搭班子的三个年头里，厂子起色了不少，老张的热情简单和老姜的细致沉稳正好是绝配。他俩互相间也是焦不离孟，孟不离焦的。可是男人嘛，骨子里还都不太服气，既互相担待又互相压制。

后儿个就是乙未年的除夕了，一大早老姜就来到老张的办公室，和他商量把厂里的骨干找来聚聚，说说心里话，也为了明年能更好地工作。一壶大红袍喝完，这晚餐的事儿就定了下来。

傍晚五点半，公关部的女经理赵第一个来到福临门酒店的包房，只见空荡荡的包房一个人没有，正思量着这俩领导都请了哪路神仙，怎么一个都没到呢，厂长老张就走了进来。大概因为过年，老张把平时飘洒的长发剪成平头，还别说，感觉像换了个人，清爽年轻了不少。老张看着赵，眼神里流露出热情，手臂轻搭赵的肩头，轻声地说："你今天真漂亮。"赵忸怩了一下，躲开了老张搭在她肩膀上的手臂："张厂长总是这样会说话，说得人家心花怒放呢。"两个人正有一句没一句地搭讪着，老姜挂着他特有的、有点沧桑味道的微笑走了进来。

看包房里只有老张和赵，老姜神色古怪地盯着两个人，戏言道："没打扰二位吧。"赵白了老姜一眼，笑着说："您来得可真是时候。"

人陆陆续续到齐，筵席正式开始。老姜是东道主，少不了新年致辞明年展望。老张接着又阐述了聚会的意义和友情的重要。七点左右，女会计胡走了进来。精心修饰过的妆容，一袭嫩粉的毛衫，与四十二岁的年纪相衬，有一种别样的感觉。老姜在女会计胡进门那刻皱起了眉。

酒至半酣之际，老张端起酒杯，大声言道："我和赵喝一杯，自从赵从总部调来咱们公关部，很多订单和售后的纠纷都迎刃而解。我可是打心眼儿里喜欢咱们的赵。"

赵站起身，微笑着对大家说："我这点成绩还不是厂长您和姜书记的支持？还不是今天在座各部门经理的配合？借着厂长这杯酒我敬大家。"说罢一饮而尽。

女会计胡看着姜书记望着小赵若有所思的眼神，心里一遍遍恨恨地骂着赵是"骚蹄子"。

赵从集团调来第一分厂没多久，就声名鹊起，各种绯闻弥漫在第一分厂的上空。有人说她和集团董事有一腿，有人说她和厂长老张有一腿，还有人说她和书记老姜有一腿，总之，这个离了婚的女人不简单，要不怎么会突然就来到第一分厂，坐上了很多女人觊觎的公关部经理的宝座。

女会计胡更是对赵恨之入骨，自从这个女人来以后，老姜对她就疏远了，看她的眼神明显和赵的眼神不同，她不明白，这个比她大五岁的女人，凭什么一下子就成了两大领导的宠儿？

老姜看赵把这杯酒喝完，马上端起酒杯，不顾女会计胡看他恨恨的眼神，说："赵啊，这杯酒你得和我老姜喝，你的文字功底可是帮了我不少忙，不比咱们厂办的秘书差，甚至有过之无不及，这杯我老姜必须敬你……"

还没等老姜把话说完，女会计胡突然站了起来："这杯酒我替赵姐姐喝，你们这些大男人欺负赵姐姐，干吗都跟她喝酒，想要把她灌醉吗？"

赵看了一眼站起来的女会计胡，意味深长地笑了。"还是胡妹妹好，知道疼姐姐。"

销售部的文经理看赵坐下，夹了一筷子菜放在她的盘子里，对她说："快吃点荇菜，这荇菜才是和你最配的。"

大家不解，都让文经理解释其义，文经理笑曰："参差荇菜，左右流之。窈窕淑女，寤寐求之。"

十点左右的时候外面飘起了轻雪，害怕雪下得太大，老姜提议结束了饭局。走出酒店，赵一如既往地自己招手喊来出租车，不顾老姜老张的挽留，匆匆而去。

过了年上班，关于赵的传闻丝毫未减，有人说看见老张和赵一起下过班；有人说看见老姜和赵在饭店喝酒；更有人说，经常看见赵和他俩一起去酒店。

赵就似从未听过传言般，依然故我，每天都带着微笑面对所有人。

时间一晃就进了六月，老张和老姜带文经理去南方出差，为了节约出差费用，他们开了一个三人的房间。晚上，宴请客户吃饭，文经理为替二位领导挡酒，左一杯右一杯与多位客户周旋，终于寡不敌众，醉倒在酒桌上。

老张和老姜左右搀扶，费很大力气才把文经理弄回宾馆的床上。他俩帮文经理把外衣外裤脱下，又把掉落地上的手机捡起来，放到文经理的床头桌上。

躺在床上的文经理，这时早已人事不知酣然而睡。

老张和老姜正气喘吁吁时，文经理的手机传来微信提示音，他俩不约而同把眼神向手机屏投去，见微信是赵发来的。

出于好奇，老张和老姜互相对视一眼打开了这条微信。

只见微信上言道：宝贝，今晚怎么没声？张和姜睡了吗？是不是你又冲前线了？

看罢微信后，老张和老姜都大眼瞪小眼。这时，老姜突然想起了春节前那次酒桌上，文经理讲的荇菜。

老姜忍不住立刻用自己的手机百度荇菜。

百度文之：荇茎白，而叶紫赤色，正圆，径寸余，浮在水上，根在水底。

少 年 十 五

叶瑞芬

　　狭窄的小巷，三盏路灯坏了两盏。当那个女孩走近时，少年峰和他的两个同伴幽灵一样闪了出来。峰的手里摇晃着半瓶啤酒。女孩刚想喊叫，就被那两个伙伴捂住了嘴巴。

　　少年峰和他的"弟兄们"今天都喝了不少酒，因为一个伙伴过生日。说实话自从姐姐失踪那天起，少年峰就记不起自己的生日了，一同忘记的还有他做一个好孩子的承诺。

　　可刚才的一幕，却让少年峰突然想起了姐姐。三年前的那个生日，姐姐说要去给他买一个礼物，结果他等啊等啊，等到半夜也没有等到他的礼物，等不回来的还有他的姐姐雪。

　　雪比峰大三岁，自从母亲离开这个家后，两姐弟一直是彼此唯一的支撑。父亲是个保安，每天日夜颠倒的作息令他跟整个家庭的生活形同两个世界。父亲每天守护着一家网吧的安全，峰和姐姐却无人守护，每天过着孤儿般凄清的日子，没有人做饭，没有人洗衣，甚至没有人主动给他们交学费。

　　姐姐疼他，为了凑各种费用，经常趁节假日跑到街上捡拾易拉罐、废纸皮和旧报纸什么的，换点儿钱。

　　"爸爸也不容易。"姐姐经常这样对他说。

　　峰印象最深的是父亲头上早早长出的那些白头发，自从多年前母亲跟别人跑路后，父亲苍老的速度快得惊人。父亲没有什么本事，除了到酒店、网吧、停车场做保安外，什么都不会做。

　　那个周末的早晨，姐姐神秘兮兮地对还在睡梦中的峰说要出去买生日礼物给他。峰蒙蒙眬眬中应答着，心想有个姐姐就是好。长这么大好像还没过过一个像样子的生日呢。他一下子兴奋得睡不着了，抬眼看着墙上贴得密密麻麻的奖状，回想着跟姐姐一起灯下苦读的情景。其实他跟姐姐并不是刻意地努力学习，而是因为除了跟姐姐埋头看书识字外，根本无处去玩。

　　那天，他眼巴巴地从清早等到中午，又从中午等到天黑，姐姐却再也没有回来。

　　想起姐姐的事情，少年峰的酒一下子醒了。这时，那两个伙伴把女孩摁倒在地，无情地扯掉了女孩的裙子，其中一个已经压到了女孩的身上。女孩在绝望地痛苦挣扎。

少年峰再也控制不住自己，突然疯狂地大叫一声，"砰"地摔碎了手中的酒瓶。

三年前的那天晚上，他到处去找姐姐，鞋带跑断了，他就趿拉着小跑。倒霉的是一枚钉子又扎进了他的脚底，钻心的痛让他再也忍不住大声哭喊着姐姐，可姐姐还是没有回来。他跑遍了镇上所有的街道和蛋糕店玩具店，他不知道姐姐会送他什么，去哪里买了。最后，他跑去父亲工作的网吧，这是最后一站了！他哭着想。平时他跟姐姐都会自觉地不去网吧找父亲，怕连累父亲挨老板的训斥。他知道网吧里也有很多小孩，但他们都是兜里有钱的小孩，而他跟姐姐不是。

父亲慌忙报了警。峰迫切地盯着警察叔叔，他多么盼望警察叔叔能像电视节目中那么厉害，马上能替他找回姐姐啊，可姐姐最终还是没有回来。连续三天，峰也不去学校了，他一直伤心地陪着父亲，他很不情愿只剩下这个满身散发着劣质烟味的邋遢男人当他唯一的亲人。那天警察问了父亲很多问题，包括跟母亲的关系，还问父亲得罪过什么人没有。对于前一个问题父亲埋头狠狠抽烟，一言不发。截然相反的是对后一个问题，父亲的眉毛忽地挑了起来，好像突然被人打开了某处开关，声音一下子高了八度。父亲说：有次捡到钱包有人叫他分了算了，他没听，坚持还给失主；有人打架他去拉架帮了这边得罪了那边；还有一次看到三个贼偷手机，他及时出手上前抓住了两个，听说最近这两个贼会放出来……

"慢！"警察忽然叫停，"你还是回去好好想想吧，偷两个手机才多大点事啊，犯得着找你报仇？"

可事情往往出乎人的意料，后来破案后才知道，抓走姐姐的正是父亲说的那三个偷手机的毛贼。这几个坏人一迈出看守所的牢房就找上门要报仇，结果没逮着父亲却候着了一早要出门买东西的雪。

姐姐那年 15 岁。峰一辈子都不会忘记那一天，四天后被救回来的姐姐已经不是出门前的模样了，她遍体鳞伤满脸瘀青，衣服被撕得破烂不堪，最可怕的是姐姐耳洞里被塞满了臭虫……姐姐疯了。

少年峰也疯了！他像疯狗一样冲上去一脚踹掉自己的同伴。

那个女孩跑了。他的伙伴也跑了，只有少年峰待在原地号啕大哭，等来了警察。

这一天，少年峰刚好满 15 岁。这一天，也是他的生日。

听　说

青　平

　　她陪着老公孩子参加了一场婚宴。席间多是老公同行，律师们个个口才出众，从新人的恋爱秘闻扩大到明星艺人，又折回新旧相识，各种关于婚恋的情节迭出。大概是三四十岁的人居多，正是初尝人生荒凉之际，新人敬过酒后，故事越来越趋于感慨类型了。

　　她身旁坐的一位青年才俊说，昨天刚从某地（她的家乡）回来。会见了一名公职人员，职位不算高，挪用公款。只是说起来理由太意外，居然是厌倦。以为挣上一笔，就可以离开现有的一切了。可运气太差，估计这些钱他永远还不上了。可惜了他太太还在外面上窜下跳地打点，又大老远地来省城请律师。第一次会见后得知他已全部认罪，在看守所门口就大骂起这个"浑蛋和蠢猪"！才俊苦笑着说："我没告诉那女人，她老公为什么这样做。也好，他也算是得救了，可以离开现有的一切了！"

　　话题到此，有人提前离席，大家说天已不早，都散了吧。

　　看老公喝了几杯，才俊热情邀请他们搭便车。车后座有书本案卷，她移开时一眼扫过档案袋上的名字，像是哪里被"硌"了一下。就随口问了句："这是你刚才讲的那个人吗？"才俊回答说是，快开庭了，好歹也要再看一遍。虽然已经没有太大实际意义。其实昨天会见，也就是例行程序。才俊的感慨似乎没宣泄完，一路上又意犹未尽地叙述了许多他的见解。

　　"一瓶汽水都不肯喝！这是他对多年前女友的评价！这会儿还哪有那样的女人！真是……"才俊发出匪夷所思的感叹。

　　她忽然觉得心头拥堵，喉咙发紧。

　　那瓶汽水，她还记得，刚从井里捞上来，滴着水。他从背后递过来，葡萄架下。

　　儿子把正啃的糖葫芦塞进她嘴里。她从来没发现，糖山楂居然如此坚硬。

　　很多年了，她觉得早就忘了的人，像是又回来了。

　　那天晚上，她早早做完家事就躺下来。孩子慢腾腾做完作业去睡时，已经很晚。

　　枕前映着从窗帘一角泻下的灰白色月光，如同守着一抹温暖的探望。

　　多年前的女友？……她一直觉得，那只不过是她的暗恋，最多也不过是一场心照不宣或者心有灵犀的暗恋，既没有开始，也无所谓结束。

怎么可能厌倦？富贵有根的继续，理应有门当户对的权贵作保障。父母之命不也是孝道……

她想起他曾经为她修改的那幅画，老师的评价是画"油"了。过去她对"油"的感受一直停留在"俗"上，看来也不尽然。

那个冬月里，她常闻见蜡梅清幽绝伦的香气，在夜深人静的时候。

过了年，迎春花开了。她决定不再骑车送孩子上学。儿子背着书包不情愿地走着，她稍后一点，路过冬青、无花果树他都没有回头，可是看到地上杨树落的"毛毛虫"，他还是忍不住捡了起来。

谁的人生不是这样，就算没有人陪伴，也要学着自己看风景。

当年他为她描绘了风景，却没有陪着她去看，而是站在原处，化为风景里的一棵树。

周末，老公醉醺醺地回来了！酒后一向话多，从下午讨厌的女当事人，到晚上的同行聚会，絮叨不停。

"记得上……上……一次，刘……刘律师说的，那个，案件，吧？……公，公款全部退回，认罪态，态度好！猜，猜猜……判决结果？"

结果令这个古典理想主义派刑辩律师感觉无语。

许久，他感慨："到底是……有家世，人家的女儿，排气量，足！"

临睡前，他忽然坐起来，大声说："我，死都不娶，这样的……老婆！妈的！男人，一辈子……"

她给自己这个有点"二"的伴侣盖上被子，想了好大一会儿，都没明白，自己该替那个人高兴，还是难过。